Elogios para
CAMINO ISLAND

"Apetitoso... Otro tipo de novela de Grisham
fresca y divertida. Entretenimiento puro".
—*USA Today*

"Una misión de espionaje de alto riesgo mezclada
con un amor de verano que vive un protagonista
fascinantemente ambiguo".
—*The Sunday Times*

"Grisham demuestra su carisma, su ingenio y su
toque personal".
—*The Times*

"Nadie supera a Grisham".
—*The Daily Telegraph*

"El gigante del *thriller*".
—*Time Out*

"Te deja con ganas de más".
—*The Spectator*

John Grisham

CAMINO ISLAND

John Grisham se dedicó a la abogacía antes de convertirse en un escritor de éxito internacional. Desde que publicó su primera novela, *Tiempo de matar*, ha escrito casi una por año, consagrándose como el rey del género con la publicación de su segundo libro, *La firma*. Todas sus novelas, sin excepción, han sido bestsellers internacionales y nueve de ellas han sido llevadas al cine, con gran éxito de taquilla. Traducido a veintinueve idiomas, Grisham es uno de los escritores más vendidos de Estados Unidos y del mundo. Actualmente vive con su esposa Renee y sus dos hijos Ty y Shea entre su casa victoriana en una granja en Mississippi y una plantación cerca de Charlottesville, Virginia.

CAMINO ISLAND
El caso Fitzgerald

CAMINO ISLAND
EL caso Fitzgerald

JOHN GRISHAM

Traducción de M.ª del Puerto Barruetabeña Díez

VINTAGE ESPAÑOL

Penguin
Random House
Grupo Editorial

Título original: *Camino Island*
Primera edición: julio de 2021

© 2017, John Grisham
© 2021, Penguin Random House Grupo Editorial USA, LLC
8950 SW 74th Court, Suite 2010
Miami, FL 33156

Traducción: M.ª del Puerto Barruetabeña Díez

Diseño de cubierta: John Fontana

Impreso en México / *Printed in Mexico*

ISBN: 978-1-644-73465-0

21 22 23 24 25   10 9 8 7 6 5 4 3 2 1

Para Renée.
Gracias por la historia

1

El robo

El impostor tomó prestado el nombre de Neville Manchin, profesor de Literatura americana en la Universidad de Portland State que no tardaría en hacer el doctorado en Stanford. En su carta, con el membrete de la universidad falsificado a la perfección, el supuesto profesor Manchin aseguraba ser un estudioso en ciernes de F. Scott Fitzgerald y tener un enorme interés en ver «los manuscritos y los papeles» del gran escritor durante su próximo viaje a la Costa Este. La carta iba dirigida al doctor Jeffrey Brown, director de la división de Manuscritos del departamento de Libros Raros y Colecciones Especiales de la biblioteca Firestone, de la Universidad de Princeton. Llegó junto a unas cuantas más, se clasificó y se repartió debidamente hasta que acabó en la mesa de Ed Folk, un bibliotecario de carrera cuya labor consistía, entre otras tareas monótonas, en verificar las credenciales del remitente.

Cada semana llegaban a manos de Ed varias cartas similares, que decían más o menos lo mismo y que firmaban autoproclamados entusiastas y expertos en Fitzgerald, a veces incluso algún erudito de verdad. El año anterior Ed había autorizado y registrado el acceso a la biblioteca de unos ciento noventa solicitantes. Acudían de todo el mundo asombrados y con los ojos como platos, como peregrinos que pisaran un lugar santo. En los treinta y cuatro años que llevaba sentado a esa misma mesa, Ed había revisado todas aquellas solicitudes. Y nunca se terminaban. F. Scott Fitzgerald seguía despertando fascinación. El volumen de correo que recibían entonces era el mismo que tres décadas atrás. A esas alturas Ed se preguntaba qué podía quedar de la vida del gran escritor que no hubiera sido ya objeto de escrutinio, estudio detallado y análisis profundo. Poco antes un erudito de verdad le había dicho que había al menos cien libros y más de diez mil artículos académicos sobre Fitzgerald, el hombre y el escritor, sobre su obra y sobre la locura de su mujer.

¡Y eso que murió a causa del alcohol a los cuarenta y cuatro años! ¿Y si hubiera llegado a la vejez sin dejar de escribir? Ed habría necesitado un ayudante, tal vez dos, tal vez incluso un equipo entero. Aunque sabía que a menudo una muerte prematura era la clave para la aclamación posterior (por no hablar del incremento de derechos de autor).

Tardó unos días, pero Ed tramitó por fin la solicitud del profesor Manchin. Con una comprobación rápida en el registro de la biblioteca, descubrió que ese profesor nunca antes había estado allí. Se trataba de una petición nueva. Algunos veteranos habían ido a Princeton tantas veces que se limitaban a llamarlo por teléfono para decirle: «Hola, Ed. Me paso el martes que viene», lo cual no suponía ningún problema para él. No era el caso de Manchin. Ed visitó la web de la Universidad de Portland State para echar un vistazo y encontró al señor Manchin: licenciatura en Literatura americana por la Universidad de Oregón; máster en UCLA; tres años como profesor adjunto. La foto mostraba a un hombre joven, de unos treinta y cinco años tal vez, con una apariencia bastante sosa, un principio de barba que probablemente era temporal y unas gafas de cristales estrechos y sin montura.

En su carta, el profesor Manchin pedía que quienquiera

que respondiese le escribiera por correo electrónico y daba su dirección privada de Gmail. Decía que no solía mirar el correo de la universidad. Ed pensó: «Eso es porque no eres más que un pobre profesor adjunto que es probable que no tenga ni despacho». Pensaba esas cosas a menudo, aunque, por supuesto, era demasiado profesional para decírselas a nadie. Por precaución, al día siguiente envió su respuesta a través del servidor de la Portland State. Daba las gracias al profesor Manchin por su carta y lo invitaba al campus de Princeton. También pedía que le indicara una fecha aproximada de llegada y le explicaba algunas reglas básicas de la Colección Fitzgerald. Eran muchas, de modo que sugería que el profesor Manchin las leyera atentamente en la página web de la biblioteca.

Al momento recibió una respuesta automática que le informaba de que Manchin no podría atender el correo durante unos días. Uno de los compinches del falso Manchin había hackeado el directorio de la Portland State lo justo para tener monitorizado el servidor de correo del departamento de Literatura, algo fácil para un hacker experimentado. El impostor y él se enteraron al instante de que Ed había respondido.

«Vaya», pensó Ed. Al día siguiente, se vio obligado a enviar el mismo mensaje a la dirección privada de Gmail del profesor Manchin. En menos de una hora Manchin contestó dándole las gracias con gran entusiasmo, diciendo que estaba deseando llegar, etcétera. Continuaba hablando de que se había estudiado bien la página web de la biblioteca, que había pasado muchas horas consultando los archivos digitales de Fitzgerald, que hacía años que poseía todos los volúmenes de la serie que contenía las ediciones facsímil de los primeros borradores manuscritos del gran autor y que tenía un interés especial en los estudios críticos sobre su primera novela, *A este lado del paraíso*.

«Genial», se dijo Ed. Ya lo había visto todo antes. El tipo estaba intentando impresionarlo antes incluso de pisar la biblioteca, algo que no era nada inusual.

2

F. Scott Fitzgerald se matriculó en Princeton en el otoño de 1913. A los dieciséis años ya soñaba con escribir la gran novela americana y había empezado a trabajar en una primera versión de *A este lado del paraíso*. Dejó los estudios cuatro años después para alistarse en el ejército e ir a la guerra, pero esta terminó antes de que desplegaran a su unidad. Su clásico, *El gran Gatsby*, se publicó en 1925, pero no alcanzó la fama hasta después de su muerte. Tuvo problemas económicos durante toda su carrera y en 1940 estaba trabajando en Hollywood, escribiendo guiones malos a destajo, lo que le supuso una merma física y creativa, hasta que el 21 de diciembre murió de un ataque al corazón como consecuencia de años de grave alcoholismo.

En 1950 Scottie, su única hija, donó sus manuscritos, notas y cartas originales (todos sus «papeles») a la biblioteca Firestone de Princeton. Sus cinco novelas estaban escritas en un papel barato que no envejecía bien. La biblioteca se dio cuenta pronto de que no era aconsejable permitir que los investigadores las manipularan. Hicieron copias de alta calidad y guardaron los originales bajo llave en una cámara acorazada situada en un sótano, donde la calidad del aire, la luz y la temperatura estaban perfectamente controladas. A lo largo de los años, se habían sacado de allí en contadas ocasiones.

3

El hombre que se hacía pasar por el profesor Neville Manchin llegó a Princeton un bonito día otoñal de principios de
octubre. Lo condujeron al departamento de Libros Raros
y Colecciones Especiales, donde conoció a Ed Folk, quien
pronto lo dejó en manos de un auxiliar, que examinó y fo-
tocopió su permiso de conducir, de Oregón. Era una falsificación, por supuesto, pero una perfecta. El falsificador, que
era el mismo hacker, se había formado en la CIA y tenía un
largo historial en el turbio mundo del espionaje privado.
Violar la seguridad del campus no representaba ningún problema.

A continuación le hicieron una foto y le entregaron una
acreditación de seguridad que tenía que llevar a la vista en todo
momento. El ayudante de biblioteca lo acompañó al segundo
piso, a una sala grande con dos mesas largas y las paredes forradas de cajones retráctiles de acero, todos cerrados con llave. Manchin se fijó en que había por lo menos cuatro cámaras
de vigilancia a plena vista en los rincones, cerca del techo. Supuso que habría más, bien escondidas. Intentó entablar conversación con el ayudante, pero no consiguió sacarle gran
cosa. Preguntó en broma si podía ver el manuscrito original
de *A este lado del paraíso* y el ayudante sonrió con aire de
suficiencia y dijo que no era posible.

—¿Ha visto usted alguna vez los originales? —preguntó
Manchin.

—Solo una vez.

Manchin no dijo nada, esperando que contara algo más,
pero, como no lo hizo, insistió:

—¿Y a qué se debió el honor?

—Un estudioso muy famoso quiso verlos. Lo acompaña-
mos hasta la cámara y echó un vistazo. Aunque no tocó los

documentos. Solo puede hacerlo el bibliotecario jefe, y siempre con guantes especiales.

—Claro. Bueno, será mejor que nos pongamos manos a la obra.

El ayudante abrió dos de los grandes cajones, ambos con una etiqueta en la que ponía A ESTE LADO DEL PARAÍSO, y sacó unos cuadernos gruesos y enormes.

—Aquí están las reseñas que se hicieron cuando se publicó el libro por primera vez. Tenemos muchas más posteriores —explicó.

—Perfecto —contestó Manchin con una sonrisa.

Abrió su maletín, sacó una libreta y pareció preparado para ponerse a trabajar con todo lo que había en la mesa. Al cabo de media hora, cuando Manchin ya estaba enfrascado en su trabajo, el ayudante se disculpó y desapareció. Para las cámaras, Manchin no levantó la vista ni una sola vez. Al final, con la excusa de ir al baño, salió de la sala. Giró donde no debía aquí y allá, se perdió y cruzó la zona de colecciones evitando todo contacto visual. Había cámaras de vigilancia por todas partes. Dudaba de que estuvieran visualizando las imágenes en ese momento, pero seguro que podían recuperarlas más adelante si fuera necesario. Encontró un ascensor, pasó de largo y bajó por unas escaleras cercanas. El primer nivel era similar a la planta baja. Una planta más abajo, en el piso S2 (Sótano 2), las escaleras se interrumpían y había una puerta grande y gruesa en la que ponía, en letras grandes: SOLO EMERGENCIAS. Había una consola al lado y un cartel que advertía de que sonaría una alarma si se abría la puerta «sin la autorización adecuada». Dos cámaras de seguridad enfocaban la puerta y la zona que la rodeaba.

Manchin se alejó y volvió sobre sus pasos. Cuando regresó a la sala, encontró al ayudante esperándolo.

—¿Algún problema, profesor Manchin? —preguntó.

—Ah, no. Solo un leve virus estomacal, me temo. Espero que no sea contagioso.

El ayudante huyó en cuanto pudo, y Manchin se quedó allí todo el día, revisando el material procedente de los cajones de acero y leyendo viejas reseñas que no le interesaban lo más mínimo. Varias veces se alejó de la sala y se perdió de manera intencionada para fisgonear, observar, medir y memorizar.

4

Manchin volvió tres semanas después, pero esta vez no fingía ser profesor. Iba bien afeitado, llevaba el pelo teñido de rubio y unas gafas de pega con la montura roja, y tenía un carnet de estudiante falso con foto. Si le preguntaban, algo que no esperaba ni por asomo, se había preparado para decir que era un estudiante de Iowa. Su nombre en la vida real era Mark, y su ocupación, si es que podía llamarse así, era la de ladrón profesional. Hacía trabajos muy lucrativos con planes muy elaborados por todo el mundo, en la línea de entrar-robar-salir. Estaba especializado en arte y objetos raros que pudieran devolverse después a las desesperadas víctimas del robo a cambio de un rescate sustancioso. Había formado una banda de cinco personas, que dirigía Denny, un antiguo soldado de las tropas de asalto que se pasó a la delincuencia cuando lo echaron del ejército. Hasta el momento a Denny no lo habían pillado nunca y no tenía antecedentes; tampoco Mark. Pero otros dos miembros de la banda, sí. Trey llevaba a sus espaldas dos condenas y dos fugas, la última el año anterior, cuando se había escapado de una prisión federal de Ohio. Fue allí donde conoció a Jerry, un ladrón de arte de poca monta en libertad condicional. Lo de los manuscritos de Fitzgerald se lo había mencionado a Jerry otro ladrón de arte, un antiguo compañero de celda que cumplía una condena larga.

El montaje era perfecto. Solo había cinco manuscritos, todos escritos a mano y todos en el mismo sitio. Y para Princeton tenían un valor incalculable.

El quinto miembro del equipo prefería trabajar desde su casa. Ahmed era el hacker, el falsificador y el creador de todas las ilusiones, pero no tenía el valor necesario para llevar armas y cosas similares. Lo hacía todo desde su sótano de Buffalo y nunca lo habían arrestado. No dejaba rastro. El cinco por ciento que le correspondía se deducía de la cantidad total final. El resto se lo dividían los demás a partes iguales.

El martes a las nueve de la noche, Denny, Mark y Jerry ya estaban dentro de la biblioteca Firestone fingiendo ser estudiantes y sin dejar de mirar el reloj. Sus carnets estudiantiles falsos habían funcionado a la perfección; nadie había albergado sospechas ni el más mínimo recelo. Denny encontró su escondite en el baño de mujeres de la tercera planta. Levantó un panel del techo, encima de un retrete, metió su mochila y se acomodó como pudo para pasar unas cuantas horas en ese espacio reducido y asfixiante, a la espera. Mark forzó la cerradura de la sala de calderas principal, en el primer sótano, y esperó un momento por si sonaba alguna alarma. No oyó nada, y tampoco Ahmed, que había hackeado sin dificultad el sistema de seguridad de la universidad, así que Mark se dispuso a desmantelar los inyectores de combustible del generador eléctrico de emergencia de la biblioteca. Jerry encontró un cubículo de estudio oculto entre varias hileras de estanterías atestadas, en las que había libros que nadie había tocado en décadas, y allí se instaló.

Trey estaba dando vueltas por el campus, vestido como un estudiante y con una mochila al hombro, buscando los lugares donde colocar las bombas.

La biblioteca cerraba a medianoche. Los cuatro miembros del equipo de campo, al igual que Ahmed en su sótano de Buffalo, estaban en contacto por radio. Denny, el líder, anunció a las 00.15 que todo iba según lo planeado. A las 00.20 Trey, con su pinta de estudiante y una mochila voluminosa, entró en el colegio mayor McCarren, en el centro del campus. Vio las mismas cámaras de vigilancia que había detectado la semana anterior. Subió por unas escaleras sin vigilancia hasta la segundo planta, se metió en un baño mixto y se encerró en un retrete. A las 00.40 introdujo la mano en la mochila y sacó una lata del tamaño de una botella de refresco de medio litro. Le puso un temporizador y la escondió detrás del váter. Salió del baño, fue al tercer piso y puso otra bomba en una ducha vacía. A las 00.45 encontró un pasillo parcialmente a oscuras en la zona de las habitaciones de la segunda planta y, sin llamar la atención, colocó en el pasillo un cordón con diez petardos gigantes de la marca Black Cat. Las explosiones resonaron en el aire cuando bajaba las escaleras a todo correr. Segundos después estallaron las dos bombas de humo, que llenaron los pasillos de una niebla rancia y espesa. Cuando Trey ya estaba saliendo del edificio, oyó la primera oleada de voces presas de pánico. Se escondió tras unos arbustos al lado de la residencia, sacó un teléfono desechable del bolsillo, llamó al servicio de emergencias de Princeton y les dio la terrorífica noticia.

—Hay un tío con un arma en el segundo piso de McCarren. Está disparando a la gente.

Salía humo por una ventana de la segunda planta. Jerry, en el oscuro cubículo de la biblioteca, hizo una llamada parecida desde su móvil de prepago. Pronto, cuando el pánico se apoderó del campus, se produjo un aluvión de llamadas.

Todos los colegios mayores estadounidenses cuentan con unos planes de seguridad muy elaborados para gestionar situaciones con «un tirador activo» implicado, pero nadie quiere ponerlos en práctica. La agente al mando, estupefacta, tardó unos segundos en reaccionar, pero cuando lo hizo y pulsó los botones previstos, empezaron a aullar sirenas por todas partes. Todos los alumnos, profesores, personal de administración y el resto de los empleados de Princeton recibieron un mensaje de texto y una alerta por correo electrónico. Había que cerrar y asegurar todas las puertas. Todos los edificios debían quedar bloqueados.

Jerry hizo otra llamada a emergencias y dijo que habían disparado a dos estudiantes. El humo seguía saliendo del edificio de McCarren. Trey dejó tres bombas de humo más en varias papeleras. Varios estudiantes iban corriendo de un edificio a otro en medio del humo, sin saber a ciencia cierta dónde estaban los lugares seguros. La seguridad del campus y la policía de la ciudad de Princeton llegaron al poco a la escena, seguidas de cerca por media docena de camiones de bomberos. Después aparecieron las ambulancias y finalmente el primero de numerosos coches patrulla de la policía de Nueva Jersey.

Trey abandonó la mochila junto a la puerta de un edificio de oficinas y llamó a emergencias para informar de que la había visto y le parecía que tenía una pinta sospechosa. El temporizador de la última bomba de humo que contenía estaba puesto para que saltara al cabo de diez minutos, justo cuando los expertos en explosivos estuvieran examinando la mochila a cierta distancia.

A la 1.05 Trey contactó por radio con el resto del equipo.

—Aquí fuera ha cundido el pánico. Hay humo por todas partes. Y un ejército de policías. A lo nuestro.

—Fuera luces —respondió Denny.

Ahmed, que esperaba en su sótano de Buffalo tomándose un té cargado, se conectó rápidamente al panel de seguridad de la universidad, accedió al cuadro eléctrico y cortó la corriente no solo de la biblioteca Firestone, sino también de otra media docena de edificios cercanos. Por si acaso, Mark, que acababa de ponerse unas gafas de visión nocturna, bajó además el diferencial de la sala de calderas. Aguardó unos instantes, conteniendo el aliento, y cuando vio que el generador no saltaba, volvió a respirar con normalidad.

El apagón activó varias alarmas en la estación central de vigilancia que había en el interior del complejo de seguridad del campus, pero nadie estaba atento a los monitores en ese momento: tenían un pistolero suelto, no había tiempo para preocuparse por ninguna otra alarma.

La semana anterior Jerry había pasado dos noches en la biblioteca Firestone y tenía la certeza de que no había guardias dentro del edificio cuando estaba cerrado. Por las noches un agente de uniforme pasaba por delante un par de veces, revisaba las puertas con una linterna y después seguía su camino. También había un coche patrulla con todos sus distintivos que recorría el campus, pero básicamente se dedicaba a buscar estudiantes borrachos. Por lo general ese campus era como cualquier otro: un lugar muerto entre la una y las ocho de la mañana.

Esa noche, sin embargo, Princeton se hallaba en medio de una emergencia desesperada, porque estaban disparando a los mejores estudiantes de Estados Unidos. Trey informó al resto de la banda de que aquello era un caos absoluto, con policías por todos lados, SWAT poniéndose el equipo de asalto, aullidos de sirenas, crepitar de radios y el parpadeo de un millón de luces de emergencia azules y rojas. El humo flotaba entre los árboles como si se tratase de niebla. Se oía un helicóptero que volaba cerca. Caos absoluto.

Denny, Jerry y Mark se desplazaron en la oscuridad y bajaron por las escaleras hasta el sótano donde estaban las colecciones especiales. Todos llevaban gafas de visión nocturna y frontales sujetos a la frente. También cargaban cada uno con una mochila pesada, y Jerry llevaba al hombro un petate pequeño del ejército que había escondido en la biblioteca dos noches antes. En el tercer y último sótano, se detuvieron ante una gruesa puerta metálica, inutilizaron las cámaras de vigilancia y esperaron a que Ahmed hiciera su magia. Con mucha calma, él se coló en el sistema de alarma de la biblioteca y desactivó los cuatro sensores de la puerta. Se oyó un fuerte clic. Denny agarró el picaporte y tiró para abrir la puerta. Dentro encontraron un espacio cuadrado y estrecho con otras dos puertas metálicas. Mark examinó el techo con una linterna y encontró una cámara de vigilancia.

—Ahí —informó—. Solo una.

Jerry, el más alto, pues superaba el uno noventa de estatura, cogió un pequeño espray de pintura negra y tapó la lente de la cámara.

Denny se quedó mirando las dos puertas.

—¿Tiramos una moneda al aire?

—¿Qué es lo que veis? —preguntó Ahmed desde Buffalo.

—Dos puertas metálicas idénticas —respondió Denny.

—No tengo nada aquí, tíos —dijo Ahmed—. No hay nada en el sistema más allá de la primera puerta. Tendréis que cortar.

Jerry sacó del petate dos botellas de unos cuarenta y cinco centímetros, una llena de oxígeno y la otra de acetileno. Denny se colocó delante de la puerta de la izquierda, encendió un soplete con un mechero y empezó a calentar una zona de unos quince centímetros justo por encima de la cerradura y el cerrojo. Unos instantes después empezaron a saltar chispas.

Entretanto, Trey se había alejado del caos que rodeaba McCarren y estaba escondido en la oscuridad frente a la biblioteca. Comenzaron a oírse más sirenas cuando llegaron otros vehículos de emergencias. Resonaba por todas partes el ruido de las hélices de los helicópteros que sobrevolaban el campus, pero Trey no alcanzaba a verlos. A su alrededor estaba todo oscuro, incluso las farolas estaban apagadas. No había ni un alma por la zona de la biblioteca. Todo el mundo hacía falta en otra parte.

—Todo tranquilo en el exterior de la biblioteca —informó—. ¿Algún progreso?

—Estamos cortando —fue la tensa contestación de Mark.

Los cinco miembros del equipo sabían que debían hablar

entre ellos lo mínimo posible. Denny, hábil con el soplete, fue abriendo lentamente un agujero en el metal con la llama, que alcanzaba unos ochocientos grados de calor oxigenado. Transcurrieron los minutos mientras veían cómo el metal fundido goteaba hasta el suelo y saltaban chispas rojas y amarillas desde la puerta.

—Tiene un centímetro y medio de grosor —señaló Denny en un momento dado.

Terminó el borde superior del cuadrado y empezó a cortar en ángulo recto hacia abajo. El trabajo era lento, los minutos iban pasando y la tensión aumentaba, pero mantuvieron la calma. Jerry y Mark se habían agachado detrás de Denny y observaban todos sus movimientos. Cuando la línea final del corte estuvo terminada, Denny empujó un poco la trampilla que acababa de crear y se soltó, pero se quedó colgando de algo.

—Es un cerrojo —explicó—. Lo voy a cortar.

Cinco minutos más tarde, lograron abrir la puerta de par en par. Ahmed, que no había apartado los ojos de la pantalla del portátil, no vio nada raro en el sistema de seguridad de la biblioteca.

—Nada por aquí —confirmó.

Denny, Mark y Jerry entraron en la sala y la examinaron. Había una mesa estrecha, de unos sesenta centímetros de ancho como mucho, que se extendía de punta a punta de la sala y tendría unos tres metros. En un lado había cuatro grandes cajoneras de madera, y en el otro, otras cuatro. Mark, el experto en cerraduras, se quitó las gafas de visión nocturna, ajustó su frontal e inspeccionó una.

—No me sorprende —dijo negando con la cabeza—. Cerraduras de combinación, probablemente con códigos informatizados que cambian todos los días. No se pueden forzar. Tendremos que perforarlas.

—Hazlo —ordenó Denny—. Empieza con el taladro mientras yo voy a cortar la otra puerta.

Jerry sacó un taladro de tres cuartos con batería y dos asas, una en cada lado. Lo colocó sobre la cerradura y Mark y él empujaron para hacer toda la presión posible. El taladro emitió un chirrido y empezó a atravesar la cerradura que les había parecido impenetrable. Primero salió una viruta y después otra y, con los dos hombres haciendo presión sobre las asas, el taladro fue traspasándola poco a poco. No obstante, cuando acabaron de hacer el agujero de lado a lado, el cajón no se abrió. Mark consiguió introducir una fina palanca por encima de la cerradura y dio un tirón violento. El marco de madera se astilló y el cajón cedió. Dentro había una caja de archivo con bordes de metal negro, de unos cuarenta y cinco centímetros de ancho por cincuenta y cinco de alto y unos ocho de grosor.

—Cuidado —dijo Jerry cuando Mark abrió la caja y sacó un libro de tapa dura muy fino.

—*Antología de poemas*, de Dolph McKenzie —leyó Mark despacio—. Justo lo que siempre había querido.

—¿Quién demonios es ese tío?

—No lo sé, pero no hemos venido a buscar poesía.

Denny entró por la puerta que se encontraba detrás de ellos.

—Vale, seguid con eso. Hay siete cajones más en esta sala. Y ya casi he entrado en la otra.

Volvieron a sus tareas mientras Trey se fumaba un cigarrillo en un banco del parque que había al otro lado de la calle, sin dejar de mirar su reloj. La locura que se había apoderado del campus no parecía estar cediendo, pero tampoco iba a durar para siempre.

En el segundo y tercer cajón de la primera sala, había más libros raros de autores que la banda no conocía. Cuando Denny terminó de abrir la puerta de la segunda sala con su soplete, llamó a Jerry y a Mark para que llevaran el taladro. En esa sala también había ocho cajones grandes, que parecían idénticos a los de la primera. A las 2.15 Trey informó de que el campus seguía cerrado, pero que algunos estudiantes curiosos ya empezaban a reunirse en el césped que había delante de McCarren para contemplar el espectáculo. La policía había sacado los megáfonos para ordenarles que volvieran a sus habitaciones, pero eran demasiados. Y, para complicar las cosas, habían aparecido al menos dos helicópteros de canales de noticias. Estaba viendo la CNN en su teléfono y lo que estaba pasando en Princeton era la historia del momento. Desde «la escena», un reportero exaltado no hacía más que hablar de «varios heridos sin confirmar» e intentaba transmitir la idea de que había estudiantes con heridas de bala producidas por «al menos un tirador».

—¿«Al menos un tirador»? —murmuró Trey. ¿Un tiroteo no requería al menos un tirador?

Denny, Mark y Jerry se plantearon abrir los cajones con un soplete pequeño, pero descartaron la idea, por el momento. El riesgo de provocar un incendio era demasiado alto, y si dañaban los manuscritos no les servirían de nada. En lugar de eso, Denny sacó un taladro más pequeño, de poco más de un centímetro, y comenzó a perforar. Mark y Jerry se pusieron a trabajar con el más grande. Del primer cajón de la segunda sala, salieron montones de papeles delicados con poemas escritos a mano por otro poeta olvidado largo tiempo atrás, uno del que nunca habían oído hablar pero al que de todas formas odiaron inmediatamente.

A las 2.30 la CNN confirmó que había dos estudiantes muertos y al menos otros dos heridos. Se introdujo la palabra «matanza».

5

Cuando el segundo piso de McCarren quedó asegurado por la policía, encontraron los restos de algo que parecían petardos. Aparecieron en el baño y en la ducha los botes vacíos de las bombas de humo. Los artificieros abrieron la mochila abandonada de Trey y sacaron la bomba restante. A las 3.10 el comandante mencionó las palabras «broma pesada» por primera vez, pero la adrenalina aún les corría a todos por las venas, así que a nadie se le ocurrió la palabra «distracción».

Aseguraron rápidamente el resto de McCarren y localizaron a todos los estudiantes. El campus, sin embargo, continuó cerrado, y no lo abrirían hasta pasadas varias horas, cuando acabaran de registrar todos los edificios cercanos.

6

A las 3.30, Trey volvió a informar.

—Parece que las cosas se van calmando por aquí. Ya han pasado tres horas, chicos, ¿cómo vais con el taladro?

—Lentos —fue la respuesta de Denny.

Dentro de la cámara acorazada avanzaban despacio, como había dicho Denny, pero no descansaron ni un minuto. De los primeros cuatro cajones que abrieron, salieron más manuscritos viejos, algunos escritos a mano, y otros, a máquina, todos de escritores importantes pero que no les interesaban. En el quinto cajón por fin encontraron lo que buscaban. Denny sacó una caja de archivo idéntica a las otras y la abrió con cuidado. Dentro había una ficha de la biblioteca que decía: «Manuscrito original escrito a mano de *Hermosos y malditos* - F. Scott Fitzgerald».

—Premio —exclamó Denny sin perder la calma.

De ese mismo cajón sacó otras dos cajas idénticas y las colocó con delicadeza encima de la mesa estrecha para abrirlas. Contenían los manuscritos originales de *Suave es la noche* y *El último magnate*.

Ahmed, que seguía pegado a su portátil, a esas alturas con

una bebida energética con mucha cafeína, de repente oyó unas palabras que le sonaron a gloria.

—Vale, chicos, tenemos tres de cinco. *Gatsby* tiene que estar por aquí en alguna parte, y también *A este lado del paraíso*.

—¿Cuánto vais a tardar? —quiso saber Trey.

—Veinte minutos —aventuró Denny—. Trae la furgoneta.

Trey cruzó tranquilamente el campus, mezclándose con la multitud de curiosos, y se quedó un momento mirando el pequeño ejército de policías que iba de acá para allá. Ya no andaban agachándose, cubriéndose, corriendo y ocultándose tras los coches con las armas cargadas. Estaba claro que el peligro había pasado, aunque la zona seguía iluminada por las luces parpadeantes. Trey se alejó, caminó unos ochocientos metros, salió del campus y se dirigió a John Street, donde se subió a una furgoneta blanca que tenía las palabras «Imprenta de la Universidad de Princeton» rotuladas en ambas puertas frontales. Le habían puesto el número 12, aunque no sabían qué significaba, y era muy similar a una que había fotografiado Trey unas semanas antes. Fue conduciendo hasta el campus, evitó el alboroto de McCarren y aparcó junto a una rampa de carga y descarga en la parte de atrás de la biblioteca.

—Furgoneta en posición —anunció.

—Estamos abriendo el sexto cajón —contestó Denny.

Jerry y Mark se quitaron las gafas de visión nocturna y acercaron las luces a la mesa. Denny abrió con cuidado la caja. En la ficha ponía: «Manuscrito original escrito a mano de *El gran Gatsby* - F. Scott Fitzgerald».

—Lo tenemos —dijo con total tranquilidad—. Tenemos al viejo hijo de puta de Gatsby.

—Hurra —exclamó Mark con un entusiasmo muy contenido.

Jerry sacó la caja que quedaba en el cajón. Era el manuscrito de *A este lado del paraíso*, la primera novela de Fitzgerald, publicada en 1920.

—Tenemos los cinco —confirmó Denny con serenidad—. Larguémonos de aquí.

Jerry guardó los taladros, el soplete, las botellas de oxígeno y acetileno y las palancas. Cuando se agachó para coger el petate, se clavó una astilla de madera del tercer cajón justo encima de la muñeca izquierda. Con la emoción apenas lo notó; solo se frotó la zona un segundo al quitarse la mochila. Con sumo cuidado, Denny y Mark colocaron los cinco manuscritos, de valor incalculable, entre las tres mochilas. Los ladrones abandonaron apresuradamente la cámara cargados con su botín y las herramientas, y subieron por las escaleras hasta la planta principal. Salieron de la biblioteca por una entrada de servicio cercana a la rampa, que quedaba oculta tras un seto alargado y tupido. Montaron en la furgoneta por las puertas de atrás, y Trey se alejó de la rampa. En ese momento se cruzó con un coche patrulla de la seguridad del campus en el que iban dos guardias. Los saludó con la mano como si tal cosa; ellos no respondieron.

Trey miró la hora: las 3.42.

—Todo en orden —informó—. Salimos del campus con Gatsby y sus amigos.

7

El apagón hizo saltar varias alarmas en los edificios afectados. A las 4.00 un ingeniero consiguió acceder al cuadro eléctrico de la universidad, que estaba controlado por ordenador, y encontró el problema. La electricidad volvió a todos los edificios excepto a la biblioteca. El jefe de seguridad envió tres agentes allí. Tardaron diez minutos en encontrar la razón por la que había saltado la alarma.

Para entonces la banda ya había llegado a un motel barato de la interestatal 295, cerca de Filadelfia. Trey estacionó la furgoneta al lado de un camión de dieciocho ruedas y lejos de la única cámara que vigilaba el aparcamiento. Mark sacó un espray de pintura blanca y cubrió «Imprenta de la Universidad de Princeton» en las dos puertas de la furgoneta. En la habitación en la que habían dormido Trey y él la noche anterior, los cuatro hombres se cambiaron para ataviarse con ropa de caza y metieron en una bolsa todo lo que habían llevado puesto durante el trabajo (vaqueros, zapatillas, sudaderas y guantes negros). En el baño, Jerry se fijó en el pequeño corte que tenía en la muñeca izquierda. Durante el viaje lo había estado presionando con el pulgar, pero había más sangre de la que creía. Se limpió la herida con una toalla y pensó en mencionárselo a los demás. Se dijo que tal vez lo haría más tarde.

Sacaron todas sus cosas de la habitación sin hacer ruido, apagaron las luces y se marcharon. Mark y Jerry se subieron a una camioneta (una muy nueva, de cabina extendida, que habían alquilado y que conducía Denny) y salieron del aparcamiento detrás de Trey, que iba en la furgoneta del robo, y los dos vehículos volvieron a incorporarse a la interestatal. Rodearon los barrios residenciales de Filadelfia por el norte y, conduciendo siempre por autopistas estatales, se perdieron en medio de la Pensilvania rural. Cerca de Quakertown encontraron la carretera comarcal que habían elegido y la siguieron durante más o menos kilómetro y medio, hasta que dio paso a un camino de gravilla. No había casas en la zona. Trey aparcó la furgoneta en medio de un barranco poco profundo, le quitó las placas de matrícula robadas, echó unos cuantos litros de gasolina sobre las bolsas en las que estaban las herramientas, los móviles, los equipos de radio y la ropa, y encendió una cerilla. Todo prendió al instante y se convirtió en una bola de fuego. Cuando se alejaron en la camioneta, estaban seguros de que habían destruido todas las pruebas posibles. Los manuscritos se hallaban a salvo en el asiento de atrás de la camioneta, entre Trey y Mark.

La luz del sol empezó a asomar por encima de las colinas mientras avanzaban en silencio, los cuatro mirando por las ventanillas el paisaje que les rodeaba, aunque no era gran cosa. De vez en cuando se cruzaban con algún vehículo, un granjero se dirigía a su granero sin echarle siquiera un vistazo a la autopista o una anciana salía al porche para coger a su gato. Cerca de Bethlehem enfilaron la interestatal 78 y se dirigieron al oeste. Denny no rebasó ni una sola vez el límite de velocidad. No habían visto un coche de policía desde que salieron del campus de Princeton. Pararon en un autoservicio para comprar sándwiches de pollo y café, y después se dirigieron hacia el norte por la interestatal 81, hacia la zona de Scranton.

8

El primer par de agentes del FBI llegó a la biblioteca Firestone justo después de las 7.00. La seguridad del campus y la policía de la ciudad de Princeton les informaron de la situación. Echaron un vistazo a la escena del crimen y recomendaron que la biblioteca permaneciera cerrada hasta nuevo aviso. Investigadores y técnicos de la oficina de Trenton ya iban de camino a la universidad.

El rector de la universidad acababa de llegar a su residencia dentro del campus tras una noche muy larga cuando recibió la noticia de que habían desaparecido algunos documentos valiosos. Fue corriendo hasta la biblioteca, donde se encontró al bibliotecario jefe, al FBI y a la policía local. Entre todos tomaron la decisión de mantener la historia en secreto todo el tiempo que fuera posible. El director de la unidad de Recuperación de Objetos Raros y Valiosos del FBI estaba en camino desde Washington y, según les había dicho, creía que los ladrones contactarían pronto con la universidad para intentar negociar. La publicidad, que seguro que alcanzaría proporciones espectaculares, solo complicaría las cosas.

9

Los cuatro cazadores pospusieron la celebración hasta que llegaron a la cabaña, en lo más profundo de las montañas Poconos. Con unos fondos que recuperaría cuando les pagaran por los manuscritos, Denny había alquilado una casita para toda la temporada de caza y llevaba viviendo allí un par de meses. De los cuatro, solo Jerry contaba con una dirección permanente. Tenía alquilado un pequeño apartamento con su novia en Rochester, en el estado de Nueva York. Trey, como fugitivo, se había pasado la mayor parte de su vida adulta viviendo a salto de mata. Mark vivía a temporadas con una exmujer cerca de Baltimore, pero no constaba en ninguna parte.

Los cuatro tenían distintos documentos falsos, entre ellos pasaportes que engañarían a cualquier agente de inmigración.

Había tres botellas de champán barato en la nevera. Denny abrió una, lo sirvió en cuatro tazas de café diferentes hasta vaciar la botella e hizo un alegre brindis:

—Salud, chicos, y felicidades. ¡Lo hemos conseguido!

En media hora ya no quedaba nada de las tres botellas, y los cansados cazadores decidieron dar una larga cabezada. Los manuscritos, todavía en las cajas de archivo, todas idénticas, estaban apilados como lingotes de oro en una caja fuerte especial para armas que había en un trastero, que vigilarían Denny y Trey durante unos días. Jerry y Mark volverían a sus casas al día siguiente, supuestamente agotados tras una larga semana en el bosque cazando ciervos.

Mientras Jerry dormía, todo el peso y la furia del gobierno federal se movían a gran velocidad en contra. Una técnica del FBI se fijó en una mancha diminuta que había en el primer peldaño de la escalera que llevaba a la cámara acorazada de la biblioteca. Pensó, con acierto, que era una gota de sangre y que no llevaba allí el tiempo suficiente para haberse vuelto granate oscuro, casi negra. La recogió, llamó a su supervisor, y la enviaron con carácter de urgencia al laboratorio del FBI en Filadelfia. De inmediato se hizo un análisis de ADN y los resultados se compararon con la base de datos nacional. En menos de una hora apareció una coincidencia en Massachusetts: un tal Gerald A. Steengarden, un delincuente en libertad condicional que había entrado en la cárcel siete años antes por robar unos cuadros a un marchante de arte de Boston. Un equipo de analistas se puso a trabajar como loco para encontrar algún rastro del señor Steengarden. Había cinco personas con ese nombre en Estados Unidos. Eliminaron rápidamente a cuatro. Después consiguieron una orden de registro para el apartamento y otra orden judicial para examinar los registros telefónicos y los extractos de las tarjetas de crédito del quinto señor Steengarden. Cuando Jerry se despertó de su larga siesta en las Poconos, el FBI ya estaba vigilando su apartamento de Rochester. Habían decidido no entrar todavía con la orden, sino vigilar y esperar.

Tal vez, solo tal vez, el señor Steengarden los llevara hasta los demás.

En Princeton se elaboraron listas de todos los alumnos que habían utilizado la biblioteca durante la semana anterior. Sus tarjetas de identificación registraban todas las visitas a las bibliotecas del campus y cualquier tarjeta falsa llamaba la atención, porque por lo general en la universidad solo los menores utilizaban identificaciones falsas, y era para comprar alcohol, nadie las usaba para acceder a la biblioteca. Determinaron las horas exactas en que se habían usado las tarjetas falsas y comprobaron los vídeos de las cámaras de vigilancia de la biblioteca. Al mediodía el FBI ya tenía imágenes claras de Denny, Jerry y Mark, aunque en ese momento aún no les servían de mucho; todos iban bien disfrazados.

En el departamento de Libros Raros y Colecciones Especiales, Ed Folk se puso a pleno rendimiento por primera vez en décadas. Rodeado de agentes del FBI revisó a toda velocidad los registros informáticos y las fotos de las visitas recientes. Se verificaron todas y cada una de ellas. Cuando el FBI logró hablar con Neville Manchin, el profesor adjunto de la Universidad de Portland State, este les aseguró que nunca había estado en el campus de Princeton, ni siquiera en los alrededores. El FBI acababa de conseguir una foto clara de Mark, aunque no sabían su nombre real.

Y así, menos de doce horas después de que el robo concluyera con éxito, ya había cuarenta agentes del FBI examinando pruebas, revisando vídeos y analizando datos.

11

A última hora de la tarde, los cuatro cazadores abrieron unas cervezas y se reunieron en torno a una mesa para jugar a las cartas. Denny empezó a divagar y a hablar de cosas que ya habían repasado un montón de veces. El robo había terminado, había salido a la perfección, pero en todos los delitos siempre se dejaba alguna pista. Siempre se cometían errores y, si al acabar recordabas por lo menos la mitad, eras un genio. La policía no tardaría en descubrir las identidades falsas y tiraría del hilo. Sabrían que habían estado en la biblioteca, reconociendo el terreno, días antes del robo. ¿Y quién sabía cuántas imágenes de vídeo tendrían? Podría haber fibras de la ropa, huellas de las zapatillas, etcétera. Creían que no habían dejado huellas dactilares, pero siempre cabía la posibilidad. Los cuatro tenían experiencia y eran conscientes de todo eso.

Nadie se había percatado de la pequeña tirita que Jerry llevaba en la muñeca izquierda y él había decidido ignorarla también. Se convenció de que no tenía importancia.

Mark sacó cuatro dispositivos que eran idénticos al iPhone 5 de Apple, tenían el logotipo, incluso, pero no eran teléfonos. Eran unos aparatos conocidos como Sat-Traks, dispositivos de localización conectados a un sistema satélite con cobertura instantánea en cualquier lugar del mundo. No utilizaban la red móvil, así que no había forma de que los policías los localizaran a través de ellos ni de que pudieran escuchar sus conversaciones. Mark les explicó, una vez más, que era fundamental que los cuatro, y también Ahmed, permanecieran en contacto permanente durante las semanas siguientes. Ahmed había conseguido los dispositivos gracias a uno de sus numerosos contactos. No tenían botón de encendido/apagado, sino que había que introducir un código de tres dígitos que activaba el Sat-Trak. Una vez activado el dispositivo, el usuario tenía que introducir su contraseña personal de cinco dígitos para acceder a las funciones. Dos veces al día, a las ocho de la mañana y las ocho de la tarde exactamente, los cinco tenían que conectar los dispositivos y transmitir el claro mensaje: «Todo en orden». Los retrasos eran inexcusables y podían llegar a resultar catastróficos. Un retraso significaba que el Sat-Trak y, lo que era peor, su propietario habían sido interceptados. Un retraso de quince minutos activaba el plan B, lo que significaba que Denny y Trey cogerían los manuscritos y se trasladarían a una segunda casa franca. Si Denny o Trey eran los que no daban la señal, los demás tendrían que abortar toda la operación, o lo que quedara de ella, y Jerry, Mark y Ahmed tendrían que abandonar el país de inmediato.

Las malas noticias se transmitían con el simple mensaje: «Rojo». «Rojo», sin hacer preguntas ni perder tiempo, significaba que (1) algo había salido mal, (2) si era posible, había que llevar los manuscritos a la tercera casa franca y (3) había que abandonar el país obligatoriamente lo más rápido posible.

Si a alguno lo atrapaba la policía, se esperaba que guardara silencio. Los cinco habían memorizado los nombres de parientes y sus direcciones para asegurar lealtad inquebrantable a la causa y al resto del grupo. La venganza estaba garantizada. Nadie podía contar nada. Nunca.

Aunque estuviesen preparándose para lo peor, seguían estando todos de buen humor; de hecho, el ambiente era festivo. Habían perpetrado el robo de forma brillante y la huida había sido perfecta.

A Trey, el experto en fugas, le encantaba contar batallitas. Decía que había conseguido lo que se proponía porque siempre tenía un plan para después de cada fuga, mientras que muchos de los que lo intentaban solo pensaban en la manera de salir. Con un delito ocurría lo mismo, aseguraba. Los delincuentes se pasaban días y semanas planeando y maquinando, y cuando lo llevaban a cabo, no sabían qué hacer después. Necesitaban un plan.

Sin embargo, ellos no se ponían de acuerdo sobre qué plan. Denny y Mark estaban a favor del golpe rápido: contactar con Princeton al cabo de una semana y pedir un rescate. Podrían librarse de los manuscritos pronto, así no tendrían que preocuparse de protegerlos y moverlos, y conseguirían su dinero.

Jerry y Trey, con más experiencia, preferían un enfoque más paciente. Querían esperar a que se disipara la polvareda, a que la realidad fuera calando mientras se corría la voz por el mercado negro y pasara un poco de tiempo hasta que estuvieran seguros de que no eran sospechosos. Princeton no era el único comprador posible. Habría más, sin duda.

La discusión fue larga y con frecuencia tensa, pero también estuvo salpicada de chistes y risas y abundante cerveza. Al final acordaron un plan temporal. Jerry y Mark se irían a la mañana siguiente a casa: Jerry a Rochester y Mark a Baltimore, pasando primero por Rochester. Durante la semana siguiente procurarían no llamar la atención y estar pendientes de las noticias, y se pondrían en contacto con el equipo dos veces al día, por supuesto. Denny y Trey se quedarían a cuidar los manuscritos y los trasladarían más o menos una semana después a la segunda casa franca, un apartamento barato en una zona bastante degradada de Allentown, en Pensilvania. Diez días más tarde se reunirían con Jerry y Mark en el piso franco y los cuatro decidirían un plan definitivo. Mientras tanto Mark contactaría con un intermediario potencial al que conocía desde hacía muchos años, alguien que se movía en el lado turbio del comercio de obras de arte y objetos valiosos. Discretamente, como exigía el negocio, difundiría por ahí que sabía algo de los manuscritos de Fitzgerald. Pero no diría nada más hasta que los cuatro se reunieran de nuevo.

12

Carole, la mujer que vivía en el apartamento de Jerry, salió a las cuatro y media, sola. La siguieron unas manzanas, hasta un supermercado. Decidieron no entrar en el apartamento, al menos por el momento. Había demasiados vecinos; si alguno decía algo, pondría en peligro la vigilancia. Carole no tenía ni idea de que la estaban vigilando tan de cerca. Mientras compraba, unos agentes colocaron dos dispositivos de rastreo en los guardabarros de su coche. Otras dos agentes (vestidas con ropa de correr) la observaron mientras compraba (nada de interés). Cuando le envió un mensaje a su madre, los agentes leyeron ese mensaje y lo registraron. Cuando llamó a una amiga, había gente escuchando hasta la última palabra. Cuando paró en un bar, un agente con vaqueros la invitó a una copa. Cuando volvió a casa, poco después de las nueve, seguían observando, grabando y registrando todos sus pasos.

13

Entretanto, su novio bebía cerveza y leía *El gran Gatsby* en una hamaca del porche trasero de la cabaña, con un bonito estanque a apenas unos metros. Mark y Trey habían cogido un bote y estaban pescando tranquilamente, y Denny vigilaba los filetes que estaban haciéndose en la parrilla. El atardecer trajo un viento frío, y los cuatro cazadores se metieron en la cabaña, donde tenían un fuego chisporroteando. A las ocho en punto sacaron sus nuevos Sat-Trak, introdujeron los códigos y todos, incluido Ahmed, desde Buffalo, dijeron el correspondiente: «Todo en orden», la prueba de que la vida seguía siendo segura.

Y la vida sin duda era buena. Menos de veinticuatro horas antes, estaban en el campus, agazapados en la oscuridad y muy ansiosos, pero a la vez encantados por la emoción de la caza. Su plan había funcionado a la perfección, tenían en sus manos unos manuscritos de valor incalculable y pronto tendrían el dinero. La transacción no sería fácil, pero ya se ocuparían de eso más adelante.

14

Aunque el alcohol ayudó, a los cuatro les costó dormir. A la mañana siguiente, muy temprano, mientras Denny preparaba huevos con beicon y café cargado, Mark se sentó en la encimera con un portátil para ojear los titulares de la prensa de toda la Costa Este.

—Nada —informó—. Muchas noticias sobre el alboroto del campus, que ahora califican oficialmente de broma pesada, pero ni una palabra sobre los manuscritos.

—Seguro que están intentando mantenerlo en secreto —respondió Denny.

—Sí, pero ¿durante cuánto tiempo?

—No mucho. No se puede mantener a la prensa alejada de algo como esto. Lo filtrarán hoy o mañana.

—No sé si eso es bueno o malo.

—Ninguna de las dos cosas.

Trey entró en la cocina con la cabeza recién afeitada. Se la frotó con orgullo.

—¿Qué os parece? —preguntó.

—Arrebatador —dijo Mark.

—Lo tuyo no tiene arreglo —contestó Denny.

Ninguno de los cuatro tenía la misma apariencia que veinticuatro horas antes. Trey y Mark se habían afeitado completamente: la barba, el pelo y hasta las cejas. Denny y Jerry se habían quitado la barba, pero no habían querido quedarse sin pelo, aunque sí se lo habían teñido. Denny había pasado de rubio a castaño oscuro; Jerry lo llevaba de un pelirrojo claro. Todos utilizarían gorras y gafas que se cambiarían a diario. Sabían que habrían sacado las imágenes del vídeo, conocían la tecnología de reconocimiento facial del FBI y eran conscientes de su capacidad. Habían cometido errores, pero sus esfuerzos por recordarlos se reducían con rapidez. Había llegado el momento de pasar a la siguiente fase.

También reflejaban una suficiencia que era el efecto secundario natural de un crimen tan perfecto. Se habían reunido por primera vez un año antes, cuando Trey y Jerry, los dos con delitos previos y más experiencia, conocieron a Mark, que ya conocía a Ahmed. Se pasaron horas planeando y tramando, discutiendo sobre quién iba a hacer qué, cuándo era el mejor momento y adónde irían después. Un millón de detalles, algunos de gran envergadura y otros ínfimos, pero todos cruciales. Una vez que había terminado el robo, todo eso era historia. Ya solo les quedaba recoger el dinero.

A las ocho de la mañana del jueves se observaron unos a otros mientras reproducían el ritual del Sat-Trak. Ahmed estaba vivo y bien. Todos presentes y localizados. Jerry y Mark se despidieron y se alejaron de la cabaña y de las Poconos. Cuatro horas después entraron en las afueras de Rochester. No tenían forma de saber el ingente número de agentes del FBI que esperaban pacientemente su llegada, alertas por si aparecía la camioneta Toyota de 2010 que Jerry había alquilado tres meses antes. Cuando Jerry aparcó cerca de su apartamento, unas cámaras ocultas enfocaron e hicieron zoom para ampliar su cara y la de Mark mientras cruzaban tan tranquilos el aparcamiento y subían las escaleras hasta el tercer piso.

Las fotos digitales se enviaron de forma instantánea al laboratorio del FBI en Trenton. Cuando Jerry llegó y le dio un beso a Carole para saludarla, las fotos ya se habían comparado con las imágenes congeladas de los vídeos de vigilancia de la biblioteca de Princeton. La tecnología de imagen del FBI identificó a Jerry, o el señor Gerald A. Steengarden, y reconoció a Mark como la persona que había suplantado la identidad del profesor Neville Manchin. Como Mark no tenía antecedentes, no había datos sobre él en la red de delincuencia nacional. El FBI sabía que había estado en la biblioteca, solo desconocía su nombre.

Aunque no tardarían mucho en averiguarlo.

Decidieron seguir vigilando y esperar. Jerry ya les había llevado a Mark; tal vez también les pusiera en bandeja a algún otro. Después de comer, los dos salieron del apartamento y volvieron al Toyota. Mark llevaba en la mano una bolsa de deporte de nailon barato de color granate. Jerry no llevaba nada. Fueron al centro; Jerry conducía despacio, con cuidado de cumplir todas las normas de circulación para no tener que cruzarse con ningún policía.

15

Iban fijándose en todo. Todos los coches, todas las caras, todos los ancianos sentados en un banco del parque con la cara oculta tras el periódico. Estaban seguros de que no los seguían, pero en ese negocio, no descansabas nunca. No vieron ni oyeron el helicóptero que volaba muy alto, mil metros por encima de ellos, sin perderlos de vista desde el aire.

Cuando llegaron a la estación Amtrak, Mark salió de la furgoneta sin pronunciar palabra, cogió su bolsa de la parte de atrás y cruzó la acera hasta la entrada. Dentro se compró un billete en clase turista para el tren de las 14.13 a Penn Station, en Manhattan. Mientras esperaba, leía una vieja edición de bolsillo de *El último magnate*. No le gustaba mucho leer, pero se le había despertado repentinamente una obsesión por Fitzgerald. Contuvo una sonrisa cuando pensó en el manuscrito y dónde estaba escondido.

Jerry paró en una licorería para comprar una botella de vodka. Cuando salió de la tienda, tres jóvenes corpulentos vestidos con trajes oscuros se plantaron delante de él, lo saludaron, le enseñaron sus placas y dijeron que querían hablar con él. Jerry dijo no, gracias, tenía cosas que hacer. Y ellos decidieron proceder: uno sacó unas esposas, otro le cogió el vodka y el tercero le registró los bolsillos y sacó la cartera, las llaves y el Sat-Trak. Lo acompañaron hasta un todoterreno alargado negro y lo llevaron a la cárcel de la ciudad, que estaba solo a cuatro manzanas. Durante el corto viaje en coche, nadie dijo nada. Lo metieron en una celda vacía sin mediar palabra. Él no preguntó; ellos no se explicaron.

—Oye, tío, ¿sabes qué es lo que está pasando aquí? —preguntó Jerry cuando se acercó un guardia a saludar.

El guardia miró por el pasillo y se inclinó hacia los barrotes.

—No sé, amigo, pero está claro que has cabreado a los peces gordos.

Jerry se tumbó en el camastro de la celda oscura, miró el techo sucio y se preguntó si aquello estaba pasando de verdad. ¿Cómo demonios...? ¿Qué había salido mal?

Mientras la celda daba vueltas a su alrededor, Carole abrió la puerta de su casa y se encontró a media docena de agentes. Uno le enseñó una orden de registro. Otro le dijo que saliera del apartamento y que se sentara en su coche, pero que no encendiera el motor.

Mark subió al tren a las 14.00 y se sentó. Las puertas se cerraron a las 14.13, pero el tren no se movió. A las 14.30 las puertas se abrieron y dos hombres con gabardinas azul marino a juego subieron al tren y lo miraron con dureza. En ese horrible momento Mark supo que las cosas se estaban torciendo.

Se identificaron tranquilamente y le pidieron que bajara del tren. Uno lo agarró del codo mientras el otro cogía su bolsa del portaequipajes. De camino a la cárcel, no dijeron nada.

—Bueno, muchachos, ¿estoy arrestado? —preguntó Mark, aburrido del silencio.

—No solemos esposar a civiles al azar —contestó sin volverse el que conducía.

—Vale. ¿Y por qué me arrestáis?

—Te lo explicarán en la cárcel.

—Creí que erais vosotros los que teníais que informarme de los cargos al leerme mis derechos.

—No tienes mucha experiencia como delincuente, ¿eh?

No tenemos que leerte tus derechos hasta que empecemos a hacerte preguntas. Ahora mismo solo intentamos disfrutar de un poco de paz y tranquilidad.

Mark cerró la boca y se puso a mirar los coches que pasaban. Asumió que habían cogido a Jerry; de lo contrario no habrían sabido que él estaba en la estación de tren. ¿Era posible que hubieran cogido a Jerry y que él ya estuviera contándolo todo a cambio de un trato? Seguro que no.

Jerry no había dicho ni una palabra, no le habían dado oportunidad. A las 17.15 lo sacaron de la cárcel y lo llevaron a la oficina del FBI, a pocas manzanas. Lo dejaron ante una mesa en una sala de interrogatorios. Le quitaron las esposas y le dieron una taza de café. Entró un agente que se llamaba McGregor, se quitó la chaqueta, se sentó y se puso a charlar con él. Era de los amistosos, pero al final empezó con la regla de Miranda.

—¿Lo han detenido antes? —preguntó McGregor.

Sí que lo habían detenido, y por eso Jerry sabía que su nuevo amigo McGregor tenía una copia de su historial.

—Sí —dijo.

—¿Cuántas veces?

—Mire, señor agente, acaba de decirme que tengo derecho a permanecer en silencio. Pues no voy a decir una palabra y quiero un abogado ahora mismo. ¿Lo ha entendido?

—Claro —dijo McGregor y salió de la sala.

A la vuelta de la esquina, estaban instalando a Mark en otra sala. McGregor entró y procedió con el mismo ritual. Los dos bebieron café unos minutos y hablaron de la regla de Miranda. Habían registrado la bolsa de Mark gracias a una orden y habían encontrado toda clase de cosas interesantes. McGregor abrió un sobre grande, sacó unas cuantas tarjetas de plástico y las fue colocando encima de la mesa.

—Las hemos sacado de su cartera, señor Mark Driscoll. Un permiso de conducir de Maryland, con una foto muy mala, pero en la que tiene mucho pelo y cejas incluso. Dos tarjetas de crédito en vigor y una licencia temporal de caza emitida en Pensilvania. —Siguió colocando tarjetas—. Y también hemos sacado esto de su bolsa. Un permiso de conducir de Kentucky a nombre de Arnold Sawyer, en el que también se le ve mucho pelo. Una tarjeta de crédito falsa. —Fue sacando despacio más carnets—. Un permiso de conducir falso de Florida, en cuya foto sale con gafas y barba, a nombre del señor Luther Banahan. Y este pasaporte de muy buena calidad emitido en Houston a nombre de Clyde D. Mazy, junto al cual también había un permiso de conducir y más tarjetas de crédito falsas.

Había cubierto toda la mesa. Mark sintió ganas de vomitar, pero apretó la mandíbula y se encogió de hombros. ¿Y qué?

—Bastante impresionante —continuó McGregor—. Hemos comprobado todas las identidades y sabemos que es usted en realidad el señor Driscoll, con dirección desconocida porque va de aquí para allá.

—¿Eso es una pregunta?

—No, todavía no.

—Bien, porque no pienso contestar nada. Tengo derecho a un abogado, así que será mejor que vaya a buscarme uno.

—Vale. Es raro que en todas estas fotos tenga mucho pelo, en algunas incluso lleva bigote, y que siempre se le vea con cejas, pero que ahora no tenga ni un pelo. ¿Se está escondiendo por algo, Mark?

—Quiero un abogado.

—Ahora mismo. Pero, Mark, no hemos encontrado ningún documento a nombre del profesor Neville Manchin, de la Universidad de Portland State. ¿Le suena ese nombre?

¿Que si le sonaba? Como si hubieran golpeado una campana con un mazo en el interior de su cabeza.

Al otro lado del cristal opaco, había una cámara de alta resolución que enfocaba a Mark. Desde otra sala dos expertos en interrogatorios, ambos entrenados para detectar a sospechosos y testigos que mentían, le examinaban las pupilas, el labio superior, los músculos de la mandíbula, la posición de la cabeza. La mención de Neville Manchin había sobresaltado al sospechoso. Cuando Mark respondió con un débil: «Hum, no pienso decir nada, y quiero un abogado», ambos expertos asintieron y sonrieron. Lo tenían.

McGregor salió de la sala, habló con sus colegas y entró en la de Jerry. Se sentó, sonrió y esperó un buen rato.

—Bueno, Jerry, sigue sin querer hablar, ¿eh? —dijo finalmente.

—Quiero un abogado.

—Claro, claro, estamos intentando encontrarle uno. No es muy comunicativo, ¿no?

—Quiero un abogado.

—Su amigo Mark se muestra mucho más cooperativo que usted.

Jerry tragó saliva con dificultad. Esperaba que Mark hubiera logrado salir de la ciudad en el tren. Pero parecía que no. ¿Qué coño había pasado? ¿Cómo podían haberlos cogido tan rápido? A esa hora del día anterior, estaban sentados en la cabaña jugando a las cartas, bebiendo cerveza y disfrutando de su crimen perfecto.

Mark no podía estar cantando.

McGregor señaló la mano izquierda de Jerry.

—Lleva una tirita, ¿es que se ha cortado? —preguntó.

—Quiero un abogado.

—¿Necesita un médico?

—Un abogado.

—Vale, vale. Voy a buscarle un abogado.

Cerró la puerta de un portazo al salir. Jerry se miró la muñeca. No podía ser.

La oscuridad empezó a caer sobre el estanque, así que Denny recogió el sedal y comenzó a remar hacia la cabaña. Mientras la humedad traspasaba la fina chaqueta que llevaba, pensó en Trey y, para ser sincero, en lo poco que confiaba en él. Trey tenía cuarenta y un años, lo habían pillado dos veces con mercancía robada y había cumplido cuatro años la primera vez antes de fugarse y dos la segunda, hasta que logró escapar. Lo que le preocupaba de Trey era que en los dos casos había cedido, había cantado y había entregado a sus compañeros para conseguir una reducción de condena. Y para un profesional, eso era pecado mortal.

De los cinco de la banda, Denny no tenía ninguna duda de que Trey era el más débil. Como soldado de asalto, Denny había luchado en guerras y había sobrevivido a batallas y tiroteos. Había perdido a amigos y matado a muchos hombres. Entendía el miedo. Lo que odiaba era la debilidad.

A las ocho de la tarde del jueves, Denny y Trey estaban jugando al *gin rummy* y bebiendo cerveza. Pararon, sacaron los Sat-Trak, introdujeron los códigos y esperaron. A los pocos segundos oyeron a Ahmed decir «Todo en orden» desde Buffalo. Pero no llegó nada de Mark ni de Jerry. Se suponía que Mark estaba en el tren, haciendo un viaje de seis horas entre Rochester y Penn Station. Jerry debería estar en su apartamento.

Los cinco minutos siguientes pasaron muy despacio, o quizá a gran velocidad. No todo estaba en orden. Los dispositivos funcionaban, ¿no? Eran de los que utilizaba la CIA y habían costado una fortuna. Que dos se hubieran quedado en silencio a la vez significaba... ¿Qué significaba? A las 20.06 Denny se levantó.

—Demos los primeros pasos: meter en las bolsas lo esencial y prepararnos para largarnos de aquí, ¿vale?

—Vale —respondió Trey, claramente preocupado.

Corrieron a sus habitaciones y se pusieron a meter ropa a toda prisa en las bolsas.

—Han pasado once minutos de las ocho —dijo Denny unos minutos después—. Si a las ocho y veinte no hay nada, salimos pitando, ¿no?

—De acuerdo —confirmó Trey y se acercó a echar un vistazo a su Sat-Trak. Nada.

A las 20.20 Denny cruzó la puerta del trastero y abrió la caja fuerte para armas. Metieron los cinco manuscritos en dos bolsas verdes del ejército, protegidos con prendas de ropa, y los llevaron a la camioneta de Denny. Volvieron a la cabaña para apagar las luces y echar una última ojeada nerviosa.

—¿Y si la quemamos? —preguntó Trey.

—No, por Dios —exclamó Denny, irritado por su estupidez—. Eso solo llamaría la atención. Y podrían demostrar que hemos estado aquí. Demasiado llamativo. Para cuando se enteren hará mucho que nos hemos ido, y no habrá ni rastro de los libros.

Apagaron las luces, cerraron con llave las dos puertas y cuando salieron al porche, Denny se quedó parado un momento para que Trey se adelantara un poco. Entonces saltó, rodeó el cuello de Trey con ambas manos y le hundió con fuerza los pulgares en sendos puntos de presión de la carótida. Trey (mayor, menos corpulento, más débil y desprevenido) no era rival para la presión mortal que ejercía sobre su cuello el exsoldado de asalto. Se revolvió, manoteó unos segundos y después se quedó inerte. Denny lo tiró al suelo y le quitó el cinturón.

Paró para echar gasolina y tomar un café cerca de Scranton y después se dirigió al oeste por la interestatal 80. El límite de velocidad era de ciento diez kilómetros por hora; el velocímetro marcaba ciento ocho. Se había tomado unas cervezas por la tarde, pero ya se le habían pasado los efectos. Su Sat-Trak estaba en el salpicadero y lo miraba más o menos a cada kilómetro. Pero para entonces ya sabía que la pantalla seguiría apagada; nadie iba a dar señales. Asumió que habían atrapado a Mark y a Jerry juntos, y que algún tipo muy inteligente estaría ya despiezando sus Sat-Trak. El de Trey estaba en el fondo del estanque, junto con el propio Trey, empapado y empezando a descomponerse ya.

Si Denny lograba sobrevivir a las siguientes veinticuatro horas y salir del país, la fortuna sería para él.

Paró en un restaurante que servía tortitas y abría toda la noche, aparcó cerca de la puerta principal y se sentó a una mesa desde la que veía la camioneta. Abrió el portátil, pidió café y preguntó si tenían wifi. La chica le dijo que sí y le dio la contraseña. Decidió quedarse un rato y pidió gofres y beicon. Buscó en internet vuelos que salieran de Pittsburgh y reservó uno a Chicago y, de allí, otro directo a Ciudad de México. Buscó almacenes que dispusieran de sistemas de atmósfera controlada e hizo una lista. Comió despacio, pidió más café y mató todo el tiempo posible. Abrió la página de *The New York Times* y se quedó estupefacto ante la historia de la portada, que habían colgado unas cuatro horas antes. El titular decía: «Princeton confirma el robo de los manuscritos de Fitzgerald».

Tras un día sin comentarios y de negativas bastante sospechosas, las autoridades de la universidad por fin habían emitido un comunicado que confirmaba los rumores. La noche del martes unos ladrones habían entrado en la biblioteca Firestone mientras la seguridad del campus respondía a una llamada de emergencia por un supuesto hombre armado. Evidentemente había sido una distracción, y había funcionado. La universidad no quería informar de qué parte de la colección Fitzgerald habían robado, solo reconocía que era «una parte importante». El FBI estaba investigando el caso, etcétera. No ahondaban en detalles.

Y no mencionaban ni a Mark ni a Jerry. Denny se puso nervioso de repente y sintió la necesidad de volver a la carretera. Pagó la cuenta, salió del restaurante y tiró el Sat-Trak en una papelera que había junto a la puerta. Era su último vínculo con el pasado. Estaba solo, libre y emocionado por lo que había sucedido, pero también porque se publicara la noticia. Salir del país era imperativo. No era lo que había planeado, pero las cosas no podían estar saliendo mejor. Planes... Nunca sale nada como se planea y solo sobreviven los que se adaptan sobre la marcha.

Trey causaba problemas. Pronto se habría convertido en una molestia, luego en una responsabilidad y por fin en un lastre. Denny solo pensó en él de pasada. Cuando la oscuridad empezó a disiparse y se adentraba en el norte de Pittsburgh, Denny borró de su mente todos los recuerdos de Trey. Otro crimen perfecto.

A las nueve de la mañana entró en las oficinas de la empresa de almacenaje East Mills Secured Storage, en el barrio de Oakmont. Explicó al empleado que necesitaba guardar unos vinos de calidad durante unos meses y que buscaba un lugar pequeño donde la temperatura y la humedad estuvieran controladas y monitorizadas. El empleado le enseñó un almacén de tres metros y medio por tres metros y medio en la planta baja. La tarifa era de doscientos cincuenta dólares al mes durante un mínimo de un año. Denny dijo que no necesitaba el lugar durante tanto tiempo y al final acordaron trescientos dólares al mes durante seis meses. Le enseñó un permiso de conducir de Nueva Jersey, firmó el contrato con el nombre de Paul Rafferty y pagó en metálico. Cogió la llave y volvió al almacén, lo abrió, programó una temperatura de trece grados y una humedad del cuarenta por ciento, y apagó la luz. Recorrió los pasillos fijándose en las cámaras de vigilancia y después se fue sin que el empleado lo viera.

A las diez abrió la bodega de vinos de saldo y Denny fue su primer cliente del día. Pagó en metálico cuatro cajas de un Chardonnay que podría haber sido matarratas, pidió al empleado dos cajas de cartón vacías y salió de la tienda. Estuvo media hora conduciendo, buscando un lugar para ocultarse lejos del tráfico y de las cámaras de vigilancia. Al final cruzó un lavado de coches barato y aparcó la camioneta al lado de las aspiradoras. *A este lado del paraíso* y *Hermosos y malditos* cupieron perfectamente en una de las cajas de vino vacías. Guardó *Suave es la noche* y *El último magnate* en la otra. Y *El gran Gatsby* se quedó con una caja para él solo, después de que Denny sacara las doce botellas de vino que contenía y las dejara en el asiento de atrás.

A las once Denny metió las seis cajas dentro del almacén de East Mills. Cuando se fue, se encontró con el empleado y le dijo que volvería al día siguiente con más vino. Sí, como quisiera, al empleado no podía importarle menos. Cuando se alejaba, pasó junto a una hilera tras otra de almacenes y se preguntó qué otros botines robados estarían escondidos tras esas puertas. Seguro que había muchos, pero ninguno tan valioso como el suyo.

Atravesó el centro de Pittsburgh y por fin encontró una zona con mala pinta. Aparcó delante de una farmacia con gruesos barrotes delante de los escaparates. Bajó las ventanillas, dejó las llaves en el contacto y las doce botellas de vino malo en el suelo de la parte de atrás. A continuación cogió su bolsa y se marchó. Era casi mediodía de un día de otoño despejado y luminoso, y se sintió relativamente a salvo. Encontró una cabina, llamó a un taxi y esperó delante de un restaurante de comida tradicional. Cuarenta y cinco minutos después, el taxi lo dejó en la puerta de salidas del aeropuerto internacional de Pittsburgh. Recogió su billete, pasó por el control de seguridad sin problema y fue a una cafetería que había cerca de su puerta. Compró *The New York Times* y *The Washington Post* en un kiosco. En la primera página del *Post*, justo debajo del pliegue central, le llamó la atención un titular: «Dos personas arrestadas por el robo en la biblioteca de Princeton». No había fotos ni se daban nombres; estaba claro que Princeton y el FBI intentaban mantener la historia bajo control. Según el breve artículo, los dos hombres habían sido detenidos en Rochester el día anterior.

Y el FBI seguía buscando a más «implicados en el espectacular robo».

19

Mientras Denny esperaba su vuelo a Chicago, Ahmed cogió uno de Buffalo a Toronto, donde reservó un billete a Ámsterdam, solo de ida. Con cuatro horas de espera por delante, se sentó en un bar del aeropuerto, escondió la cara tras una carta del bar y se puso a beber.

20

El lunes siguiente Mark Driscoll y Gerald Steengarden renunciaron a la extradición y fueron trasladados a Trenton, Nueva Jersey. Comparecieron ante un juez federal, firmaron una declaración jurada de insolvencia y se les asignó un abogado de oficio. Dada su afición a los documentos falsos, se dictaminó que había riesgo de fuga y se denegó la fianza.

Pasó otra semana, después un mes y la investigación empezó a perder fuelle. Lo que al principio parecía tan prometedor comenzó a resultar imposible. No tenían pruebas, aparte de la gota de sangre y las fotos de los ladrones bien disfrazados (y el hecho de que los manuscritos hubieran sido robados, por supuesto). Encontraron calcinada la furgoneta en la que habían escapado, pero nadie logró averiguar de dónde había salido. La camioneta alquilada de Denny fue robada, desvalijada y finalmente devorada por un desguace. Él viajó primero a Ciudad de México y después a Panamá, donde tenía amigos que sabían cómo esconderse.

Había pruebas claras de que Jerry y Mark habían utilizado carnets estudiantiles falsos para visitar la biblioteca varias veces. Mark incluso había fingido ser un especialista en Fitzgerald. No cabía duda de que la noche del robo los dos habían entrado en la biblioteca, junto con un tercer cómplice, pero no había pistas de cómo ni cuándo salieron.

Sin los objetos robados, el fiscal aplazó la acusación. Los abogados de Jerry y Mark intentaron que se sobreseyeran los cargos, pero el juez se negó. Permanecieron en la cárcel, sin fianza, y sin pronunciar palabra. Guardaron silencio. Tres meses después del robo, el fiscal ofreció a Mark el mejor de todos los tratos: salir libre si lo soltaba todo. Sin antecedentes y sin ADN en la escena del crimen, era el mejor candidato para hacer un trato. Solo tenía que hablar y se libraría.

Mark se negó por dos razones. Primera, su abogado le aseguró que el gobierno iba a tener muchos problemas para demostrar en un juicio que contaban con pruebas suficientes para construir un caso, de modo que les costaría sacar adelante una acusación. Y segunda, y más importante, Denny y Trey estaban fuera. Eso significaba que los manuscritos se hallaban bien escondidos y también que había muchas probabilidades de venganza. Además, aunque Mark les diera los nombres de Mark y Trey, el FBI lo tendría complicado para encontrarlos. Obviamente Mark no tenía ni idea de dónde estaban los manuscritos. Conocía la ubicación de la segunda y tercera casas francas, pero también sabía que lo más seguro era que no hubieran llegado a usarlas.

21

Todas las pistas eran callejones sin salida. Pistas que al principio parecían esenciales acababan desvaneciéndose. No quedaba más que esperar. Quienquiera que tuviera los manuscritos querría dinero, y mucho. Al final saldrían a la luz, pero ¿dónde, cuándo y a cambio de cuánto dinero?

2

El librero

I

Bruce Cable tenía veintitrés años y todavía estaba en primero de carrera en la Universidad de Auburn cuando su padre falleció de forma repentina. Ambos llevaban tiempo riñendo por la falta de progresos académicos de Bruce, y las cosas se habían puesto tan feas que el señor Cable había amenazado más de una vez con desheredarlo. Generaciones atrás, un pariente había hecho fortuna con la gravilla y, por culpa de un mal asesoramiento legal, había establecido un sistema de torpes y complicados fideicomisos que solo había servido para repartir todo su dinero entre diferentes generaciones de parientes que no se lo merecían. La familia había vivido durante años proyectando una imagen de gran riqueza mientras veía cómo el dinero se iba perdiendo poco a poco. Amenazar con modificar testamentos y fideicomisos era uno de los argumentos favoritos que los mayores utilizaban contra los jóvenes, y nunca había funcionado.

El señor Cable murió antes de acudir al despacho de su abogado, de modo que Bruce se levantó un día con la noticia de que iba a recibir en cualquier momento trescientos mil dólares, un dinero caído del cielo, aunque no le bastaba para jubilarse. Pensó en invertirlo; si lo hacía con prudencia, podría aportarle un rendimiento anual de entre el cinco y el diez por ciento, lo cual no era suficiente para mantener el estilo de vida que pretendía llevar, pero invertirlo de forma más audaz implicaba muchos riesgos y Bruce quería aferrarse al dinero. Recibirlo tuvo efectos extraños en él. Quizá el más llamativo fue que, después de cinco años, tomó la decisión de dejar la Universidad de Auburn de una vez por todas y para siempre.

Al final, una chica lo atrajo hasta una playa de Florida, en Camino Island, un trozo de barrera de coral de unos dieciséis kilómetros situado al norte de Jacksonville. En un bonito apartamento (por el que pagaba ella) se pasó un mes durmiendo, bebiendo cerveza, paseando por la orilla del mar, mirando al Atlántico durante horas y leyendo *Guerra y paz*. Había estado estudiando Literatura y le abrumaban todos los grandes libros que nunca había leído.

Para proteger el dinero, y con suerte conseguir que aumentara, estuvo considerando unas cuantas inversiones mientras vagaba por la playa. Con buen criterio no le había contado a nadie lo de su buena fortuna (al fin y al cabo ese dinero llevaba décadas enterrado), para que los amigos no lo agobiaran ofreciéndole todo tipo de consejos o pidiéndole préstamos. La mujer con la que estaba tampoco sabía nada del dinero. Tras una sola semana juntos, Bruce ya sabía que ese romance pronto sería historia. Pensó, sin ningún orden de prioridades, en invertir en una franquicia de sándwiches de pollo, en un terreno virgen en Florida, en un apartamento en un edificio cercano, en varias empresas puntocom que acababan de nacer en Silicon Valley, en un centro comercial en Nashville y en muchas otras cosas. Leyó un montón de revistas financieras, y cuanto más leía, más cuenta se daba de que no tenía paciencia para invertir. Todo era un laberinto incomprensible de números y estrategias. Tenía motivos para haber elegido Literatura y no Economía.

De vez en cuando la mujer y él se iban a pasar el rato al

pintoresco pueblo de Santa Rosa para comer en algún restaurante o tomar algo en los bares de Main Street. Había una librería decente con cafetería y adquirieron la costumbre de acomodarse allí por la tarde con un *caffè latte* y *The New York Times*. El camarero, un tío mayor que se llamaba Tim, también era el dueño de la librería. Y no paraba de hablar. Un día dejó caer que estaba pensando en vender el negocio e irse a Cayo Hueso. Al día siguiente, Bruce consiguió librarse de la mujer y se fue solo a tomarse su *caffè latte*. Se sentó en la barra y empezó a interrogar a Tim sobre sus planes para la librería.

La venta de libros era un negocio difícil, explicó Tim. Las grandes cadenas ofrecían jugosos descuentos, en ocasiones incluso del cincuenta por ciento en los best sellers, y con Amazon e internet la gente se había acostumbrado a comprar desde casa. En los últimos cinco años, habían cerrado más de setecientas librerías independientes. Solo unas pocas conseguían ganar dinero. Cuanto más hablaba, más deprimido se le veía.

—El mundo del pequeño comercio es muy duro —repitió al menos tres veces—. Y hagas lo que hagas hoy, mañana tendrás que volver a empezar de cero.

Bruce admiraba su sinceridad, aunque se cuestionó su sentido común. ¿Así intentaba convencer a un posible comprador?

Tim reconoció que ganaba un buen dinero con la librería. La isla era una comunidad literaria bien establecida, con varios escritores en activo, un festival literario y buenas bibliotecas. A los jubilados les gustaba leer y gastaban dinero en libros. Contaba con unos cuarenta mil residentes permanentes, y más de un millón de turistas que visitaban la isla cada año, así que había mucho movimiento de personas. Por fin Bruce se atrevió a preguntarle cuánto pedía. Tim dijo que aceptaría ciento cincuenta mil en efectivo, sin financiación por su parte y con el compromiso de asumir el alquiler del edificio. Casi con timidez, Bruce pidió ver las cuentas del negocio; solo el balance básico y las pérdidas y las ganancias, nada complicado. A Tim no le gustó la idea. No conocía a Bruce y pensaba que el chico era otro veinteañero que no sabía más que holgazanear en la playa y gastarse el dinero de papá.

—Vale, ¿por qué no me enseñas tu estado financiero y yo te enseño el mío?

—Me parece justo —concedió Bruce.

Se fue, con la promesa de volver, pero pronto se distrajo con la idea de hacer un viaje por carretera. Tres días después se despidió de la chica y fue a Jacksonville a comprarse un coche nuevo. Se quedó prendado de un flamante Porsche Carrera 911 y, como podría haber extendido un cheque y habérselo llevado sin más, la tentación le resultó casi dolorosa. Pero se mantuvo firme y, tras un largo día de negociaciones, cambio su jeep Cherokee traqueteado por uno nuevo. Iba a necesitar espacio para transportar cosas. El Porsche podía esperar, tal vez hasta que ganara dinero suficiente para comprárselo por sus propios medios.

Con su nuevo vehículo y dinero en el banco, Bruce salió de Florida para iniciar una aventura literaria que le atraía más con cada kilómetro que avanzaba. No tenía itinerario. Se dirigió primero al oeste y planeó virar un día al norte, al Pacífico, volver después al este y finalmente pasar por el sur. El tiempo no significaba nada para él; no tenía ningún plazo que cumplir. Buscaba librerías independientes y cuando encontraba una se pasaba un día o dos rebuscando en sus estanterías, tomando café, leyendo y hasta comiendo, si el sitio contaba con cafetería. Por lo general conseguía acorralar a los dueños y sonsacarles información. Les decía que estaba planteándose comprar una librería y que, sinceramente, necesitaba consejo. Las respuestas variaban. A la mayoría parecía gustarles su trabajo, incluso los que no las tenían todas consigo respecto al futuro. Había una gran incertidumbre en el negocio, con las cadenas en expansión y todos los interrogantes que suscitaba internet. A veces contaban historias de terror sobre librerías consolidadas que habían tenido que cerrar porque aparecieron otras que ofrecían grandes descuentos justo en la misma calle. A algunas de las independientes, sobre todo las que estaban en ciudades que tenían universidad pero eran demasiado pequeñas para interesar a las cadenas, parecía irles bien. Otras, incluso en ciudades, estaban prácticamente desiertas. Unas cuantas eran nuevas y mostraban entusiasmo por ir contracorriente. Los consejos eran contradictorios y de todo tipo, desde el consabido: «El pequeño comercio es muy exigente», hasta: «Solo tienes veintitrés años, inténtalo». La única constante era que a esas personas que le daban los consejos les gustaba lo que hacían. Les encantaban los libros, la literatura y los escritores, todo el mundillo editorial, y estaban encantados de trabajar muchas horas en el negocio y tratar con los clientes, porque consideraban que la suya era una vocación noble.

Durante dos meses Bruce recorrió todo el país, zigzagueando sin rumbo en busca de la siguiente librería independiente. El propietario de una de esas librerías en una ciudad conocía a otros tres del mismo estado, y así sucesivamente. Bruce consumió litros y litros de café cargado, habló con escritores de gira promocional, compró decenas de libros firmados, durmió en moteles baratos, a veces con otro amante de los libros al que acababa de conocer, pasó horas con libreros que querían compartir sus conocimientos y sus consejos, bebió mucho vino malo en firmas de libros a las que solo asistían un puñado de clientes, hizo cientos de fotografías de interiores y exteriores, llenó páginas y páginas de notas, y escribió un diario. Para cuando su aventura terminó, estaba agotado y harto de conducir; había hecho casi trece mil kilómetros en setenta y cuatro días, y había visitado sesenta y una librerías independientes. Y no había dos ni remotamente similares. Por fin creía que tenía un plan.

Volvió a Camino Island y encontró a Tim justo donde lo había dejado, en la barra, bebiendo expreso y leyendo el periódico, más demacrado que antes, incluso. Al principio Tim no se acordaba de él, pero entonces Bruce dijo:

—Hace un par de meses hablé contigo de comprarte la librería. Me pediste ciento cincuenta mil dólares.

—Ah, sí —contestó Tim, espabilando solo un poco—. ¿Has conseguido el dinero?

—Una parte. Te puedo hacer un cheque hoy mismo por cien mil y pagarte otros veinticinco mil dentro de un año.

—Bien, pero si no me equivoco, con esas cuentas faltan otros veinticinco mil.

—No tengo más, Tim. Lo tomas o lo dejas. He encontrado otra librería en el mercado.

Tim se lo pensó un momento, luego extendió con lentitud el brazo derecho. Se estrecharon las manos para cerrar el negocio. Tim llamó a su abogado y le dijo que se diera prisa con el papeleo. Tres días después los documentos estaban firmados y el dinero cambió de manos. Bruce cerró la librería durante un mes para reformarla y utilizó ese tiempo para hacer un curso acelerado sobre la venta de libros. Tim estuvo encantado de quedarse por allí una temporada para compartir sus conocimientos sobre todos los aspectos del negocio y también los cotilleos acerca de muchos de los clientes y la mayoría de los comerciantes del centro. Le gustaba opinar sobre casi todo y, al cabo de un par de semanas, Bruce estaba listo para que se marchase.

El 1 de agosto de 1996, Bruce reabrió la librería con toda la fanfarria de la que pudo hacer alarde. Un buen grupo de gente asistió a la inauguración para tomarse unas cervezas y unas copas de champán, y escuchar *reggae* y jazz mientras Bruce disfrutaba del momento. Su gran aventura acababa de empezar y «Bay Books - Libros nuevos y raros» ya estaba en marcha.

2

Su interés por los libros raros había surgido de forma accidental. Tras enterarse de la dura noticia de que su padre había sufrido un ataque al corazón fulminante, Bruce fue a casa, a Atlanta. Aunque no era realmente su casa (nunca había llegado a pasar mucho tiempo allí), sino la última casa de su padre, un hombre que se mudaba a menudo, por lo general arrastrando consigo a una mujer aterradora. El señor Cable había contraído matrimonio dos veces, las dos con malos resultados, y había acabado renegando de la institución, pero parecía incapaz de vivir sin la presencia constante de alguna mujer horrible que le complicara la vida. A ellas las atraía su aparente riqueza, pero con el tiempo todas se daban cuenta de que era víctima de un miedo insuperable, consecuencia de sus dos espantosos divorcios. Por suerte, al menos para Bruce, la última novia de su padre hacía poco que se había ido y en ese momento el lugar estaba libre de ojos curiosos y manos largas.

Hasta que llegó Bruce. La casa, una desconcertante mole de vanguardia de acero y cristal en una zona de moda del centro, tenía un estudio enorme en la tercera planta, donde el señor Cable pasaba pintando los ratos en los que no estaba invirtiendo en algo. Nunca había hecho ni el más mínimo intento de forjarse una carrera; como vivía de su herencia, siempre se había definido como «inversor». Con el tiempo empezó a desarrollar cierto interés por la pintura, pero sus cuadros eran tan terribles que lo habían ido echando de todas las galerías de Atlanta. Tenía una pared del estudio cubierta de libros, cientos, y al principio Bruce apenas se fijó en la colección. Asumió que eran mera decoración, un elemento más

57

para aparentar, otro esfuerzo patético de su padre por parecer profundo, complicado y culto. Pero cuando se acercó, Bruce se dio cuenta de que dos de las estanterías albergaban libros antiguos con títulos conocidos. Uno por uno, empezó a sacar los de la balda superior para examinarlos. Su curiosidad trivial pronto se convirtió en algo más.

Todos los libros eran primeras ediciones, algunas firmadas por los autores. *Trampa 22*, de Joseph Heller, publicado en 1961; *Los desnudos y los muertos*, de Norman Mailer (1948); *Corre, Conejo*, de John Updike (1960); *El hombre invisible* de Ralph Ellison (1952); *El cinéfilo* de Walker Percy (1961); *Goodbye, Columbus*, de Philip Roth (1959); *Las confesiones de Nat Turner*, de William Styron (1967); *El halcón maltés*, de Dashiell Hammett (1929); *A sangre fría*, de Truman Capote (1965), y *El guardián entre el centeno*, de J. D. Salinger (1951).

Tras echar un vistazo a unos diez o doce, Bruce no devolvió los libros a la estantería, sino que comenzó a colocarlos en una mesa. Su vago interés inicial se vio sustituido por una embriagadora oleada de emoción primero y de codicia después. En la balda inferior encontró libros y autores que no conocía, pero a continuación hizo un descubrimiento aún más increíble. Escondidos tras una biografía de Churchill de tres gruesos tomos, había cuatro libros: *El ruido y la furia*, de William Faulkner (1929); *La taza de oro*, de Steinbeck (1929); *A este lado del paraíso*, de F. Scott Fitzgerald (1920), y *Adiós a las armas*, de Ernest Hemingway (1929). Y todos eran primeras ediciones en excelentes condiciones y estaban firmados por los autores.

Bruce siguió rebuscando, aunque no encontró nada más de interés. Se acomodó en el sillón reclinable de su padre y miró la pared de libros. Sentado allí, en una casa que apenas conocía, mirando los espantosos óleos pintados por un artista que sin duda carecía de talento, se preguntó de dónde habrían salido los libros y pensó en qué iba a hacer cuando llegara Molly, su hermana, y tuvieran que preparar el funeral. Entonces Bruce pensó de repente en lo poco que sabía de su difunto padre. ¿Y cómo iba a saber más? Su padre nunca había pasado tiempo con él. El señor Cable había enviado a Bruce lejos, al internado, cuando tenía catorce años, y en verano el niño iba a un campamento de vela durante seis semanas y a un rancho durante otras seis; cualquier cosa para mantenerlo alejado de casa. Bruce no sabía que su padre fuera coleccionista de nada, excepto de mujeres amargadas. El señor Cable jugaba al golf y al tenis, y viajaba, pero siempre con su última novia, nunca con Bruce ni con su hermana.

¿De dónde habrían salido esos libros? ¿Cuánto tiempo llevaba coleccionándolos? ¿Habría facturas viejas, alguna prueba documental de su existencia? ¿El albacea del testamento de su padre exigiría que se unieran a los demás bienes y se legaran, junto con el resto del patrimonio, a la Universidad Emory?

Que su padre le hubiera dejado la mayor parte de su patrimonio a la Emory era otra cosa que irritaba a Bruce. Lo había mencionado en alguna ocasión, pero nunca dio muchos detalles. El señor Cable tenía la noble opinión de que su dinero debería invertirse en educación y no acabar en manos de sus hijos para que lo dilapidaran. Varias veces Bruce había estado tentado de recordarle a su padre que él se había pasado toda su vida gastando un dinero que había ganado otro, pero pelearse por esos asuntos no iba a reportarle ningún beneficio.

En ese momento deseaba profundamente esos libros. Decidió quedarse con los dieciocho mejores y dejar el resto. Si era demasiado avaricioso y dejaba huecos en la estantería, podían darse cuenta. Los metió con cuidado en una caja de cartón que había contenido vino. Su padre había luchado con la botella durante años y al final había firmado una tregua que le permitía beberse unas copas de vino tinto todas las noches. Había varias cajas vacías en el garaje. Bruce se pasó horas recolocando las baldas para que diera la impresión de que no faltaba nada. ¿Y quién iba a darse cuenta? Que él supiera, Molly no leía y, lo que era más importante, llevaba mucho tiempo evitando a su padre porque odiaba a todas sus novias. Si no se equivocaba, Molly no había pasado ni una noche en esa casa, así que no iba a saber nada de los efectos personales de su padre. (Dos meses después, sin embargo, lo llamó por teléfono y le preguntó si sabía algo «de los libros viejos de papá». Bruce le aseguró que no tenía ni idea.)

Esperó hasta que se hizo de noche y entonces salió a cargar la caja en el jeep. Había al menos tres cámaras de vigilancia: en el patio, en la entrada de la casa y en el garaje. Si le hacían preguntas, diría que estaba sacando sus objetos personales: vídeos, cedés, lo que fuera. Si más tarde el albacea preguntaba por las primeras ediciones que faltaban, Bruce, por supuesto, no sabría nada. Que interrogasen al ama de llaves.

Por la forma en que salió todo, se podría decir que fue un crimen perfecto, si es que podía calificarse de crimen. A Bruce no se lo pareció. En su opinión, debería haber recibido mucho más de su padre. Gracias a un grueso testamento y a los abogados de la familia, la casa se vació de forma muy eficiente y nadie mencionó la biblioteca.

La entrada fortuita de Bruce Cable en el mundo de los libros raros empezó con buen pie. Se enfrascó en el estudio del mercado y se dio cuenta de que el valor de su primera colección, los dieciocho volúmenes que había sacado de la casa de su padre, ascendía a unos doscientos mil dólares. Pero tenía miedo de vender los libros, por si alguien en alguna parte reconocía uno y hacía preguntas. Como no sabía cómo había llegado su padre a conseguir esos libros, era mejor esperar. Dejar que el tiempo pasara y que los recuerdos se borraran. Como aprendería pronto, en ese negocio la paciencia era esencial.

3

El edificio estaba en la esquina de Third Street con Main Street, en pleno corazón de Santa Rosa. Tenía cien años de antigüedad y originalmente se había construido para albergar el principal banco de la ciudad, que quebró durante la Gran Depresión. A continuación fue una farmacia, más adelante otro banco y, por último, una librería. La segunda planta se utilizaba como almacén y estaba llena de cajas, baúles y archivadores cubiertos de polvo y sin ningún valor. Bruce decidió dar una utilidad a ese espacio: lo limpió, tiró un par de paredes, llevó una cama y empezó a llamarlo apartamento. Vivió allí durante los primeros diez años de Bay Books. Cuando no estaba abajo vendiendo libros, estaba arriba ordenando, limpiando, pintando, reformando y decorando.

La librería abrió sus puertas en agosto de 1996. Tras la inauguración, con vino y canapés, el lugar estuvo muy concurrido durante unos días, pero después la novedad pasó y el movimiento de gente se redujo de manera considerable. Tras tres semanas de funcionamiento, Bruce empezó a preguntarse si había cometido un error garrafal. En agosto consiguió unos beneficios netos de solo dos mil dólares y se sintió al borde del pánico. Era la temporada alta de turistas en Camino Island y no había conseguido gran cosa. Decidió comenzar a ofrecer descuentos, algo que la mayoría de los propietarios de las librerías independientes le habían aconsejado que no hiciera. Desde el día de su salida, aplicaba a los grandes lanzamientos de novedades y los best sellers un veinticinco por ciento de descuento. Amplió el horario de la librería, posponiendo la hora de cierre de las siete a las nueve; pasaba allí quince horas al día. Y se planteó el trabajo en el mostrador como los políticos: se aprendía los nombres de los clientes habituales y anotaba lo que compraban. Además no tardó en convertirse en un excelente camarero: podía preparar un expreso mientras cobraba a un cliente en el mostrador. Quitó unas estanterías de libros viejos, sobre todo clásicos que no eran muy populares, e instaló una pequeña cafetería. La hora de cierre pasó de las nueve a las diez. Envió decenas de cartas manuscritas a clientes, escritores y libreros independientes que había conocido en sus aventuras de costa a costa. A medianoche normalmente estaba delante del ordenador, actualizando el boletín de novedades de Bay Books. Consideró la posibilidad de abrir los domingos, algo que hacían la mayoría de las librerías independientes. No quería, porque necesitaba descansar y también temía las posibles repercusiones. Camino Island estaba en el Cinturón de la Biblia; desde la librería se podía ir caminando hasta, por lo menos, una docena de iglesias. Pero también era un lugar turístico y casi ningún turista parecía interesado en ir a misa el domingo por la mañana. En septiembre mandó al infierno sus recelos y abrió el domingo a las nueve de la mañana, con los periódicos *The New York Times*, *The Washington Post*, *The Boston Globe* y *The Chicago Tribune* recién llegados y unos sándwiches de pollo recién hechos procedentes de un restaurante que había tres puertas más allá. El tercer domingo que abrió, la librería ya estaba hasta los topes.

Obtuvo unos beneficios de cuatro mil dólares en septiembre y octubre, y seis meses después ya había logrado doblar esa cantidad. A partir de ahí, dejó de preocuparse. Al cabo de un año, Bay Books era el comercio más concurrido del centro y, con diferencia, el negocio con más movimiento. Editores y comerciales sucumbieron a su insistencia e incluyeron Camino Island en las giras de promoción de los escritores. Bruce se unió a la Asociación Americana de Libreros y se comprometió con sus causas, sus problemas y sus comités. En el invierno de 1997, en la convención de la asociación, conoció a Stephen King y lo convenció para que fuera a su librería a presentar su libro. El señor King estuvo nueve horas firmando, mientras los fans hacían una cola que daba la vuelta a toda la manzana. La librería vendió doscientos ejemplares de varias novelas del autor y consiguió setenta mil dólares brutos en ventas. Fue un día glorioso que puso Bay Books en todos los mapas. Tres años más tarde la eligieron como la mejor librería independiente de Florida, y en 2004 la revista *Publishers Weekly* la nombró librería del año. En 2005, después de nueve años de duro trabajo, Bruce Cable fue elegido para formar parte de la junta directiva de la Asociación Americana de Libreros.

4

Para entonces Bruce ya era toda una personalidad en la ciudad. Tenía una docena de trajes de sirsaca, cada uno de un color o un tono diferente, y todos los días complementaba uno con una camisa blanca almidonada de cuello italiano y una llamativa pajarita, normalmente roja o amarilla. Completaba el atuendo con unos zapatos de ante sucios que llevaba sin calcetines. Nunca llevaba calcetines, ni siquiera en enero, cuando las temperaturas caían hasta los tres o cuatro grados. Tenía el pelo grueso y ondulado, y lo llevaba largo, casi hasta los hombros. Se afeitaba una vez a la semana, los domingos por la mañana. Para cuando cumplió los treinta, ya le asomaba alguna cana en el bigote y le habían aparecido algunos mechones blancos en el pelo, lo que le favorecía bastante.

Todos los días, cuando la actividad bajaba un poco en la librería, Bruce salía a la calle. Pasaba por la oficina de Correos y flirteaba un poco con las empleadas. Iba al banco y flirteaba con las cajeras. Si abría alguna tienda nueva en el centro, Bruce se acercaba a la inauguración y poco después aparecía por allí para flirtear con las dependientas. La comida era algo fundamental para Bruce: comía fuera seis días a la semana, siempre con alguien relacionado con el negocio para poder incluir el importe en la cuenta de gastos de la librería. Cuando abría un nuevo restaurante, Bruce era el primero en ir a comer, flirtear con las camareras y probar todo lo que ofrecía la carta. Normalmente se bebía una botella de vino con la comida y después se echaba una pequeña siesta en el apartamento que tenía encima de la librería para que se le pasaran los efectos.

Con Bruce la línea que había entre el flirteo y el acoso a menudo era demasiado fina. Él tenía afición por las mujeres, y ellas por él, y ese juego se le daba fenomenal. Y encontró una mina cuando Bay Books se convirtió en una parada popular en las giras de promoción de los escritores. La mitad de los autores que acudían a la ciudad eran mujeres, la mayoría no pasaban de los cuarenta, todas obviamente estaban lejos de casa y la mayoría eran solteras que viajaban solas y buscaban diversión. Cuando llegaban a la librería y entraban en su mundo, se convertían en blancos fáciles y dispuestos. Después de la presentación y la firma de libros, las invitaba a una larga cena y con frecuencia acababan en el apartamento de encima de la librería con Bruce para «una exploración más profunda de las emociones humanas». Él tenía sus favoritas, en especial dos mujeres jóvenes que estaban teniendo bastante éxito con novelas eróticas de misterio. ¡Y publicaban un libro al año!

A pesar de sus esfuerzos por proyectar una imagen muy estudiada de *playboy* culto, Bruce en el fondo era un empresario ambicioso. La librería le proporcionaba unos buenos ingresos, pero no era por casualidad. Por muy tarde que se hubiera acostado la noche anterior, todos los días a las siete de la mañana estaba en la librería, con pantalones cortos y camiseta, descargando y abriendo cajas de libros, colocándolos en las estanterías, haciendo inventario o limpiando el suelo si hacía falta. Le encantaban el tacto y el olor de los libros nuevos recién salidos de la caja. Y siempre encontraba el lugar perfecto para cada nueva edición. Tocaba todos los libros que entraban en la librería y, tristemente, también los que tenía que volver a meter en cajas para devolverlos. Odiaba las devoluciones y veía todas y cada una de ellas como un fracaso, una oportunidad perdida. Siempre estaba purgando el inventario para librarse de las cosas que no se vendían. Al cabo de unos cuantos años, se plantó con unos doce mil títulos. Había zonas de la librería que estaban atestadas, con estanterías viejas combadas e incluso con libros apilados en el suelo, pero Bruce sabía dónde se encontraba todo, porque lo había colocado él. Y cada mañana, a las nueve menos cuarto, subía corriendo al apartamento, se duchaba, se ponía su traje de sirsaca y a las nueve en punto abría las puertas y saludaba a los clientes.

Casi nunca se cogía un día libre. Las vacaciones de Bruce consistían en hacer un viaje a Nueva Inglaterra para ver a algún vendedor de libros antiguos en su librería vieja y polvorienta, y charlar un rato con él sobre cómo iba el mercado. Le atraían los libros raros, sobre todo los de autores estadounidenses del siglo xx, y los coleccionaba con gran pasión. Su colección fue creciendo, principalmente porque quería comprarlo todo, pero también porque le costaba mucho vender algo. Era un comerciante, al fin y al cabo, pero en esos casos siempre compraba y casi nunca vendía. Los dieciocho «libros viejos de papá» que había birlado se convirtieron en unos cimientos maravillosos. Para cuando Bruce cumplió los cuarenta, valoraba su colección de libros raros en dos millones de dólares.

5

Mientras se encontraba en la junta directiva de la Asociación Americana de Libreros, murió el propietario del edificio de la librería. Bruce aprovechó para comprárselo a la inmobiliaria y empezó a expandir el negocio. Redujo el tamaño de su apartamento y trasladó la cafetería a la segunda planta. Tiró un muro y duplicó el tamaño de la sección de literatura infantil. Los sábados por la mañana la librería se llenaba de niños que compraban libros y escuchaban a los cuentacuentos, mientras sus madres se tomaban tranquilamente un café en el piso de arriba, bajo la atenta mirada del amable propietario. Bruce dedicaba mucha atención a la sección de libros raros. En la planta baja, derribó otro muro y creó una sala para las primeras ediciones, con bonitas estanterías de roble, paredes forradas de madera y alfombras caras. Construyó una cámara acorazada en el sótano para proteger los libros más raros.

Después de diez años viviendo en un pequeño apartamento, Bruce estaba listo para algo más grande. Había estado pendiente de varias de las viejas casas victorianas del centro histórico de Santa Rosa e incluso hizo ofertas para comprar un par. Pero en ambos casos no llegó a ofrecer suficiente y las casas se vendieron rápidamente a otros compradores. Los magníficos edificios, construidos a principios de siglo por magnates del ferrocarril, armadores, médicos o políticos, estaban muy bien conservados, y sus fachadas intemporales daban a unas calles que se extendían bajo la sombra proyectada por imponentes robles con ramas invadidas por plantas de barba de viejo. Cuando la señora Marchbanks murió, a los ciento tres años, Bruce fue a ver a su hija, de ochenta y uno, que vivía en Texas, para comprarle la casa. Pagó demasiado por ella, pero estaba decidido a no dejar escapar una de aquellas casas por tercera vez.

La Mansión Marchbanks, a dos manzanas al norte y tres al este de la librería, la había construido un médico en 1890 como regalo para su bonita y flamante esposa, y había pertenecido a la familia desde entonces. Era enorme, de unos setecientos cincuenta metros cuadrados repartidos en cuatro plantas, con una torre alta en el lado sur, una más pequeña en el norte y una amplia galería abierta en torno a la planta baja. Tenía una terraza cubierta, varios tejadillos, tejas de escama y ventanas mirador, muchas de las cuales se hallaban adornadas con vidrieras. Estaba en una parcela que hacía esquina, la rodeaba una valla blanca y le daban sombra tres venerables robles con su barba de viejo.

A Bruce el interior de la casa le resultaba deprimente, con sus suelos de madera oscura, las paredes pintadas de un color aún más oscuro, las alfombras gastadas, los tapices que colgaban fláccidos y llenos de polvo, y la profusión de chimeneas de ladrillo marrón. La mayoría de los muebles que venían con la casa los puso en venta de inmediato. Las alfombras viejas que no estaban muy gastadas acabaron en la librería, para añadir unas cuantas décadas a la atmósfera del lugar. Los viejos tapices y las cortinas no tenían ningún valor y fueron a la basura. Cuando la casa estuvo vacía, contrató pintores que se pasaron dos meses iluminando con colores más claros las paredes del interior. Cuando acabaron, llevó a un artesano local que se pasó dos meses más renovando cada centímetro cuadrado de los suelos de roble y pino.

Compró la casa porque todas las instalaciones estaban en funcionamiento: tuberías, electricidad, agua, calefacción y aire acondicionado. No tenía ni paciencia ni ganas de meterse en una reforma que lo más probable era que acabara arruinando a cualquier comprador. Además, carecía de habilidad con el martillo y de todas maneras contaba con formas mejores de pasar su tiempo. Durante todo el año siguiente, continuó viviendo en el apartamento de encima de la librería, mientras decidía cómo amueblar y decorar la casa. Esta permaneció vacía, hermosa y llena de luz, mientras la tarea de convertirla en un espacio en el que vivir iba volviéndose intimidante. Era un ejemplo magnífico de arquitectura victoriana, totalmente inadecuada para la decoración minimalista y moderna que a él le gustaba. Se planteó poner muebles de la misma época que la casa, recargados y un poco rococó, pero no era su estilo.

¿Había algún problema en tener una casa vieja e imponente que permaneciera fiel a sus orígenes, al menos por fuera, y darle otro toque al interior, llenándola de arte y muebles modernos? Sí que lo había, y por eso se vio atado de pies y manos en cuanto a opciones para la decoración.

Iba a la casa todos los días y se quedaba plantado en medio de cada habitación, perplejo e inseguro. ¿Se estaba convirtiendo esa casa, demasiado grande y complicada para sus gustos, poco claros, en una locura?

6

Al final acudió al rescate Noelle Bonnet, una anticuaria de Nueva Orleans que estaba de gira con su nuevo libro, uno de esos de gran formato que costaban cincuenta dólares. Había visto a Noelle en el catálogo de su editorial meses antes y había quedado cautivado por la fotografía. Hizo sus deberes, como siempre, y se enteró de que tenía treinta y siete años, estaba divorciada y sin hijos, había nacido en Nueva Orleans, aunque su madre era francesa, y era conocida por ser una experta en antigüedades provenzales. Su tienda estaba en Royal Street, en el barrio francés de Nueva Orleans, si bien, según su biografía, se pasaba la mitad del año en el sur y suroeste de Francia buscando muebles antiguos. Ya había publicado dos libros sobre el tema. Bruce estudió los dos.

Era una costumbre, por no decir una parte de su vocación. Organizaba firmas en la librería dos o tres veces a la semana y, para cuando llegaba el autor, ya se había leído todo lo que había publicado. Era un lector voraz y, aunque prefería las novelas de autores vivos, a los que podía conocer, promocionar, seguir y con los que tal vez incluso trabar amistad, también devoraba biografías, libros de autoayuda, de cocina, de historia... Cualquier cosa, todo. Era lo menos que podía hacer. Admiraba a todos los escritores, y si uno decidía visitar su librería y compartir cena y copas, Bruce quería saber lo necesario para hablar con él de sus obras.

Leía hasta bien entrada la noche y muchas veces se quedaba dormido con un libro abierto sobre el pecho. Si no tenía que embalar o desembalar, también leía temprano por la mañana, mucho antes de abrir, solo en el almacén con un café cargado. Y durante el día leía constantemente. Con el tiempo desarrolló la curiosa costumbre de colocarse siempre en el mismo sitio: delante del escaparate, cerca de las biografías, apoyado de manera despreocupada en una escultura de madera de tamaño natural de un jefe indio de la tribu timucua, bebiendo expreso sin parar y con un ojo en la página y otro en la puerta principal. Saludaba a los clientes, encontraba los libros que le pedían, hablaba con cualquiera que tuviera ganas de conversación, a veces ayudaba en la barra de la cafetería o en el mostrador cuando había mucha gente, pero luego siempre volvía a ese lugar, al lado del jefe indio, cogía su libro y retomaba la lectura. Aseguraba que leía una media de cuatro libros por semana, y nadie lo ponía en duda. Si un empleado potencial no leía al menos dos a la semana, no lo contrataba.

En general la visita de Noelle Bonnet fue un gran éxito, no tanto por los ingresos que generó, como por el impacto duradero que tuvo en la vida de Bruce y en Bay Books. La atracción fue mutua, inmediata e intensa. Tras una cena rápida, acelerada, incluso, se retiraron al apartamento de Bruce y disfrutaron de un revolcón extraordinario. Después ella llamó para cancelar el resto de su gira con la excusa de que estaba enferma y se quedó en la ciudad una semana. El tercer día Bruce la llevó a la Mansión Marchbanks y le enseñó orgulloso su trofeo. Noelle se quedó sin habla. Para una diseñadora/decoradora/anticuaria de primer orden como ella, verse ante setecientos cincuenta metros cuadrados de suelos y paredes vacíos rodeados de una imponente fachada victoriana era impresionante. Mientras iban de una habitación a otra, ella empezó a ver en su mente cómo debería pintar, empapelar y amueblar cada estancia.

Bruce hizo dos modestas sugerencias, del tipo una televisión de pantalla grande ahí o una mesa de billar allá, pero no fueron bien recibidas. La artista estaba en su elemento y lo que tenía delante era un inmenso lienzo en blanco. Noelle se pasó todo el día siguiente sola en la casa, midiendo, fotografiando o simplemente sentada en medio de ese vacío enorme. Bruce se fue a trabajar a la librería porque estaba muy entusiasmado con sus ideas, pero también empezaba a temblar al pensar en la pesadilla económica que se le venía encima.

Ella le convenció para que dejara la librería durante un fin de semana y los dos se fueron en avión a Nueva Orleans. Noelle le enseñó su tienda, un lugar con mucho estilo pero atestado, donde todas las mesas, lámparas, camas de cuatro postes, cómodas, divanes, baúles, alfombras, aparadores o armarios no solo tenían un origen interesante en alguna villa provenzal, sino que estaban destinados a ocupar un lugar absolutamente perfecto en la Mansión Marchbanks. A continuación pasearon por el barrio francés, cenaron en los bistrós favoritos de ella, salieron con sus amigos y pasaron mucho tiempo en la cama. Tres días después Bruce volvió a casa solo y agotado, pero también, por primera vez, perdidamente enamorado. Que les dieran a todos los gastos. Ya no podía vivir sin Noelle Bonnet.

7

Al cabo de una semana llegó a Santa Rosa un camión enorme que aparcó delante de la Mansión Marchbanks. Al día siguiente apareció Noelle para dirigir a los operarios de mudanzas. Bruce iba y venía desde la librería, mirándolo todo con sumo interés y un poco de vértigo. La artista estaba sumida en su propio mundo creativo e iba de una habitación a otra cambiando de sitio cada cosa por lo menos tres veces, solo para darse cuenta de que necesitaba más. Poco después de que el primero se fuera, llegó un segundo camión. Cuando Bruce volvía a la librería tras verlo, murmuró para sí que ya debía de quedar poca cosa en su tienda de Royal Street. Durante la cena de esa noche, ella le confirmó ese detalle y le suplicó que se fuera con ella a Francia unos días para comprar más muebles. Él rechazó la oferta, explicando que pronto irían autores importantes y que tenía que estar en la librería para atenderlos. Esa noche durmieron en la casa por primera vez, en una cama que era un verdadero armatoste de hierro forjado que Noelle había encontrado cerca de Aviñón, donde contaba con un pequeño apartamento. Todos los muebles, accesorios, alfombras, jarrones y cuadros tenían una historia, y el amor que sentía por todas esas cosas era contagioso.

A la mañana siguiente, temprano, los dos tomaron café en el porche de atrás y hablaron del futuro, el cual, por el momento, resultaba incierto. Ella tenía su vida en Nueva Orleans, y él, en la isla, y ninguno de los dos parecía hecho para una relación larga y estable que implicara mudanzas. Fue una conversación rara y pronto cambiaron de tema. Bruce admitió que nunca había estado en Francia y los dos se pusieron a planear unas vacaciones allí.

Poco después de que Noelle se fuera de la ciudad, llegó la primera factura. Venía con una nota, escrita a mano con su preciosa letra, en la que explicaba que renunciaba a su margen habitual y que básicamente le estaba vendiendo las cosas a precio de coste. «Gracias a Dios por los pequeños milagros», se dijo Bruce. ¡E iba camino de Francia a por más!

Noelle volvió a Nueva Orleans desde Aviñón tres días antes del huracán Katrina. Ni su tienda en el barrio francés ni su apartamento en el Garden District sufrieron daños, pero la ciudad quedó herida de muerte. Ella lo cerró todo y se marchó de inmediato a Camino Island, donde Bruce la esperaba para consolarla y tranquilizarla. Pasaron varios días siguiendo los acontecimientos en la televisión, horrorizados: las calles inundadas, los cuerpos flotando, las aguas con manchas de gasolina, la huida desesperada de la mitad de la población, el pánico de los rescatadores, los políticos incompetentes.

Noelle dudaba de que pudiera volver. Y tampoco estaba segura de querer hacerlo.

Gradualmente empezó a hablar de mudarse. Más o menos la mitad de sus clientes eran de Nueva Orleans, pero con muchos de ellos exiliados, le preocupaba su negocio. La otra mitad estaba por todo el país. Tenía muy buena reputación, era conocida en su mundo y además enviaba antigüedades a cualquier parte. Su página web funcionaba muy bien. Sus libros eran populares y muchos de sus lectores eran coleccionistas serios. Con un empujoncito de Bruce, se convenció de que podía llevarse su negocio a la isla y no solo reconstruir lo que había perdido, sino prosperar incluso.

Seis semanas después del huracán, Noelle alquiló una pequeña tienda en Santa Rosa, en Main Street, a tres puertas de Bay Books. Cerró la de Royal Street en Nueva Orleans y se llevó todo lo que quedaba del inventario a la nueva tienda, que llamó Noelle's Provence. Cuando llegó un nuevo cargamento de Francia, inauguró la tienda con una fiesta con caviar y champán, y Bruce la ayudó a hacer contactos entre la gente de la zona.

Entonces se le ocurrió una idea estupenda para otro libro: la transformación de la Mansión Marchbanks a medida que se llenaba de antigüedades provenzales. Había hecho muchas fotos de la casa cuando estaba vacía y podía documentar su triunfante renovación. Bruce no estaba seguro de que el libro fuera a venderse lo suficiente para cubrir costes, pero ¿qué demonios? Lo que Noelle quisiera.

En cierto momento dejaron de llegarle las facturas. Sacó el tema tímidamente y ella le explicó, con mucho dramatismo, que había conseguido el mejor de los descuentos: ¡quedarse con la vendedora! La casa era de él, pero todo lo que había en ella ya era de los dos.

8

En abril de 2006 pasaron dos semanas en el sur de Francia. Con el apartamento de Aviñón como base, fueron de pueblo en pueblo, de mercado en mercado, comiendo cosas que Bruce solo había visto en fotos y bebiendo vinos locales imposibles de encontrar en Estados Unidos, alojándose en hoteles pintorescos, disfrutando de los lugares, visitando a amigos y, claro, comprando existencias para la nueva tienda. Bruce, que siempre estaba investigando, se sumergió en el mundo de los muebles y los objetos rústicos franceses, y pronto fue capaz de encontrar buenas gangas.

Estaba en Niza cuando decidieron casarse allí y en ese momento.

3

El reclutamiento

Un perfecto día primaveral de finales de abril, Mercer Mann cruzó algo nerviosa el campus de Chapel Hill de la Universidad de Carolina del Norte. Había quedado para comer con una desconocida, pero solo porque le había ofrecido un trabajo. El que tenía en ese momento, como profesora adjunta de Literatura de primer año, se le acababa en dos semanas, cortesía de los recortes presupuestarios de una legislatura dominada por unos gobernantes estatales ansiosos por bajar impuestos y reducir gastos. Había presionado mucho para conseguir un nuevo contrato, pero no lo había logrado. Pronto se quedaría sin trabajo, con deudas, sin casa y descatalogada. Tenía treinta y un años, estaba soltera y su vida no iba exactamente como había planeado.

El primer correo electrónico de los dos que le había enviado la desconocida, una tal Donna Watson, había llegado un día antes y era muy impreciso. La señora Watson afirmaba ser una asesora contratada por un instituto privado para buscar un nuevo profesor de escritura creativa que diera clase en los últimos cursos. Según decía, estaba por la zona y le proponía quedar para tomar un café. El sueldo era de unos setenta y cinco mil dólares al año; se hallaba en la parte alta de la horquilla salarial porque al director del colegio le encantaba la literatura y estaba decidido a contratar a un profesor que tuviera uno o dos libros publicados.

Mercer tenía en su haber una novela y una antología de cuentos. El sueldo era en efecto impresionante y más de lo que ganaba en la universidad, pero no recibió más detalles. Mercer respondió interesada e hizo unas cuantas preguntas sobre el instituto, específicamente cómo se llamaba y dónde estaba.

El segundo correo fue solo algo menos vago que el primero, pero le reveló que el instituto se encontraba en Nueva Inglaterra. Y la cita para tomar un café pasó a una invitación para «una comida rápida». La tal Donna preguntó si Mercer podía ir a mediodía a un sitio que se llamaba Spanky's, al lado del campus, en Franklin Street.

A Mercer la avergonzaba admitir que en ese momento la idea de una buena comida le resultaba más apetecible que la de dar clase a un puñado de adolescentes privilegiados. A pesar del sueldo elevado, el trabajo era sin duda un paso atrás en su carrera. Había llegado al campus del Chapel Hill tres años atrás con la intención de dedicarse a la enseñanza mientras, mucho más importante, terminaba la novela que estaba escribiendo. Tres años después iba a quedarse sin trabajo y estaba tan lejos de terminar la novela como cuando había llegado.

En cuanto entró en el restaurante, una mujer de unos cincuenta años, bien vestida y perfectamente arreglada, la saludó desde una mesa. Cuando llegó a donde estaba, le tendió la mano.

—Soy Donna Watson —se presentó—. Encantada de conocerla.

Mercer se sentó al otro lado de la mesa y le agradeció la invitación. Un camarero se acercó para llevarles la carta.

En un abrir y cerrar de ojos, Donna Watson se convirtió en otra persona.

—Tengo que decirle que lo que le he contado hasta ahora es falso. No me llamo Donna Watson, sino Elaine Shelby. Y trabajo para una empresa con sede en Bethesda.

Mercer la observó con una expresión inescrutable, apartó la vista un momento, volvió a mirarla e intentó encontrar una respuesta adecuada.

—Le he mentido —continuó Elaine—. Le pido disculpas y le prometo que no volveré a hacerlo. Pero la oferta de invitarla a comer iba en serio y pago yo, así que le ruego que me escuche.

—Supongo que tendrá una buena razón para haberme mentido —contestó Mercer con cautela.

—Una muy buena y, si me perdona y me escucha, le prometo que puedo explicárselo.

Mercer se encogió de hombros.

—Tengo hambre —dijo—, así que la voy a escuchar hasta que deje de tener hambre. Si para entonces no me ha aclarado las cosas, me iré.

Elaine esbozó una sonrisa que inspiraría confianza a cualquiera. Tenía la piel y los ojos oscuros, tal vez contara con algo de sangre de Oriente Medio, o posiblemente italiana o griega, pensó Mercer, aunque su acento era del Medio Oeste, sin duda estadounidense. Llevaba el pelo gris corto y peinado con tal elegancia que un par de hombres se habían vuelto para mirarla. Era una mujer guapa, iba vestida de manera impecable y se la veía muy fuera de lugar rodeada de gente de la universidad, mucho más informal.

—Sobre lo que no he mentido es sobre el trabajo —explicó—. Estoy aquí para eso: para convencerla de que acepte un trabajo, uno con mejores condiciones y que le reportará más beneficios que el que le sugerí en el correo electrónico.

—¿Y qué tendría que hacer?

—Escribir, terminar su novela.

—¿Cuál de ellas?

El camarero regresó y las dos pidieron ensalada con pollo a la plancha y agua con gas. El camarero recogió las cartas y desapareció.

—La escucho —dijo Mercer por fin tras una pausa.

—Es una larga historia.

—Empecemos por lo obvio entonces: usted.

—Bien. Yo trabajo para una empresa que se especializa en investigación y seguridad. Una compañía muy consolidada de la que seguro que nunca ha oído hablar, porque no nos anunciamos, ni siquiera tenemos página web.

—No me está aclarando nada.

—Espere, por favor. La cosa mejora. Hace seis meses, una banda de ladrones robó los manuscritos de Fitzgerald de la biblioteca Firestone de Princeton. Detuvieron a dos, que están en la cárcel, a la espera. Los otros han desaparecido. Y no encontraron los manuscritos.

Mercer asintió.

—Se habló mucho de ello en la prensa —contestó.

—Cierto. Los manuscritos, los cinco, los tenía asegurados uno de nuestros clientes, una gran empresa privada que asegura arte, objetos raros y diferentes tipos de tesoros. Dudo que haya oído hablar de ella tampoco.

—No presto mucha atención a las compañías de seguros.

—Eso es una suerte para usted. El caso es que llevamos investigando seis meses, trabajando con el FBI y su unidad de Recuperación de Objetos Raros y Valiosos. Hay mucha presión, porque dentro de seis meses más nuestro cliente tendrá que extender un cheque a Princeton por veinticinco millones de dólares. Princeton no quiere el dinero, quiere los manuscritos, que, como imaginará, tienen un valor incalculable. Hemos encontrado unas cuantas pistas, pero nada interesante hasta ahora. Por suerte, no hay demasiados sujetos que se muevan en el mundo clandestino de los libros y manuscritos robados, y vamos tras un vendedor en concreto.

El camarero colocó en la mesa dos vasos con hielo y limón y una botella grande de Pellegrino.

—Es alguien que creo que usted conoce —continuó Elaine cuando el camarero se fue.

Mercer se la quedó mirando fijamente, emitió un leve gruñido y se encogió de hombros.

—Me sorprendería —dijo por fin.

—Tiene usted una larga historia con Camino Island. Pasaba allí los veranos cuando era niña, con su abuela, en la casa de la playa.

—¿Cómo sabe usted eso?

—Ha escrito sobre ello.

Mercer suspiró y cogió la botella. Llenó despacio los dos vasos mientras su mente trabajaba a toda velocidad.

—Deje que lo adivine: ha leído todo lo que he escrito.

—No, solo todo lo que ha publicado. Es parte de nuestra preparación. Y déjeme que le diga que lo he disfrutado.

—Gracias. Siento no tener más.

—Es usted joven y tiene talento. No ha hecho más que empezar.

—Pues hábleme de ello. Veamos si ha hecho bien los deberes.

—Claro. Su primera novela, *La lluvia de octubre*, la publicó Newcombe Press en 2008, cuando solo tenía veinticuatro años. Tuvo unas ventas respetables: ocho mil ejemplares en tapa dura, el doble en blanda y unos cuantos libros electrónicos. No es lo que se dice un best seller, pero a la crítica le encantó.

—El beso de la muerte.

—La nominaron para el National Book Award y fue finalista del PEN/Faulkner.

—Y no gané ninguno.

—No, pero muy pocas primeras novelas consiguen tanta repercusión, sobre todo si son de una escritora tan joven. *The*

Times lo eligió como uno de los diez mejores libros del año. Después publicó una antología de cuentos, *La música de las olas*, que los críticos también alabaron, pero, como bien sabe, los cuentos no se venden tan bien.

—Sí que lo sé.

—Después de eso cambió de agente y de editorial, y desde entonces el mundo sigue esperando su próxima novela. En este tiempo ha publicado tres relatos en revistas literarias, entre ellos uno en el que hablaba de cómo vigilaba unos huevos de tortuga en la playa con su abuela Tessa.

—Así que sabe lo de Tessa.

—Mire, Mercer, sabemos todo lo que hay que saber y nuestras fuentes son todas públicas. Sí, hemos husmeado mucho, pero no nos hemos inmiscuido en su vida personal más allá de lo que está al alcance de cualquiera. En estos tiempos, con internet, ya no queda mucho de eso que llamamos privacidad.

Llegaron las ensaladas, y Mercer cogió el cuchillo y el tenedor. Comió un poco mientras Elaine la observaba bebiendo agua.

—¿No va a comer? —preguntó por fin Mercer.

—Claro.

—¿Qué es lo que sabe de Tessa, entonces?

—Que es su abuela materna. Su marido y ella construyeron la casita de la playa de Camino Island en 1980. Eran de Memphis, donde usted nació, y pasaban las vacaciones allí. Su abuelo murió en 1985, y Tessa dejó Memphis y se mudó a la playa. Cuando era pequeña y adolescente pasaba los veranos allí con ella. Es lo que usted ha escrito, como le he dicho.

—Es cierto.

—Tessa murió en un accidente de navegación en 2005. Encontraron su cuerpo en la playa dos días después de una gran tormenta. No aparecieron ni el barco ni la persona que había salido a navegar con ella. Todo eso salió en los periódicos, sobre todo en *The Times-Union*, de Jacksonville. Según los documentos públicos, en su testamento Tessa se lo dejó todo, incluida la casita, a sus tres hijos. Su madre es una de ellos. La casita sigue siendo propiedad de la familia.

—Así es. Yo soy la propietaria de la mitad de un tercio. No he estado en la casa desde que ella murió. Yo querría venderla, pero la familia no se pone de acuerdo.

—¿Alguien la usa?

—Sí. Mi tía pasa allí los inviernos.

—Jane.

—Sí, ella. Y mi hermana va allí de vacaciones en verano. Por curiosidad, ¿qué sabe de mi hermana?

—Connie vive en Nashville con su marido y sus dos hijas adolescentes. Tiene cuarenta años y trabaja en el negocio familiar. Su marido tiene una cadena de tiendas de yogur helado y le va bastante bien. Connie es licenciada en Psicología por la Southern Methodist University y evidentemente conoció a su marido allí.

—¿Y mi padre?

—Herbert Mann poseía en su momento el concesionario de Ford más grande de toda la zona de Memphis. Tenía dinero, al menos el suficiente para pagar la universidad privada de Connie sin endeudarse. El negocio decayó no se sabe bien por qué, Herbert lo perdió y durante los últimos diez años ha estado trabajando a tiempo parcial como ojeador para los Baltimore Orioles. Ahora vive en Texas.

Mercer dejó el cuchillo y el tenedor en la mesa e inspiró hondo.

—Lo siento, pero todo esto es un poco inquietante. No puedo evitar sentir que han estado vigilándome. ¿Qué es lo que quiere?

—Mercer, sinceramente, hemos recopilado toda esa información gracias a un trabajo de investigación de la vieja escuela. No hemos visto nada que no debiéramos.

—Pero da escalofríos, ¿entiende? Espías profesionales rebuscando en mi pasado. ¿Y el presente? ¿Cuánto saben sobre mi situación laboral actual?

—Se le acaba el contrato.

—¿Y necesito trabajo?

—Supongo.

—Eso no es de dominio público. ¿Cómo saben a quién contratan o despiden en la Universidad de Carolina del Norte?

—Tenemos nuestras fuentes.

Mercer frunció el ceño y apartó la ensalada un par de centímetros, como si hubiera terminado de comer. Cruzó los brazos a la altura del pecho y miró a la señora Shelby con el ceño fruncido.

—No puedo evitar sentirme... bueno... violada.

—Mercer, por favor, escúcheme. Es importante que tengamos toda la información posible.

—¿Para qué?

—Para el trabajo que le proponemos. Si no le interesa, sencillamente nos iremos y nos desharemos del archivo que tenemos sobre usted. No vamos a divulgar nada de esa información.

—¿Cuál es el trabajo?

Elaine pinchó un poco de ensalada y masticó durante largo rato. Después bebió un sorbo de agua.

—Volviendo a los manuscritos de Fitzgerald, creemos que están escondidos en Camino Island.

—¿Y quién los está ocultando?

—Necesito que me asegure que todo lo que vamos a hablar de ahora en adelante será estrictamente confidencial. Hay muchas cosas en juego y un descuido podría causar daños irreparables, no solo a nuestro cliente y a Princeton, sino también a los manuscritos.

—¿Y a quién demonios iba a contarle yo esto?

—Deme su palabra, nada más.

—La confidencialidad exige confianza. ¿Y por qué iba yo a confiar en usted? Ahora mismo tanto usted como su empresa me resultan muy sospechosos.

—Lo entiendo. Pero tiene que escuchar el resto de la historia.

—Vale, la escucho, aunque ya no tengo hambre, así que será mejor que hable rápido.

—Bien. ¿Ha estado alguna vez en la librería del centro de Santa Rosa, Bay Books? Su propietario es un hombre llamado Bruce Cable.

—Supongo que sí —contestó Mercer, encogiéndose de hombros—. Fui unas cuantas veces con Tessa cuando era pequeña. Pero no he vuelto a la isla desde que murió, como le he dicho, y de eso hace ya once años.

—El negocio va bien, es una de las mejores librerías independientes del país. Cable es muy conocido y muy trabajador. Tiene buenos contactos y consigue que muchos autores pasen por allí en sus giras de promoción.

—Tenía que haber pasado por allí con *La lluvia de octubre*, pero esa es otra historia.

—Bueno, pues Cable es también un coleccionista agresivo de primeras ediciones de autores modernos. Compra mucho y sospechamos que gana bastante dinero con esa parte del negocio. También sabemos que trafica con libros robados; es uno de los pocos que están metidos en ese negocio tan oscuro. Hace dos meses encontramos una pista tras un soplo de una fuente cercana a otro coleccionista. Creemos que Cable tiene los manuscritos de Fitzgerald, comprados en efectivo a un intermediario que estaba desesperado por librarse de ellos.

—Se me ha quitado de repente el apetito.

—No podemos acercarnos a ese hombre. Durante todo el mes pasado, hemos tenido a gente en la librería vigilando, husmeando, haciendo fotos y grabando vídeos en secreto, pero no ha servido de nada. Tiene una sala grande y bonita en la planta principal con varias estanterías llenas de libros raros, sobre todo de autores estadounidenses del siglo XX, y no tiene reparo en enseñársela a cualquier comprador serio. Incluso hemos intentado venderle un libro raro, un ejemplar firmado y personalizado de la primera novela de Faulkner, *La paga de los soldados*. Cable supo inmediatamente que solo había unas pocas copias en el mundo, entre ellas tres que están en una biblioteca universitaria en Missouri, una que tiene un especialista en Faulkner y otra que todavía conservan los descendientes de Faulkner. El precio de mercado rondaba los cuarenta mil dólares y se lo ofrecimos a Cable por veinticinco mil. Al principio pareció interesado, pero después empezó a hacer muchas preguntas sobre la procedencia del libro. Muy buenas preguntas. Al final tuvo dudas y se echó atrás. Pero, como se mostró especialmente cuidadoso, eso nos hizo sospechar aún más. No hemos conseguido ningún progreso en los intentos que hemos hecho hasta ahora para introducirnos en su mundo. Necesitamos infiltrar a alguien.

—¿A mí?

—Sí, a usted. Como sabe, los escritores suelen tomarse años sabáticos para alejarse de todo y trabajar. Usted tiene la tapadera perfecta. Prácticamente se crio en la isla. Todavía es propietaria de parte de la casita. Y tiene una reputación literaria. Su historia es del todo plausible. Podría haber decidido irse seis meses a la playa para terminar ese libro que todo el mundo está esperando.

—Solo se me ocurren tres personas que realmente lo estén esperando.

—Le pagaremos cien mil dólares por los seis meses.

Mercer se quedó sin habla un momento. Negó con la cabeza, apartó la ensalada un poco más y le dio un sorbo al agua.

—Perdóneme, pero es que yo no soy espía.

—No le estamos pidiendo que espíe, solo que observe. Estará haciendo algo que resulta totalmente natural y creíble. A Cable le encantan los escritores. Los invita a cenar, a beber, los apoya. Muchos de los autores que están de gira se quedan en su casa, que es espectacular, por cierto. A su mujer y a él les encanta dar largas cenas a las que invitan a amigos y escritores.

—¿Y se supone que yo voy a entrar en su círculo, ganarme su confianza y preguntarle dónde esconde los manuscritos de Fitzgerald así, sin más?

Elaine sonrió e hizo caso omiso de su comentario.

—Nos están presionando mucho, ¿entiende? No tengo ni idea de lo que podrá averiguar, pero en este momento nos vendría bien cualquier cosa. Hay muchas posibilidades de que Cable y su mujer sean quienes se pongan en contacto con usted o incluso quieran entablar amistad. Puede ir entrando en su círculo más íntimo poco a poco. Él bebe mucho, además. Tal vez se le escape algo o quizá alguno de sus amigos mencione la cámara acorazada que tiene en el sótano, debajo de la librería.

—¿Una cámara acorazada?

—Es solo un rumor. Pero no podemos entrar allí sin más y preguntarle por ella.

—¿Cómo sabe que bebe mucho?

—Por allí pasan muchos escritores, y no es ningún secreto que a los escritores les encanta cotillear. La información va de boca en boca. Como ya sabe, el mundo editorial es muy pequeño.

Mercer levantó ambas manos con las palmas hacia arriba y echó atrás su silla.

—Lo siento. Pero esto no es para mí. Tengo mis defectos, pero no se me da bien fingir. Me cuesta mentir y no hay forma de que consiga hacer algo como eso. Han elegido a la persona equivocada.

—Pero, por favor...

Mercer se levantó con intención de marcharse.

—Gracias por la comida.

—Mercer, por favor...

Pero ya se había ido.

2

En algún momento durante la breve comida, el sol había desaparecido y se habría levantado viento. Estaba a punto de caer un chaparrón primaveral, y Mercer, que siempre iba sin paraguas, echó a andar lo más rápido posible. Vivía a casi un kilómetro de allí, en la zona histórica de Chapel Hill, cerca del campus, en un pequeño apartamento de alquiler situado en una calle sombreada sin asfaltar que había detrás de una bonita casa antigua. Su casera, la propietaria de la casa antigua, solo alquilaba el apartamento a estudiantes de doctorado y a profesores muertos de hambre sin plaza fija.

Entró en el estrecho porche delantero justo a tiempo, cuando empezaban a caer con fuerza las primeras gotas de lluvia sobre el tejado de zinc. No pudo evitar mirar alrededor para asegurarse de que no la estaban vigilando. ¿Quién era esa gente? «Olvídalo», se dijo. Entró en la casa, se quitó los zapatos, se preparó una taza de té y se sentó en el sofá durante largo rato, respirando muy despacio y escuchando el sonido de la lluvia mientras reproducía mentalmente la conversación que había mantenido durante la comida.

Poco a poco se le fue pasando la impresión inicial que le había producido saber que la habían investigado. Elaine tenía razón: en la actualidad, con internet, las redes sociales, hackers por todas partes y todo eso de la transparencia, ya no había nada realmente privado. Mercer debía reconocer que el plan era bastante inteligente. Era la candidata perfecta: una escritora con una larga historia en la isla, incluso con una casa en la playa que era en parte de su propiedad, con una novela sin terminar y un plazo de entrega que ya había vencido hacía mucho tiempo, un alma solitaria en busca de nuevos amigos. Bruce Cable nunca sospecharía que era una infiltrada.

Recordaba bien al hombre: aquel tipo guapo, con traje moderno, pajarita y sin calcetines, pelo largo y ondulado y un bronceado perpetuo típico de Florida. Casi podía verlo de pie, cerca de la puerta principal, siempre con un libro en la mano, tomando café y pendiente de todo mientras leía. Por alguna razón a Tessa no le caía bien e iba muy pocas veces por la librería. Tampoco es que comprara muchos libros. ¿Por qué comprarlos cuando podía sacarlos gratis de la biblioteca?

Firmas de libros y giras de promoción. Mercer deseó tener una nueva novela que promocionar.

Cuando se publicó *La lluvia de octubre*, en 2008, Newcombe Press no tenía dinero para publicidad ni para viajes. De hecho la empresa quebró tres años después. Pero, tras la publicación de una crítica elogiosa en *The Times*, unas cuantas librerías llamaron preguntando por su gira, así que prepararon una precipitadamente. Según los planes, Bay Books era la novena librería en la que iba a firmar. Pero la gira se malogró casi de inmediato cuando en la primera firma, en Washington D.C., no aparecieron más que once personas y solo cinco compraron el libro. ¡Y fue la más multitudinaria! En la segunda firma, en Filadelfia, no había más que cuatro personas en la cola, y Mercer se pasó una hora entera charlando con el personal de la librería. La tercera firma, que resultó ser la última, fue en una librería grande en Hartford. Sentada en un bar que había al otro lado de la calle, Mercer se tomó dos martinis mientras miraba la librería, esperando que apareciera una multitud. Pero no apareció. Por fin cruzó la calle, entró diez minutos tarde y se desmoralizó del todo cuando se dio cuenta de que la única persona que la esperaba era un empleado. No apareció ni un solo lector. Cero.

La humillación fue total. Y decidió que jamás volvería a

exponerse a la vergüenza de estar sentada a una mesa solitaria junto a una pila de bonitos y flamantes libros, intentando no establecer contacto visual con unos clientes que procuraban no acercarse demasiado. Conocía a otros escritores, a unos cuantos, y había oído varias veces esas historias de terror sobre ir a una librería y encontrarse solo las caras amables de los empleados y los voluntarios, y preguntarse cuántos serían en realidad clientes y compradores de libros, para después ver cómo miraban con nerviosismo alrededor en busca de lectores potenciales y al final darse cuenta de que iban alejándose para no volver cuando quedaba claro que aquel autor, supuestamente famoso, estaba a punto de fracasar. Y de forma estrepitosa.

Así que no se lo pensó dos veces y canceló el resto de la gira. De todas maneras no le gustaba mucho la idea de volver a Camino Island. Tenía muchos recuerdos maravillosos del lugar, pero todos habían quedado ensombrecidos por el horror y la tragedia de la muerte de su abuela.

La lluvia le produjo sueño. Se dejó llevar y se echó una larga siesta.

3

La despertaron unos pasos. A las tres de la tarde, como un reloj, el cartero cruzó el porche, que crujía, y dejó el correo en un pequeño buzón que había junto a la puerta principal. Mercer esperó a que le diera tiempo a alejarse y salió a coger la entrega diaria, una deprimente colección de correo basura y facturas. Arrojó el correo basura a la mesita del café y abrió una carta de la Universidad de Carolina del Norte. Era del director del departamento de Literatura. Con una palabrería amable y pomposa la informaba oficialmente de que iban a eliminar el puesto que ocupaba. También decía que había sido «una presencia valiosa» dentro del personal y «una docente con gran talento» que había recibido «la admiración de los colegas» y «la adoración de los alumnos», etcétera. Que «todo el departamento» quería que se quedara y que la veían como «una gran incorporación», pero que por desgracia no había presupuesto. Le deseaba lo mejor y dejaba la puerta abierta, con la leve esperanza de que surgiera «algún otro puesto» cuando llegara la partida presupuestaria del curso siguiente y «se recuperaran los niveles normales de financiación».

La mayor parte de lo que decía la carta era cierto. El director había sido un aliado, a veces incluso un mentor para ella, y Mercer había conseguido sobrevivir al campo de minas académico manteniendo la boca cerrada y evitando todo lo posible a los profesores titulares.

Pero ella era escritora, no profesora, y ya era hora de que siguiera adelante. No sabía hacia dónde, pero tras tres años en un aula, echaba de menos la libertad de enfrentarse a los días que tenía por delante sin nada que hacer aparte de escribir novelas y cuentos.

Había otra carta que contenía el extracto de su tarjeta de crédito. El balance reflejaba su frugal estilo de vida y sus esfuerzos diarios por recortar por todas partes. Así conseguía cubrir todos los gastos que hacía con esa tarjeta cada mes y evitar las escandalosas tasas de descubierto que el banco estaba deseando cargarle. Su salario apenas le llegaba para esos gastos más el alquiler, el seguro y las reparaciones del coche y la póliza del seguro de salud más básica, que era algo que se planteaba cancelar todos los meses, cada vez que tenía que hacer el cheque para pagarla. De todas formas, habría tenido cierta estabilidad financiera e incluso le quedaría un poco de dinero para mejorar su guardarropa y tal vez para divertirse un poco de no ser por lo que contenía la tercera carta.

La enviaba la National Student Loan Corporation, un organismo que llevaba persiguiéndola los últimos ocho años.

Su padre había podido pagarle el primer año de universidad privada en el campus de Sewanee, de la Universidad del Sur, pero su repentina bancarrota y su posterior desmoronamiento emocional la dejaron sin apoyo económico. Mercer consiguió estudiar los tres años que le quedaban gracias a préstamos estudiantiles, becas y trabajos, y también en parte a la modesta herencia que le había dejado Tessa. Utilizó los reducidos anticipos que le dieron por *La lluvia de otoño* y *La música de las olas* para pagar los intereses de los préstamos estudiantiles, pero no le llegó para amortizar más que una pequeña parte de la cantidad inicial.

Entre trabajos había ido refinanciando y reestructurando sus préstamos, pero con cada nueva operación los terribles balances crecían aún más, mientras ella tenía que trabajar en dos o tres sitios para mantenerse al corriente de pago. La verdad, que no le había contado a nadie, era que le resultaba imposible expresarse de forma creativa cuando estaba pasándolo tan mal, agobiada por una montaña de deudas. Cada mañana, cada página en blanco no encerraba la promesa de otro capítulo de una gran novela, sino de otro esfuerzo inútil para crear algo que satisficiera a sus acreedores.

Incluso habló con un amigo abogado sobre declararse insolvente, pero en esa conversación se enteró de que los bancos y las compañías que se dedican a los préstamos estudiantiles habían convencido al Congreso de que estableciera una protección especial para esas deudas y que nadie pudiera quedar eximido de ellas. Recordaba exactamente las palabras que había utilizado su amigo: «Por Dios, si hasta los jugadores de azar pueden declararse insolventes y librarse de las deudas».

¿Los que la vigilaban sabrían lo de sus préstamos de estudios? Eso sí que era privado, ¿no? Aunque estaba segura de que los profesionales podían escarbar lo suficiente para encontrar casi cualquier cosa. Había leído historias aterradoras sobre que se filtraban incluso los historiales médicos, con datos especialmente sensibles, y acababan en manos de las peores personas. Y era bien sabido que las empresas de tarjetas de crédito vendían información acerca de sus clientes. ¿Habría realmente algo que estuviera por ahí bien enterrado, a salvo?

Cogió el correo basura y lo tiró a la papelera, guardó la última carta de la Universidad de Carolina del Norte y colocó las dos facturas en un estante al lado de la tostadora. Se preparó otra taza de té y estaba a punto de coger una novela cuando le sonó el móvil.

Elaine volvía a la carga.

4

—Mire, Mercer, siento mucho lo de la comida —empezó—. No quería tenderle una emboscada, pero no había otra forma de conseguir que mantuviéramos esa conversación. ¿Qué podía hacer? ¿Pararla un día en el campus y soltárselo todo?

Mercer cerró los ojos y se apoyó en la encimera de la cocina.

—No pasa nada. Estoy bien. Es solo que no me lo esperaba, ¿entiende?

—Lo entiendo, claro, y lo siento mucho. Estaré en la ciudad aún unas horas. Mañana por la mañana tengo que coger un vuelo de vuelta a Washington. Me gustaría que pudiéramos terminar nuestra conversación durante la cena.

—No, gracias. Han elegido a la persona equivocada.

—Mercer, tenemos a la persona perfecta y, le seré franca, tampoco es que haya nadie más. Dedíqueme un poco de su tiempo para que pueda explicárselo, por favor. No se lo he contado todo aún y, como ya le he dicho, estoy en una posición muy difícil en este momento. Estamos intentando salvar los manuscritos antes de que resulten dañados o, lo que es peor, acaben vendidos de cualquier manera a algún coleccionista y se pierdan para siempre. Deme otra oportunidad, hágame el favor.

Mercer no podía negar, al menos no ante sí misma, que el dinero era algo que debía considerar. Algo importante.

—¿Cuál es el resto de la historia? —dijo tras dudar un segundo.

—Me va a llevar un rato contársela. Tengo un coche con chófer. Pasaré a recogerla a las siete. No conozco esta ciudad, pero me han dicho que el mejor restaurante es un sitio que se llama The Lantern. ¿Ha estado alguna vez?

Mercer conocía el sitio, pero no podía permitírselo.

—¿Sabe dónde vivo? —preguntó sin darse cuenta e inmediatamente se avergonzó de lo inocente que había sonado—. Ah, claro. La veo a las siete.

5

El coche era, como no podía ser de otra manera, un sedán negro, y en aquella parte de la ciudad llamaba mucho la atención. Mercer, que estaba esperando en la puerta del edificio, entró rápidamente en el asiento de atrás y se sentó al lado de Elaine. Cuando se alejaban, Mercer, que iba algo encorvada, echó un vistazo alrededor y comprobó que nadie miraba. ¿Y qué más le daba? Su contrato de alquiler finalizaba en tres semanas, luego se iría de allí para siempre. Su poco definido plan de futuro incluía una estancia temporal en el apartamento de encima del garaje de una vieja amiga de Charleston.

Elaine, que iba vestida más informal, con vaqueros, un *blazer* de color azul marino y zapatos de tacón caros, la tranquilizó con una sonrisa.

—Uno de mis colegas estudió en esta universidad y no para de hablar de ella, sobre todo durante la temporada de baloncesto.

—Son muy aficionados, es verdad, pero no es lo mío; tampoco es mi universidad.

—¿Ha disfrutado el tiempo que ha pasado aquí?

Avanzaban por Franklin Street, cruzando despacio el distrito histórico, entre casas preciosas con céspedes perfectos. Después entraron en la zona griega, donde los edificios se habían convertido en casas de hermandades masculinas y femeninas. Había parado la lluvia, y los porches y los patios estaban a rebosar de estudiantes que bebían cerveza y escuchaban música.

—No ha estado mal —dijo Mercer con aire nostálgico—. Pero no estoy hecha para la vida universitaria. Cuanto más tiempo paso enseñando, más ganas tengo de escribir.

—Leí en una entrevista que le hizo el periódico del campus que esperaba terminar su novela durante el tiempo que estuviera en Chapel Hill. ¿Ha hecho progresos?

—Pero ¿cómo ha encontrado eso? Lo dije hace tres años, cuando acababa de llegar.

Elaine sonrió y miró por la ventanilla.

—Se nos escapan pocas cosas.

Estaba tranquila y relajada, y hablaba con un tono profundo que rezumaba seguridad. Ella y su misteriosa empresa tenían todos los ases en la manga. Mercer se preguntó cuántas de esas misiones clandestinas habría preparado y dirigido Elaine a lo largo de su carrera. Seguro que se había enfrentado a criminales mucho más complicados y peligrosos que un librero de una ciudad de provincias.

The Lantern estaba en Franklin Street, a unas manzanas del meollo de la actividad estudiantil. El chófer las dejó en la puerta principal y entraron. El acogedor comedor se hallaba prácticamente vacío. Su mesa estaba al lado de la ventana, con la acera y la calle a apenas unos centímetros. En los últimos tres años, Mercer había leído muchas críticas estupendas del restaurante en revistas locales. Tenía un montón de premios.

Mercer había mirado la carta en internet y volvía a tener mucha hambre. La camarera les dio amablemente la bienvenida y les sirvió agua del grifo de una jarra.

—¿Quieren algo de beber? —preguntó.

Elaine miró a Mercer, que se apresuró a responder:

—Yo necesito un martini. Con mucha ginebra. Martini sucio.

—Yo tomaré un Manhattan —pidió Elaine.

—Supongo que viaja mucho —dijo Mercer cuando la camarera se fue.

—Sí, demasiado, supongo. Tengo dos hijos en la universidad. Mi marido trabaja en el Ministerio de Energía y coge un avión cinco días a la semana. Al final me cansé de pasar las horas muertas sentada en una casa vacía.

—¿Y esto es lo que hace? ¿Localizar mercancías robadas?

—Hacemos muchas cosas, pero sí, esa es mi principal área de trabajo. He estudiado arte durante toda mi vida y encontré este trabajo casi por casualidad. La mayoría de nuestros casos tienen que ver con cuadros robados y falsificados. Alguna escultura, a veces, aunque son más difíciles de robar. Ahora se roban muchos libros, manuscritos y mapas antiguos. Pero nada como el caso Fitzgerald. Estamos invirtiendo todos nuestros esfuerzos en él, por razones que seguro que resultan obvias.

—Tengo muchas preguntas.

—Y yo tengo mucho tiempo —respondió Elaine, encogiéndose de hombros.

—No las voy a hacer en un orden específico... ¿Por qué no se encarga el FBI de algo como esto?

—Sí que se encargan de ello. La unidad de Recuperación de Objetos Raros y Valiosos es excelente y hace muy bien su trabajo. El FBI estuvo a punto de resolver el caso en las primeras veinticuatro horas. Uno de los ladrones, un tal Steengarden, dejó una gota de sangre en la escena del crimen, justo delante de la puerta de la cámara acorazada. El FBI los detuvo a él y a su compañero, un tal Mark Driscoll, y los metió en la cárcel. Sospechamos que los otros ladrones se asustaron y desaparecieron, junto con los manuscritos. Sinceramente, creemos que el FBI se precipitó. Si hubieran mantenido a esos dos bajo intensa vigilancia durante unas semanas, tal vez les habrían conducido hasta el resto de la banda. Ahora resulta aún más probable, en retrospectiva.

—¿El FBI sabe que están intentando reclutarme?

—No.

—¿El FBI sospecha de Bruce Cable?

—No, al menos creo que no.

—Así que se trata de investigaciones paralelas. La de ellos y la suya.

—Si se refiere a que no compartimos toda la información, sí. No es raro que sigamos caminos distintos.

—Pero ¿por qué?

Llegaron los cócteles y la camarera les preguntó si tenían alguna duda sobre los platos. Ninguna de las dos había tocado la carta, así que le pidieron algo más de tiempo con educación. El lugar se estaba llenando rápidamente, y Mercer miró alrededor por si reconocía a alguien. No reconocía a nadie.

Elaine dio un sorbo a su copa, sonrió, la dejó encima de la mesa y meditó la respuesta.

—Si sospechamos que un ladrón está en posesión de un cuadro, un libro o un mapa robado, tenemos varias formas de verificarlo. Utilizamos la última tecnología, los aparatos más modernos y a la gente más inteligente. Algunos de nuestros técnicos son antiguos agentes de inteligencia. Si verificamos la presencia del objeto robado, se lo notificamos al FBI o intervenimos directamente, depende del caso. Y no hay dos casos iguales.

—¿Intervienen?

—Sí. Tenga en cuenta, Mercer, que hablamos de ladrones que esconden algo valioso, algo que nuestro cliente ha asegurado por mucho dinero. No les pertenece y estarán buscando la forma de venderlo por una cantidad importante. El tiempo es vital, y a la vez debemos tener mucha paciencia. —Otro pequeño sorbo. Elegía las palabras con cuidado—. La policía y el FBI tienen que preocuparse por cosas como la causa probable y las órdenes de registro. A nosotros no siempre nos limitan esas formalidades constitucionales.

—Así que ¿allanan el lugar?

—Nunca allanamos, pero a veces entramos solo con la intención de verificar y recuperar. Hay muy pocos edificios en los que no podamos colarnos sin llamar la atención y, cuando se trata de esconder el botín, muchos ladrones no son tan listos como creen.

—¿Y pinchan teléfonos y hackean ordenadores?

—Digamos que a veces escuchamos conversaciones.

—Así que ¿infringen la ley?

—Nosotros lo llamamos «operar en una zona gris». Escuchamos, entramos, verificamos y, en la mayoría de los casos, se lo notificamos al FBI. Ellos hacen lo que tienen que hacer con sus órdenes de registro legítimas, y la obra de arte vuelve a manos de su propietario. El ladrón va a la cárcel, y el FBI se lleva todo el mérito. Todo el mundo contento, a excepción del ladrón, tal vez, pero lo que a él le parezca no nos preocupa demasiado.

Tras el tercer sorbo, la ginebra empezó a hacer efecto y Mercer fue relajándose.

—Entonces, si son tan buenos, ¿por qué no se cuelan en la cámara de Cable para comprobarlo?

—Cable no es un ladrón y parece más inteligente que el delincuente medio. Tiene mucho cuidado, lo que nos hace sospechar aún más. Un movimiento en falso y los manuscritos podrían desaparecer de nuevo.

—Pero si lo están escuchando, hackeando y vigilando sus movimientos, ¿por qué no pueden atraparlo?

—No he dicho que estemos haciendo todo eso con él. Puede que lo hagamos, pronto, pero ahora mismo necesitamos más información.

—¿Alguna vez han juzgado a alguien de su empresa por haber hecho algo ilegal?

—No, ni mucho menos. Como ya le he dicho, actuamos en zonas grises, y cuando se resuelve el caso, ¿a quién le importa cómo ha sido exactamente?

—Tal vez al ladrón. No soy abogada, pero ¿no podría alegar que se ha producido un registro ilegal?

—Quizá debería ser abogada.

—No se me ocurre nada peor.

—La respuesta es no. El ladrón y su abogado no tienen ni idea de que hemos estado implicados. Ni siquiera han oído hablar de nosotros, y tampoco dejamos huellas.

Se produjo una larga pausa durante la que las dos se concentraron en sus cócteles y ojearon la carta. La camarera revoloteaba a su alrededor, y Elaine la informó con educación de que no tenían prisa.

—Parece —dijo Mercer finalmente— que me están pidiendo que haga un trabajo que lo más probable es que implique meterme en una de esas zonas grises de las que habla, que no es más que un eufemismo para infringir la ley.

Al menos lo estaba considerando, pensó Elaine. Tras el abrupto final de la comida, había temido que Mercer fuera historia. El reto sería cerrar el trato.

—En absoluto —la tranquilizó Elaine—. ¿Qué ley estaría infringiendo?

—Dígamelo usted. Tiene a otras personas allí. Estoy segura de que no se van a ir. Y de que van a estar vigilándome a mí tan de cerca como ahora lo hacen con Cable. Así que es un equipo, un esfuerzo de grupo, por así decirlo, y yo no tengo ni idea de lo que podrían estar haciendo mis colegas invisibles.

—No se preocupe por ellos. Son profesionales expertos a

los que no han atrapado nunca. Mire, Mercer, tiene mi palabra. Nada de lo que le pidamos será ilegal, ni por asomo. Se lo prometo.

—Usted y yo no tenemos la confianza suficiente para hacernos promesas. Yo no la conozco. —Mercer se bebió lo que quedaba del martini—. Necesito otro.

El alcohol siempre era importante en esas reuniones, así que Elaine vació su copa también e hizo un gesto a la camarera. Cuando llegó la segunda ronda, pidieron cerdo a la vietnamita y rollitos de primavera con cangrejo.

—Hábleme de Noelle Bonnet, la mujer de Cable —dijo Mercer, lo que rebajó un poco la tensión—. Estoy segura de que la han investigado.

Elaine sonrió.

—Sí. Y yo estoy segura de que esta tarde ha entrado en internet para buscarla.

—Así es.

—Ha publicado cuatro libros hasta el momento, todos sobre antigüedades y decoración de estilo provenzal, y en ellos ha revelado algunas cosas de ella. Viaja mucho, habla mucho, escribe mucho y se pasa la mitad del año en Francia. Cable y ella llevan unos diez años juntos, y forman una pareja bastante peculiar. No tienen hijos. Ella ya habría estado casada; él, no. Cable no va mucho a Francia, porque le encanta la librería. La tienda de ella está en el local de al lado. El edificio es de Bruce y hace tres años echó al inquilino que había allí, que tenía una tienda de ropa de caballero, y le cedió el espacio a ella. Evidentemente él no tiene nada que ver con el negocio de ella, y ella se mantiene al margen del de él, excepto en lo que respecta a la vida social. Su cuarto libro trata de la casa en la que viven, una mansión victoriana a unas manzanas del centro, y la verdad es que merece la pena. ¿Quiere algún detalle sucio?

—Cuente. ¿A quién no le gustan los detalles sucios?

—Durante los últimos diez años, han dicho a todo el mundo que están casados, que se dieron el sí quiero en una colina con vistas a Niza. Es una historia muy romántica, pero no es cierta. Parece que tienen una relación bastante abierta. Él se va con otras, ella se va con otros, pero siempre se quedan el uno con el otro.

—Pero ¿cómo demonios sabe eso?

—Los escritores son unos bocazas, ya se lo he dicho. Y evidentemente algunos son bastante promiscuos.

—A mí no me incluya.

—No la estaba incluyendo. Hablaba en general.

—Continúe.

—Hemos consultado todos los registros y no hay ningún certificado de matrimonio, ni aquí ni en Francia. Pasan muchos escritores por allí. Bruce siempre hace sus jueguecitos con las mujeres. Noelle hace lo mismo con los hombres. Su casa tiene una torre con un dormitorio en la tercera planta; ahí es donde se quedan a dormir las visitas. Y no siempre duermen solas.

—¿Y se espera de mí que lo dé todo por el equipo?

—Lo que se espera es que se acerque todo lo posible. La forma que elija para conseguirlo es solo cosa suya.

Llegaron los rollitos. Mercer pidió *dumplings* de langosta con caldo. Elaine prefirió gambas a la pimienta y escogió una botella de Sancerre. Mercer dio dos bocados y se dio cuenta de que todo le sabía a martini.

Elaine ignoró su segundo cóctel.

—¿Puedo preguntarle algo personal? —dijo al rato.

Mercer soltó una carcajada, tal vez demasiado aguda.

—Oh, ¿por qué no? ¿Es que hay algo que no sepa?

—Muchas cosas. ¿Por qué no ha vuelto a la casa desde que murió su abuela?

Mercer apartó la vista, triste, y pensó en qué responder.

—Era demasiado doloroso. Pasé allí todos los veranos desde los seis hasta los diecinueve años. Estábamos solo Tessa y yo, paseando por la playa, nadando en el mar y hablando, hablando y hablando sin parar. Ella era para mí mucho más que una abuela. Era mi pilar, mi madre, mi mejor amiga, mi todo. Yo pasaba nueve meses con mi padre deprimida, contando los días para que acabaran las clases y pudiera escapar a la playa y pasar tiempo con Tessa. Le supliqué a mi padre que me dejara vivir con ella durante todo el año, pero nunca lo permitió. Supongo que ya sabe lo de mi madre.

Elaine se encogió de hombros.

—Solo lo que dicen los informes.

—Se la llevaron cuando yo tenía seis años, enloquecida por sus demonios y supongo que también por mi padre.

—¿Su padre se llevaba bien con Tessa?

—Qué disparate. En mi familia nadie se lleva bien con nadie. Mi padre odiaba a Tessa, porque era una esnob que creía que mi madre se había equivocado al casarse con él. Herbert era un niño pobre de un mal barrio de Memphis que hizo fortuna vendiendo primero coches usados y después nuevos. La familia de Tessa era de Memphis de toda la vida y tenía mucha historia y aires de grandeza, pero ni un céntimo. Seguro que ha oído ese viejo refrán que dice: «Humo de hidalguía, la cabeza vana y la bolsa vacía». Es la descripción perfecta de la familia de Tessa.

—Tenía tres hijos.

—Sí: mi madre, mi tía Jane y mi tío Holstead. ¿Quién le pondría Holstead a su hijo? Pues Tessa. Era un nombre de la familia.

—¿Y Holstead vive en California?

—Sí, huyó del sur hace cincuenta años y se mudó a una comuna. Al final se casó con una drogadicta y tienen cuatro hijos, todos un poco tocados del ala. Por culpa de lo de mi madre, creen que estamos todos locos, pero los tarados de verdad son ellos. Es una familia patética.

—Está siendo un poco dura.

—La verdad es que estoy siendo buena. Ninguno se molestó en venir al funeral de Tessa, así que no los veo desde que era pequeña. Y, créame, no tenemos planes de reunirnos en breve.

—*La lluvia de octubre* trata de una familia disfuncional. ¿Es autobiográfica?

—Eso creyeron en su momento. Holstead me escribió una carta bastante desagradable que me planteé enmarcar. Fue la gota que colmó el vaso. —Se comió la mitad de un rollito de primavera y bebió agua—. Pero mejor hablemos de otra cosa.

—Buena idea. Ha dicho que tenía preguntas.

—Y usted me ha preguntado por qué no he vuelto a la casa de la playa. Es porque nunca va a ser lo mismo y me va a costar enfrentarme a los recuerdos. Piénselo. Tengo treinta y un años, y los días más felices de mi vida, los que pasé en esa casa con Tessa, ya han quedado atrás. No sé si seré capaz de volver.

—No tiene que volver necesariamente. Podemos alquilar algún sitio bonito durante seis meses. Pero la tapadera funcionaría mejor si se quedase en la casa.

—Si es que eso es posible. Mi hermana siempre pasa allí dos semanas en julio y puede que se la hayan alquilado a alguien. La tía Jane es quien se encarga y a veces se la alquila a amigos. Hay una familia canadiense que va allí todos los meses de noviembre. Y Jane pasa allí el invierno, de enero a marzo.

Elaine dio un bocado y luego un sorbo a la bebida.

—Por curiosidad, ¿la ha visto? —preguntó Mercer.

—Sí, hace dos semanas. Parte del trabajo de preparación.

—¿Y cómo está?

—Bonita. Bien cuidada. Me gustaría quedarme una temporada.

—¿Sigue habiendo casas de alquiler por toda la playa?

—Sí. Dudo de que hayan cambiado muchas cosas en once años. La zona transmite la sensación de destino de vacaciones tradicional. La playa es preciosa y no se abarrota.

—Vivíamos en esa playa. Tessa me tenía todo el día al sol,

vigilando las tortugas que llegaban durante la noche y hacían sus nidos en la arena.

—También escribió sobre eso. Un relato precioso.

—Gracias.

Terminaron las bebidas y llegaron los platos. Elaine aprobó el vino y la camarera sirvió a las dos. Mercer tomó un bocado y dejó el tenedor.

—Mire, Elaine, yo no valgo para esto. Han elegido a la persona equivocada. Miento fatal y no se me da bien engañar a la gente. No voy a ser capaz de meterme en las vidas de Bruce Cable, Noelle Bonnet y su pandilla literaria, ni sacar de ahí nada que valga la pena.

—Eso ya lo ha dicho. Será una escritora que vive unos meses en la casa familiar de la playa. Estará trabajando mucho para acabar su novela. Es una historia perfecta, Mercer, porque es cierta. Y la verdad es que tiene la personalidad perfecta, porque es auténtica. Si necesitáramos a una actriz consumada, no estaríamos hablando con usted. ¿Es que tiene miedo?

—No. No lo sé. ¿Debería?

—No. Ya le he prometido que nada de lo que le pidamos va a ser ilegal, ni tampoco será peligroso. Yo la veré todas las semanas y...

—¿Estará allí?

—Estaré yendo y viniendo y, si necesita ayuda, podemos situar a alguien cerca.

—No necesito canguro y no tengo miedo de nada, excepto de fracasar. Me van a pagar mucho por hacer algo que no me puedo ni imaginar, algo importante, y obviamente esperarán resultados. ¿Y si Cable es tan listo y tan duro como usted crees que es y no me cuenta nada? ¿Y si cometo alguna estupidez y empieza a sospechar y se lleva los manuscritos? Se me ocurren muchas formas de fastidiarlo todo, Elaine. No tengo experiencia, ni idea.

—Y a mí me encanta su franqueza. Por eso es perfecta,

Mercer. Es directa, sincera y transparente. Y también es muy atractiva; seguro que Cable se fija en usted inmediatamente.

—¿Volvemos a lo del sexo? ¿Es parte del trabajo?

—No, le repito que eso es solo decisión suya.

—¡Pero es que no tengo ni idea de qué hacer! —exclamó Mercer, elevando la voz, lo que atrajo las miradas de la mesa más cercana. Entonces bajó la cabeza y murmuró—: Perdón.

Comieron en silencio durante unos minutos.

—¿Le gusta el vino? —preguntó Elaine.

—Está muy bueno, gracias.

—Es uno de mis favoritos.

—¿Y si digo que no una vez más? ¿Qué harán entonces?

Elaine se limpió los labios con la servilleta y bebió un poco más de agua.

—Tenemos a otros escritores, pero la lista es muy corta, y ninguno resulta tan interesante como usted. Sinceramente, Mercer, estamos tan convencidos de que es la persona perfecta que tenemos todas las esperanzas puestas en usted. Si nos dice que no, supongo que no nos quedará otra que desechar todo el plan y pasar al siguiente.

—¿Cuál es el siguiente?

—No puedo entrar en eso. Tenemos muchos recursos y estamos bajo una gran presión, así que empezaremos a movernos rápido en otra dirección.

—¿Cable es el único sospechoso?

—Por favor, tampoco puedo hablar de eso. Podré contarle mucho más cuando esté allí, comprometida al cien por cien, y paseemos por la playa. Tenemos mucho de que hablar, ideas sobre cómo debería actuar. Pero no voy a entrar en eso ahora. Es confidencial, en realidad.

—Lo entiendo. Aunque sé guardar secretos. Es la primera lección que aprendí con mi familia.

Elaine sonrió como si comprendiera y confiara en Mercer totalmente. La camarera sirvió más vino y ellas siguieron comiendo. Después del silencio más largo de la comida, Mercer tragó con dificultad e inspiró hondo.

—Tengo sesenta y un mil dólares de deuda en préstamos estudiantiles y no hay forma de librarme de ella —dijo—. Es una carga que me agobia todo el tiempo, me está volviendo loca.

Elaine sonrió de nuevo, como si ya lo supiera. Mercer estuvo a punto de preguntar si era así, pero la verdad es que no quería conocer la respuesta. Elaine dejó el tenedor y apoyó los codos en la mesa. Unió los dedos y empezó a darse golpecitos con las yemas.

—Nosotros nos ocuparemos de los préstamos estudiantiles y le pagaremos los cien mil aparte. Cincuenta mil ahora y otros cincuenta mil dentro de seis meses. En efectivo, en un cheque, en lingotes de oro... como quiera. En negro, claro.

De repente un peso enorme desapareció de los hombros de Mercer. Contuvo una exclamación, se tapó la boca con la mano y parpadeó rápidamente porque se le llenaron los ojos de lágrimas. Intentó hablar, pero estaba sin palabras. Tenía la boca seca, así que bebió agua. Elaine observó cada movimiento, calculando sin parar, como siempre.

Mercer estaba abrumada por la realidad de poder irse de allí libre de la atadura de las deudas, una pesadilla que la había perseguido durante ocho años. Inspiró hondo (¿le costaba menos respirar?) y pinchó otro *dumpling* de langosta. Después dio otro sorbo de vino, que saboreó por primera vez. Tendría que tomarse un par de botellas durante los días siguientes.

Elaine olió la victoria y fue a por ella.

—¿Cuándo podría estar allí?

—Los exámenes se acaban dentro de dos semanas. Pero quiero consultarlo con la almohada.

—Por supuesto. —La camarera seguía rondando, y Elaine propuso—: Yo quiero probar la *panna cotta*. ¿Mercer?

—Yo también quiero. Y una copa de vino dulce.

6

Sin gran cosa que embalar, la mudanza no le llevó más que unas horas. Poco después Mercer abandonaba Chapel Hill, sin la más mínima pizca de nostalgia, al volante de su Volkswagen Escarabajo cargado con la ropa, el ordenador, la impresora, muchos libros y unas cuantas cazuelas, sartenes y otros utensilios. No dejaba atrás buenos recuerdos, solo un par de amigas de esas con las que se mantiene el contacto durante unos meses y luego se pierde. Se había mudado y se había despedido tantas veces que ya sabía qué amistades iban a durar y cuáles no. Dudaba de que volviera a ver a ninguna de esas dos.

Al cabo de un par de días se dirigiría al sur, pero ahora tenía otros planes. Lo que hizo fue coger la interestatal hacia el oeste. Se detuvo en la bonita ciudad de Asheville a comer y dar un paseo, y después continuó por carreteras secundarias que serpenteaban entre las montañas de Tennessee. Ya había oscurecido cuando por fin paró en un motel a las afueras de Knoxville. Pagó en efectivo por una habitación pequeña y fue a cenar a una franquicia de tacos que había al lado. Durmió sus ocho horas de un tirón y se despertó al amanecer, lista para otro largo día.

Hildy Mann había sido paciente del hospital Eastern State durante veinte años. Mercer iba a visitarla al menos una vez al año, en ocasiones dos, pero nunca más. Ella no recibía más visitas. Cuando Herbert por fin fue consciente de que su mujer no iba a volver a casa, inició discretamente el proceso de divorcio. Era comprensible. Aunque Connie vivía solo a tres horas del hospital, hacía años que no veía a su madre. Como era la hija mayor, era la tutora legal de Hildy, pero estaba demasiado ocupada para molestarse en visitarla.

Mercer soportó con paciencia los trámites burocráticos

necesarios para entrar. Habló con un médico durante quince minutos y él le dio el mismo pronóstico deprimente de siempre: la paciente era víctima de una variedad debilitante de esquizofrenia paranoide y la alejaban del pensamiento racional delirios, voces y alucinaciones. No había mejorado en veinticinco años, y no había ninguna esperanza. Estaba muy medicada, y Mercer se preguntaba cada vez que iba cuánto daño le habrían hecho todos esos fármacos con el paso de los años. Pero no había alternativa. Hildy estaba en el ala de estancia permanente del hospital y se quedaría allí hasta el día de su muerte.

Para la ocasión, las enfermeras habían descartado la bata blanca habitual y le habían puesto un vestido de verano de algodón azul celeste, uno de los muchos que le había llevado Mercer a lo largo de los años. Cuando entró, su madre estaba sentada en el borde de la cama, descalza, mirando al suelo. Mercer la besó en la frente y se sentó a su lado, le dio unas palmaditas en la rodilla y le dijo lo mucho que la había echado de menos.

Hildy respondió solo con una sonrisa amable. Como siempre, Mercer se sorprendió de lo mayor que parecía. No tenía más que sesenta y cuatro años, pero podría haber pasado por alguien de ochenta. Estaba muy delgada, casi consumida, con todo el pelo blanco y la piel tan pálida como la de un fantasma. ¿Cómo iba a tener buen color si nunca salía de la habitación? Años atrás las enfermeras la sacaban a pasear por el patio una vez al día, durante una hora más o menos, pero Hildy al final se negó a salir. Había algo allí fuera que la aterraba.

Mercer repitió el mismo monólogo de siempre, contándole cosas sobre su vida, su trabajo y sus amigos, esto y lo otro, algunas ciertas y otras inventadas, pero nada parecía llegarle realmente. Daba la sensación de que Hildy no procesaba nada. Tenía siempre la misma sonrisa simplona en la cara y no apartaba los ojos del suelo. Mercer se decía que Hildy reconocía su voz, pero la verdad era que no estaba segura. En realidad, no sabía por qué se molestaba en seguir visitándola siquiera.

Culpa. Connie podía olvidarse de su madre, pero Mercer se sentía culpable por no ir a verla más a menudo.

Habían pasado cinco años desde la última vez que Hildy le había hablado. Ese día la reconoció, la llamó por su nombre e incluso le dio las gracias por ir. Meses más tarde, durante una visita, Hildy montó en cólera y se puso a gritar, y tuvo que intervenir una enfermera. Mercer se preguntaba muchas veces si le aumentaban la medicación cuando sabían que iba a ir a visitarla.

Según Tessa, cuando era una adolescente, a Hildy le encantaba la poesía de Emily Dickinson. Así que Tessa, que iba muy a menudo a ver a su hija después de que la ingresaran, siempre le leía poesía. Entonces Hildy todavía escuchaba y reaccionaba, pero la enfermedad había empeorado con los años.

—¿Qué tal si te leo un poco de poesía, mamá? —preguntó Mercer y sacó un ejemplar grueso y gastado de una antología de poemas.

Era el mismo libro que Tessa había llevado a Eastern State durante años. Mercer acercó una mecedora y se sentó junto a la cama.

Hildy sonrió mientras ella leía, pero no dijo nada.

7

Mercer quedó con su padre para comer en un restaurante del centro de Memphis. Herbert vivía en algún lugar de Texas con una nueva esposa a la que Mercer no quería conocer, ni siquiera tenía ganas de hablar de ella. Cuando vendía coches, su padre no hablaba nada más que de coches, y desde que trabajaba de ojeador para los Orioles, solo hablaba de béisbol. Mercer no sabía cuál de los dos temas le interesaba menos, pero le siguió la corriente con entusiasmo e intentó que la comida fuera agradable. Veía a su padre una vez al año y no llevaban juntos más que treinta minutos cuando recordó por qué. Supuestamente había ido a la ciudad para echar un vistazo a «un negocio», pero ella lo dudaba. Sus negocios habían quebrado de forma espectacular cuando ella cursaba el primer año de carrera, lo que la dejó a merced de las empresas de préstamos estudiantiles.

Todavía tenía que pellizcarse para asegurarse de que era cierto. ¡Sus deudas habían desaparecido!

Herbert retomó el tema del béisbol y se puso a hablar de no sé qué jugadores de instituto que tenían posibilidades. No le preguntó ni una sola vez ni por su último libro ni por sus proyectos. Si había leído algo de lo que había publicado, nunca lo había dicho.

Tras una hora que se le hizo muy larga, Mercer ya casi echaba de menos las visitas a Eastern State. Incluso sin poder hablar, su pobre madre no era tan aburrida como su pesado y egocéntrico padre. Se despidieron con un abrazo y un beso y las promesas habituales de verse más a menudo. Le comentó entonces que iba a pasar varios meses en la casa de la playa para acabar una novela, pero él ya estaba sacándose el móvil del bolsillo.

Después de la comida fue al cementerio de Rosewood a llevar rosas a la tumba de Tessa. Se sentó con la espalda apoyada en la lápida y lloró un buen rato. Tessa tenía setenta y cuatro años cuando murió, pero era todo juventud en muchos aspectos. Para entonces habría tenido ochenta y cinco y sin duda estaría tan en buena forma como siempre y seguiría de acá para allá por la playa, recogiendo conchas, vigilando huevos de tortuga, sudando en el jardín y esperando a que su adorada nieta fuera a su casa con ella.

Había llegado el momento de regresar, de oír la voz de Tessa, de tocar sus cosas, de volver sobre sus pasos. Al principio sería doloroso, pero Mercer llevaba once años sabiendo que ese día tenía que llegar.

Cenó con una vieja amiga del instituto, durmió en su habitación de invitados y se despidió temprano a la mañana siguiente. Camino Island estaba a quince horas de viaje.

8

Pasó la noche en un motel cerca de Tallahassee y llegó a la casita, como había previsto, más o menos a mediodía. No había cambiado gran cosa, aunque estaba pintada de blanco y no del amarillo suave que le gustaba a Tessa. La estrecha entrada de conchas de ostra se hallaba flanqueada por un césped muy bien cortado. Según la tía Jane, seguían teniendo el mismo jardinero, Larry, que le había dicho que se pasaría a saludar. La puerta principal no quedaba lejos de Fernando Street y, para tener un poco de privacidad, Tessa había rodeado el jardín con sabales enanos y arbustos de saúco, que estaban tan tupidos que no se veían las casas de los vecinos. Los arriates donde Tessa se pasaba las mañanas a la sombra rebosaban de begonias, nébedas y lavanda. Las columnas del porche estaban cubiertas por una buganvilla que nunca dejaba de crecer y enroscarse. Había un liquidámbar que había crecido mucho y proyectaba su sombra sobre la mayor parte del césped de delante. Jane y Larry estaban haciendo un gran trabajo con el jardín. Tessa se alegraría, aunque seguro que se le ocurrirían formas de mejorarlo.

Su llave seguía funcionando, pero la puerta estaba atascada. Mercer tuvo que darle un buen empujón con el hombro para abrirla. Entró en el salón, un espacio largo y ancho donde había un viejo sofá y unos sillones en una esquina, frente a un televisor y una mesa de comedor rústica que Mercer no conocía. Detrás estaba la zona de la cocina, rodeada por unas ventanas altas con vistas al mar, que se encontraba a unos sesenta metros, al otro lado de las dunas. Todos los muebles eran diferentes, y también los cuadros de las paredes y las alfombras del suelo. Parecía más una casa de alquiler que una para vivir, pero Mercer ya se había preparado para eso. Tessa había vivido allí todo el año durante casi dos décadas y lo tenía todo inmaculado. Mercer cruzó la cocina y salió afuera, a la amplia terraza llena de muebles de mimbre viejos y rodeada de palmeras y lirios de campo. Quitó el polvo y las telarañas a una mecedora y se sentó mirando a las dunas y al Atlántico, oyendo el rumor de las olas que lamían suavemente la playa. Se había prometido que no iba a llorar, de modo que no lo hizo.

Había niños riendo y jugando en la playa. Los oía, pero no los veía; las dunas tapaban la vista de la orilla. Las gaviotas y los cuervos pescadores graznaban mientras subían y bajaban por el aire sobre las dunas y el agua.

Había recuerdos por todas partes, doradas y preciosas imágenes de otra vida. Cuando se quedó sin madre, Tessa prácticamente la había adoptado y se la llevaba con ella a la playa por lo menos tres meses al año. Durante los otros nueve meses, Mercer solo deseaba volver a ese lugar y sentarse en esas mecedoras a última hora de la tarde, cuando el sol iba escondiéndose a su espalda. El atardecer siempre había sido su momento favorito del día. Con él se terminaba el calor sofocante y la playa se quedaba vacía. Las dos paseaban más de un kilómetro hasta South Pier y después volvían recogiendo conchas, chapoteando en la orilla y charlando con los amigos de Tessa y otros residentes que salían a última hora del día.

Esos amigos ya no estaban tampoco: habían muerto o habían acabado en una residencia.

Mercer estuvo meciéndose mucho rato, luego se levantó.

Recorrió el resto de la casa y encontró pocas cosas que le recordaran a Tessa. Y eso era bueno, decidió. No había ni una foto de su abuela, solo unos cuantos marcos con fotografías de Jane y su familia en un dormitorio. Tras el funeral, Jane le había enviado a Mercer una caja con fotografías, dibujos y puzles que creía que podría querer. Mercer había guardado unas cuantas fotos en un álbum. Lo sacó, junto con el resto de sus pertenencias, y después fue a la tienda a comprar algunas cosas básicas. Hizo la comida e intentó leer, pero no podía concentrarse, así que se tumbó en la hamaca de la terraza, donde se quedó dormida.

Larry la despertó al subir los escalones laterales. Tras un breve abrazo, hablaron de cómo les habían tratado los años. Él le dijo que estaba tan guapa como siempre, aunque ya era «una mujer hecha y derecha». Larry estaba igual, solo con unas pocas canas nuevas, más arrugas y la piel más curtida y maltratada por pasar demasiado tiempo al sol. Era bajo y enjuto, y llevaba un sombrero de paja que parecía exactamente el mismo que Mercer recordaba de cuando era pequeña. Había algo turbio en su pasado, no recordaba qué, pero sí se acordaba de que había tenido que huir a Florida desde algún lugar mucho más al norte, Canadá, tal vez. Era jardinero y manitas autónomo, y Tessa y él siempre estaban discutiendo sobre cómo cuidar de las flores.

—Deberías haber vuelto antes —la regañó.

—Supongo que sí. ¿Quieres una cerveza?

—No. Dejé de beber hace unos años. Fue cosa de mi mujer.

—Búscate otra mujer.

—Lo he intentado...

Había tenido varias esposas, según recordaba Mercer, y era todo un ligón, según Tessa. Mercer se sentó en una mecedora.

—Siéntate. Charlemos un rato.

—Vale. —Tenía las zapatillas de deporte manchadas de verdín y briznas de hierba pegadas a los tobillos—. Entonces aceptaré un vaso de agua.

Mercer sonrió y fue a buscar las bebidas. Cuando volvió abrió el tapón de rosca de su cerveza.

—¿Qué has estado haciendo todo este tiempo? —preguntó.

—Lo mismo, siempre lo mismo. ¿Y tú?

—He estado dando clases y escribiendo.

—Leí tu libro. Me gustó. Miraba tu foto de la parte de atrás y me decía: «Fíjate, la conozco. Y desde hace mucho tiempo». Tessa habría estado muy orgullosa, ¿sabes?

—Seguro que sí. ¿Y qué cotilleos hay en la isla?

Él rio.

—Llevas fuera una eternidad y ahora quieres cotilleos.

—¿Qué pasó con los Bancroft, que vivían en la casa de al lado? —Señaló por encima del hombro.

—Él murió hace un par de años. Cáncer. Ella todavía aguanta, pero se la llevaron de aquí. Los hijos vendieron la casa. Yo no les caía bien a los nuevos propietarios. Y a mí no me caían bien ellos.

Mercer recordó su franqueza y que nunca decía ni una palabra más de las necesarias.

—¿Y los Henderson, de la casa de enfrente?

—Muertos.

—La señora Henderson y yo estuvimos escribiéndonos durante unos años después de la muerte de Tessa, luego supongo que perdimos el interés. Las cosas no han cambiado mucho por aquí.

—La isla no cambia. Algunas casas nuevas aquí y allá. Ahora han construido en todas las parcelas de la primera línea y han hecho unos edificios de apartamentos muy modernos junto al Ritz. Ha aumentado el turismo, y supongo que eso es bueno. Jane me ha dicho que vas a quedarse unos meses.

—Ese es el plan. Pero ya veremos. Estoy buscando trabajo y tengo que acabar un libro.

—Siempre te encantaron los libros, ¿eh? Recuerdo que había pilas por toda la casa, incluso cuando eras pequeña.

—Tessa me llevaba a la biblioteca dos veces a la semana. Cuando estaba en quinto, en el colegio hicimos un concurso de lectura durante el verano. Leí noventa y ocho libros ese verano y gané el trofeo. Michael Quon quedó segundo con solo cincuenta y tres. Pero yo quería llegar a cien.

—Tessa siempre dijo que eras demasiado competitiva. A las damas, al ajedrez, al Monopoly... Siempre tenías que ganar.

—Supongo. Ahora parece una tontería.

Larry dio un sorbo al agua y se limpió la boca con la manga de la camisa.

—Echo mucho de menos a tu abuela, ¿sabes? —confesó mirando al mar—. Siempre nos estábamos peleando por los arriates y el fertilizante, pero era de esas personas que están dispuestas a hacer cualquier cosa por los amigos.

Mercer asintió sin decir nada.

—Perdona que te la haya recordado —se disculpó él tras un largo silencio—. Sé que todavía es difícil.

—¿Puedo preguntarte una cosa, Larry? No he hablado con nadie sobre lo que le pasó a Tessa. Leí lo que escribieron los periódicos mucho después del funeral, pero ¿hay algo que no sé? ¿La historia encierra algo más?

—Nadie sabe nada. —Señaló el mar con la cabeza—. Porter y ella estaban ahí fuera, a tres o cuatro millas, probablemente incluso verían tierra todavía. La tormenta surgió de la nada. Una de esas tormentas vespertinas de finales de verano, pero una muy fea.

—¿Dónde estabas tú?

—En casa, trabajando en el jardín. Antes de que me diera cuenta, el cielo se había oscurecido y el viento aullaba. La lluvia caía con fuerza, racheada. Incluso derribó unos cuantos árboles. Nos quedamos sin luz. Dicen que Porter llegó a emitir una llamada de auxilio, pero supongo que ya era demasiado tarde.

—Yo estuve en ese barco un montón de veces, aunque no me gustaba navegar. Siempre me pareció que hacía mucho calor y que era muy aburrido.

—Porter navegaba muy bien y, como ya sabes, estaba loco por Tessa. Pero no era nada romántico. Qué demonios, ella le sacaba veinte años.

—Yo no estoy tan segura de eso, Larry. Eran muy cariñosos el uno con el otro y a medida que fui creciendo empecé a sospechar. Encontré un par de náuticos en el armario de ella una vez. Estaba curioseando, como suelen hacer los niños. No dije nada, pero comencé a prestar más atención. Me dio la impresión de que Porter pasaba mucho tiempo aquí cuando yo no estaba.

Él negó con la cabeza.

—No. ¿Crees que yo no me habría enterado?

—Supongo que sí.

—Vengo tres veces a la semana para echar un vistazo al jardín. Si hubiera habido un hombre por aquí, lo sabría.

—Claro. Pero a ella le gustaba mucho Porter.

—A todo el mundo le gustaba Porter. Era un buen tipo. Nunca los encontraron, ni a él ni al barco.

—¿Y los buscaron?

—Oh, sí, la mayor búsqueda que he visto nunca. Salieron todos los barcos de la isla, incluido el mío. Guardacostas, helicópteros... A Tessa la encontró junto a North Pier alguien que había salido a correr, al amanecer. Fue dos o tres días después de la tormenta, si no recuerdo mal.

—Ella sabía nadar muy bien, pero nunca se ponía chaleco salvavidas.

—No habría servido de nada con esa tormenta. No, nunca sabremos qué pasó. Lo siento.

—He preguntado yo.

—Bueno, tengo que irme. Si necesitas cualquier cosa, tienes mi número. —Se levantó despacio y estiró los brazos.

Mercer también se levantó y le dio otro abrazo.

—Gracias, Larry. Me alegro de verte.

—Bienvenida de nuevo.

—Gracias.

9

Horas después, Mercer se quitó las sandalias y fue a la playa. La pasarela empezaba en la terraza e iba subiendo y bajando sobre las dunas, que estaban protegidas por ley y no podían alterarse. Paseó tranquilamente, buscando con la mirada las tortugas de tierra, como siempre. Se hallaban en peligro de extinción, y Tessa estaba obsesionada con proteger su hábitat. Se alimentaban de la avena de mar y el espartillo que cubrían las dunas. Cuando tenía ocho años, Mercer ya identificaba todos los tipos de vegetación que había: el cadillo, la suriana, la yuca, las dagas. Tessa se lo había enseñado todo sobre esas plantas y esperaba que se acordara de un verano para otro. Once años más tarde, todavía se acordaba.

Mercer cerró la estrecha portezuela de la pasarela, cruzó la playa hasta la orilla del agua y luego se dirigió al sur. Se encontró con unas cuantas personas que también estaban paseando y todos la saludaron con la cabeza y sonrieron. La mayoría llevaban perros con correas. Un poco más adelante, una mujer fue directa hacia ella. Con unos pantalones cortos de color caqui perfectamente planchados, una camisa de batista y un jersey de algodón sobre los hombros, parecía una modelo recién salida del catálogo de la firma de ropa J. Crew. Al verle la cara, la reconoció al momento. Elaine Shelby sonrió y la saludó. Se estrecharon la mano y pasearon juntas y descalzas por la orilla.

—¿Qué tal está la casa? —preguntó Elaine.

—Bastante bien. La tía Jane dirige bien el barco.

—¿Te hizo muchas preguntas? —Elaine abandonó los formalismos.

—No. Se alegró de que quisiera venir.

—¿Y no hay problema en que te quedes hasta principios de julio?

—No hasta el 4 de Julio. Entonces Connie y su familia vendrán a pasar un par de semanas, y no cabemos todos.

—Te alquilaremos una habitación por aquí cerca. ¿Alguien más va a alquilar la casa?

—Nadie hasta noviembre.

—Para entonces ya se habrá acabado todo, para bien o para mal.

—Si tú lo dices... —contestó Mercer tuteándola también.

—Bien, te voy a dar un par de ideas para ir empezando —dijo Elaine, sin perder ni un minuto.

Si bien parecía un inocente paseo por la playa, en realidad era una reunión importante. Un golden retriever que llevaba correa se acercó a saludar. Le acariciaron la cabeza e intercambiaron los comentarios habituales con el dueño.

—Primero —continuó Elaine cuando volvieron a caminar—, yo me mantendría alejada de la librería por ahora. Es importante que sea Cable quien vaya a buscarte a ti y no al revés.

—¿Y cómo consigo eso?

—Hay una señora en la isla que se llama Myra Beckwith. Es escritora, tal vez te suene.

—No.

—Me lo imaginaba. Ha escrito un montón de libros, novelas rosa de lo más picantes, aunque utiliza una docena de pseudónimos. Antes vendía bien dentro del género, pero con la edad ha ido perdiendo fuelle. Vive con su pareja en una de las casas antiguas del centro. Es una mujer grandota, más de uno ochenta, y ancha de hombros, así que no pasa desapercibida. Cuando la conozcas no te podrás creer que haya llegado a mantener relaciones sexuales con nadie, pero hay que reconocer que tiene una imaginación desbordante. Es un verdadero personaje, muy excéntrica, colorista y estentórea, y es, digamos, la abeja reina del mundillo literario de por aquí. Ella y Cable son viejos amigos, claro. Mándale un mensaje, conócela, cuéntale lo que estás haciendo aquí... Lo normal. Proponle pasar por su casa a tomar algo y saludarla. Cable se enterará de todo en veinticuatro horas.

—¿Quién es su pareja?

—Leigh Trane, otra escritora que tal vez te suene.

—Pues no.

—También me lo imaginaba. Aspira a escribir ficción, pero lo que le sale es un material bastante impenetrable que nadie logra vender. Su último libro vendió trescientos ejemplares, y eso fue hace ocho años. Son una pareja peculiar en todos los sentidos de la palabra, pero les encanta la vida social. Una vez que te conozcan ellas, Cable no tardará en hacerlo.

—Parece sencillo.

—La segunda idea es un poco más arriesgada, aunque estoy segura de que funcionará. Hay una escritora joven que se llama Serena Roach.

—Bingo, alguien de quien he oído hablar. No la conozco en persona, pero publicamos con la misma editorial.

—Genial. Su última novela salió hace unos días.

—Leí una crítica. Era bastante negativa.

—Eso no importa. Lo interesante es que está de gira y que vendrá por aquí la semana que viene, el miércoles. Tengo su correo electrónico. Escríbele, suéltale un rollo y dile que querrías tomar un café y esas cosas. Tiene más o menos tu edad, está soltera... Puede ser divertido. La firma será la excusa perfecta para que vayas a la librería.

—Y como es joven y soltera, es de esperar que Cable se comporte como es habitual.

—Contigo recién llegada a la ciudad y la señorita Roach

de gira, hay muchas posibilidades de que Cable y Noelle den una cena después de la firma. Por cierto, Noelle está en la ciudad ahora.

—No te voy a preguntar cómo lo sabes.

—No es complicado. Hemos ido a comprar antigüedades esta tarde.

—Has dicho que podía ser arriesgado.

—Bueno, es fácil que Cable se entere de que Serena y tú no os conocíais hasta ahora. Una coincidencia conveniente, tal vez. Tal vez no.

—No sé. Como compartimos editorial, parece plausible que quiera pasarme a saludar.

—Bien. Mañana a las diez te entregarán un paquete en casa. Son libros: los cuatro de Noelle y los tres de Serena.

—¿Deberes?

—Te encanta leer, ¿no?

—Es parte de mi trabajo.

—También te he incluido algunos de los de Myra, solo para que te diviertas. Pura bazofia, pero muy adictivos. Solo he podido encontrar uno de los de Leigh Trane, que también está en la caja. Estoy segura de que todos los demás están descatalogados, y no me extraña. No sé si deberías molestarte. Yo no he podido pasar del capítulo uno.

—Me muero por empezarlo. ¿Cuánto tiempo vas a estar aquí?

—Me voy mañana. —Siguieron paseando en silencio por la orilla. Dos niños con tablas chapoteaban cerca—. Cuando cenamos en Chapel Hill —dijo de repente Elaine—, tenías preguntas sobre la operación. No puedo contarte mucho, pero estamos ofreciendo recompensas a cambio de información, todo muy discreto. Hace un par de meses encontramos a una mujer que vive en la zona de Boston. Estuvo casada con un coleccionista de libros que compra ejemplares raros y que se sabe que también hace operaciones clandestinas. El divorcio era muy reciente y ella obviamente todavía cargaba con sus cosas. Nos dijo que su exmarido sabía mucho sobre los manuscritos de Fitzgerald. Cree que él se los compró a los ladrones, pero que los vendió enseguida por miedo. La mujer tenía la sospecha de que había ganado un millón de dólares, aunque nosotros no hemos podido encontrar el dinero, y ella tampoco. Si fue así, seguro que se trató de una operación en paraísos fiscales con cuentas opacas y demás. Seguimos escarbando.

—¿Habéis hablado con el exmarido?

—Todavía no.

—¿Y él se los vendió a Bruce Cable?

—Fue ella la que nos dio su nombre. Trabajaba en el negocio con su ex hasta que la cosa se deterioró, así que sabe unas cuantas cosas del mundillo.

—¿Y por qué iba a traerlos aquí?

—¿Por qué no? Es su casa y se siente seguro. Por ahora asumimos que los manuscritos están aquí, pero tal vez sea mucho asumir. Podemos equivocarnos. Como te he dicho, Cable es muy inteligente y sabe lo que hace. Probablemente sea demasiado sensato para guardarlos en un sitio que podría acabar incriminándole. Si tiene una cámara acorazada bajo la librería, dudo que los guarde aquí. Pero ¿quién sabe? Son todo conjeturas, y seguiremos así hasta que tengamos alguna información mejor.

—¿Qué tipo de información?

—Necesitamos a alguien dentro de la librería, en concreto dentro de la sala de las primeras ediciones. Cuando lo conozcas y empieces a ir por allí, a comprar libros, a aparecer en las firmas de los autores y demás, tienes que ir desarrollando una curiosidad gradual por sus libros raros. Tendrás unos libros antiguos que te dejó Tessa, y esa va a ser tu excusa. ¿Cuánto valen? ¿Querría él comprarlos? No tenemos ni idea de adónde te llevarán esas conversaciones, pero al menos tendremos a alguien dentro, alguien de quien él no sospechará nada. En algún momento oirás algo. Quién sabe qué, cuándo y dónde. El robo de los manuscritos de Fitzgerald puede ser objeto de comentario en alguna cena. Como te he dicho, Cable bebe mucho, y el alcohol siempre suelta la lengua. A la gente se le escapan cosas.

—Cuesta creer que se le vaya a escapar algo como eso.

—Cierto, pero es posible que se le escape a otra persona. Lo crucial ahora es tener ojos y oídos dentro.

Se detuvieron junto a South Pier y giraron para dirigirse al norte.

—Sígueme —pidió Elaine, y caminaron hasta una pasarela.

Abrió la portezuela y subieron unas escaleras hasta un descansillo. Elaine señaló un tríplex de dos plantas al final de la pasarela.

—El de la derecha es el nuestro, al menos por ahora —dijo—. Allí es donde me quedo yo. Dentro de un par de días habrá otra persona. Te mandaré un mensaje con su número.

—¿Vais a vigilarme?

—No, estás sola, pero siempre tendrás ahí un amigo, por si acaso. Y quiero que me envíes un correo todas las noches, pase lo que pase, ¿vale?

—Claro.

—Me voy. —Le tendió la mano derecha, y Mercer se la estrechó—. Buena suerte, Mercer, e intenta tomarte esto como unas vacaciones en la playa. Cuando conozcas a Cable y a Noelle tal vez incluso te caigan bien y te diviertas.

—Ya veremos. —Mercer se encogió de hombros.

10

La galería Dumbarton estaba a una manzana de Wisconsin Avenue, en Georgetown. Era una galería pequeña situada en la planta baja de una antigua casa de ladrillo rojo que necesitaba una buena mano de pintura y quizá un tejado nuevo. A pesar de que transitaba mucha gente a solo una manzana de allí, la galería solía estar desierta, con las paredes casi desnudas. Estaba especializada en arte moderno minimalista, lo cual, evidentemente, no era muy popular, al menos no en Georgetown. A su propietario, sin embargo, no le importaba. Se llamaba Joel Ribikoff, tenía cincuenta y dos años, y era un delincuente convicto al que habían encarcelado dos veces por traficar con mercancía robada.

La galería de arte era una tapadera, un engaño diseñado para convencer a cualquiera que pudiera estar vigilando; tras dos condenas y ocho años entre rejas, Joel creía que siempre había alguien al acecho para asegurarse de que se había rehabilitado y ya no era más que el agobiado propietario de una galería de arte en Washington. Jugaba a ese juego, hacía exposiciones, conocía a unos cuantos artistas y tenía unos pocos clientes. También contaba con una web, que ponía poco interés en mantener, porque no era más que parte de la fachada que se había creado para los que le tenían bajo vigilancia.

Él vivía en el tercer piso de la casa. En el segundo tenía un despacho donde se ocupaba de su negocio de verdad, el de cerrar tratos por cuadros, grabados, fotografías, libros, manuscritos, mapas o esculturas robados y a veces incluso cartas falsificadas que supuestamente había escrito gente famosa fallecida. A pesar de dos duras condenas y de haber pasado buena parte de su vida en prisión, Joel Ribikoff era incapaz de vivir según las normas. Para él la vida en ese submundo era mucho más emocionante y, para ser sinceros, más rentable que llevar una galería en la que intentar vender un arte que muy pocos querían. Le encantaba la emoción de poner en contacto a ladrones y víctimas o intermediarios y propiciar acuerdos que implicaban muchas capas y a distintas partes mientras los objetos valiosos se movían en la clandestinidad y el dinero se transfería a través de cuentas en paraísos fiscales. Muy pocas veces llegaba a tocar el botín; prefería ser el intermediario discreto que no se ensuciaba las manos.

El FBI se había pasado por su casa un mes después del robo de Fitzgerald en Princeton. Por supuesto, Joel no sabía nada. Al cabo de otro mes volvieron, y seguía sin saber nada. Temiendo que el FBI le hubiera pinchado los teléfonos, Joel desapareció de la zona de Washington y se escondió. Mediante teléfonos desechables y de prepago, se puso en contacto con el ladrón y quedó con él en un motel de la interestatal cerca de Aberdeen, Maryland. El ladrón le dijo que se llamaba Denny y que su compañero era Rooker. Un par de tipos duros. En una cama barata de una habitación doble que valía setenta y nueve dólares la noche, Joel pudo echar un vistazo a los manuscritos de Fitzgerald, que valían más de lo que ninguno de ellos tres podía imaginar.

Para Joel era obvio que Denny, sin duda el líder de la banda o lo que quedaba de ella, estaba sometido a mucha presión y quería librarse de ellos cuanto antes para largarse del país.

—Quiero un millón de dólares —pidió.

—No puedo reunir tanto —contestó Joel—. Solo tengo un contacto que se atrevería siquiera a hablar de esos libros. Todos los que se dedican al negocio están bastante asustados ahora mismo. Hay federales por todas partes. Mi mejor oferta, no, mejor dicho, mi única oferta, es medio millón.

Denny profirió una maldición y se puso a dar vueltas por la habitación, parándose de vez en cuando para apartar las cortinas y mirar al aparcamiento. Joel se cansó de tanto teatro y dijo que se largaba. Denny por fin claudicó y acordaron los detalles. Joel se fue solo con su maletín en la mano. Cuando anocheció, Denny salió con los manuscritos. Le habían dado instrucciones de ir en coche hasta Providence y esperar. Rooker, un viejo amigo del ejército que también se había pasado al mundo de la delincuencia, se reunió con él allí. Tres días después, y con la ayuda de otro intermediario, se completó la transferencia.

Ahora Denny había vuelto a Georgetown con Rooker y buscaba su botín. Ribikoff le había jodido bien la primera vez, pero no iba a volver a pasar. Cuando estaba cerrando la galería, a las siete de la tarde del miércoles 25 de mayo, Denny cruzó la puerta principal mientras Rooker se colaba por una ventana del despacho de Joel. Tras cerrar todas las puertas y apagar todas las luces, llevaron a Joel a su apartamento, en la tercera planta, lo ataron y lo amordazaron y emprendieron el feo asunto de sacarle información.

4

La vida en la playa

I

Con Tessa el día empezaba al amanecer. Sacaba a Mercer de la cama a rastras y la hacía salir a la terraza, donde las dos bebían café y esperaban con mucha ilusión que el primer resplandor naranja asomara por el horizonte. Cuando salía el sol, cruzaban la pasarela para ir a echar un vistazo a la playa. Horas más tarde, mientras Tessa se ocupaba de los arriates del lado oeste de la casita, Mercer normalmente se volvía a la cama para echarse una larga siesta.

Con el consentimiento de Tessa, se tomó su primera taza de café cuando tenía diez años más o menos, y su primer martini, a los quince. «Todo con moderación» era uno de los dichos favoritos de su abuela.

Pero Tessa ya no estaba, y Mercer había visto suficientes amaneceres en su infancia, así que durmió hasta las nueve y entonces salió a regañadientes de la cama. Mientras hacía café, recorrió la casa en busca del lugar perfecto para escribir, pero no lo encontró. Ya no sentía la presión de antes y estaba decidida a escribir solo si tenía algo que decir. Al fin y al cabo, su novela llegaba tres años tarde con respecto al plazo que le habían dado. Si en Nueva York habían podido esperar tres años, seguro que esperarían uno más. Su agente llamaba de vez en cuando para preguntar, pero con menos frecuencia, y sus conversaciones eran breves. Durante el largo viaje en coche desde Chapel Hill hasta Memphis y después a Florida, había estado soñando despierta, imaginando y creando tramas, y a ratos le pareció que la novela estaba encontrando su voz. Tenía intención de tirar los fragmentos que había ido escribiendo y empezar de nuevo, pero en esta ocasión con un buen principio. Ya no tenía deudas y no le preocupaba dónde iba a trabajar a continuación, así que su mente había quedado deliciosamente liberada de las constantes presiones propias de la vida cotidiana. Una vez que se había instalado y había descansado, estaba decidida a sumergirse en el trabajo y pretendía escribir una media de mil palabras al día.

En cuanto a su trabajo actual, por el que tan bien le estaban pagando, no tenía ni idea de qué hacer ni cuánto tiempo le iba a llevar, así que decidió que no había tiempo que perder. Se conectó a internet y examinó su correo. No le sorprendió encontrar uno que le había enviado por la noche la supereficiente Elaine, en el que le proporcionaba varias direcciones útiles.

Mercer se puso inmediatamente a escribir a «la abeja reina»: «Estimada Myra Beckwith: Me llamo Mercer Mann, soy escritora, y he venido a la playa, a Camino Island, unos meses para trabajar en un nuevo libro. No conozco a casi nadie por aquí y por eso me gustaría aprovechar esta oportunidad para conocerla. ¿Qué le parece si la señora Trane, usted y yo quedamos para tomar algo algún día? Yo pongo el vino».

A las diez en punto sonó el timbre. Cuando Mercer abrió la puerta, encontró en el porche una caja sin etiqueta, y no se veía al repartidor por ninguna parte. La cogió y se la llevó dentro. La dejó encima de la mesa de la cocina, donde la abrió y desembaló el contenido. Como había prometido Elaine, estaban los cuatro libros de gran formato de Noelle Bonnet, tres novelas de Serena Roach, un ejemplar bastante delgado de una de las obras literarias de Leigh Trane y media docena de novelas rosa con ilustraciones subidísimas de tono en las tapas. Preciosas doncellas y sus guapos amantes, con estómagos imposiblemente planos, no podían mantener las manos alejadas de sus cuerpos desnudos. Cada una estaba firmada por una autora diferente, aunque todas las había escrito Myra Beckwith. Esas las dejaría para el final.

Nada de lo que vio la inspiró para ponerse a escribir.

Se sentó a comer cereales mientras ojeaba el libro de Noelle sobre la Mansión Marchbanks.

A las 10.37 le sonó el móvil. En la pantalla se leía «número privado». Nada más cogerlo, oyó una voz aguda y acelerada.

—No bebemos vino. A mí me gusta la cerveza, y Leigh prefiere el ron, pero tenemos el bar a rebosar, así que no hace falta que traigas nada. Bienvenida a la isla. Soy Myra.

Mercer tuvo que contener la risa.

—Un placer, Myra. No esperaba que contestaras tan pronto.

—Bueno, es que estamos aburridas y siempre nos encanta conocer a gente nueva. ¿Puedes aguantar hasta las seis de la tarde? Nunca empezamos a beber antes de las seis.

—Lo intentaré. Os veo entonces.

—Pero ¿sabes dónde vivimos?

—En Ash Street.

—Bien, luego nos vemos.

Mercer dejó el teléfono e intentó identificar el acento de Myra. Era sureño, sin duda, tal vez del este de Texas. Cogió uno de los libros de bolsillo, el que estaba firmado por Runyon O'Shaughnessy, y empezó a leer. El héroe, que contaba con «un atractivo salvaje», estaba recorriendo un castillo en el que no era bienvenido y, en la página cuatro, ya se había acostado con dos doncellas y estaba persiguiendo a la tercera. Al final del primer capítulo, todo el mundo estaba ya agotado, Mercer incluida. Dejó de leer cuando se dio cuenta de que se le había acelerado el pulso. No tenía aguante para seguir así otras quinientas páginas.

Se llevó la novela de Leigh Trane a la terraza y se sentó en una mecedora debajo de una sombrilla. Eran más de las once, y en Florida a esa hora el sol pegaba fuerte. Todo lo que no estaba a la sombra quemaba. La novela de la señora Trane trataba de una mujer joven y soltera que un día se despertaba embarazada y no sabía quién era el padre. El año anterior había estado bebiendo mucho, había sido muy promiscua y no se acordaba muy bien de lo que había hecho. Calendario en mano, intentaba recordar sus andanzas y al final acababa con una lista de los tres hombres que tenían más probabilidades y se ponía a investigarlos a todos en secreto con la idea de, un día, después de que llegara el bebé, interponer una demanda de paternidad contra el verdadero padre y pedirle una pensión. Era una buena trama, pero la forma de escribir era tan enrevesada y pretenciosa que costaba mucho avanzar. No había ni una escena clara, así que el lector nunca estaba seguro de lo que estaba pasando. La señora Trane obviamente escribía con el bolígrafo en una mano y el diccionario en la otra, porque Mercer se encontró palabras muy largas que no había visto nunca. Y, para mayor frustración, los diálogos no estaban marcados con ninguna señal ortotipográfica y no se sabía muy bien quién decía qué.

Tras veinte minutos de esfuerzo, exhausta, se quedó dormida.

Se despertó sudando, aburrida y el aburrimiento era inaceptable. Había vivido sola mucho tiempo y había aprendido a estar siempre ocupada. La casa necesitaba una buena limpieza, aunque eso no era urgente. Tessa era un ama de casa muy maniática, pero ella no había heredado ese rasgo. Si vives sola, ¿por qué obsesionarse con que la casa esté inmaculada? Se puso el bañador, vio en el espejo que tenía la piel muy blanca, se dijo que tenía que broncearse y se fue a la playa.

Era viernes y empezaba a llegar la gente para pasar allí el fin de semana, pero su trozo de playa estaba casi desierto. Pasó mucho tiempo nadando, después un rato paseando y al final volvió a la casa, se duchó y decidió ir a comer a la ciudad. Se vistió con un vestido de verano fresco y no se maquilló, solo se puso un poco de pintalabios.

Fernando Street era una carretera de ocho kilómetros que discurría junto a la playa, al lado de las dunas y el mar, y albergaba una hilera de casas de vacaciones viejas y nuevas, moteles económicos, bonitos chalets de construcción reciente, edificios de apartamentos y alguna que otra pensión. Mientras la recorría, respetando el estricto límite de velocidad de cincuenta y cinco kilómetros por hora, Mercer pensó que no había cambiado nada. Estaba exactamente como recordaba. La ciudad de Santa Rosa se preocupaba de mantener esa zona bien conservada, y cada doscientos metros había un pequeño aparcamiento y una pasarela que llevaba a la playa pública.

A su espalda, al sur, estaban los grandes hoteles, el Ritz y el Marriott, al lado de edificios de apartamentos altísimos y junto a las zonas residenciales más exclusivas. Tessa nunca aprobó que construyeran en esa zona, porque creía que todas esas luces entorpecían el anidamiento de las tortugas verdes y bobas. Tessa era una miembro muy activa de la asociación para la protección de las tortugas Turtle Watch y de todos los demás grupos que defendían la conservación de la fauna, la flora y el medioambiente de la isla.

Mercer no era activista porque no soportaba las reuniones, otra razón para mantenerse alejada de campus y facultades. Entró en la ciudad y se mezcló con el tráfico de Main Street. Pasó por delante de la librería y de Noelle's Provence, el local de al lado. Aparcó en una perpendicular y encontró un pequeño restaurante con un patio al aire libre. Tras una comida larga y tranquila a la sombra, estuvo mirando las tiendas de ropa y camisetas, mezclándose entre los turistas, pero no compró nada. Después fue al puerto y se sentó a contemplar el ir y venir de los barcos. Tessa y ella solían ir allí cuando quedaban con Porter, el amigo al que le gustaba navegar. Tenía un balandro de diez metros de eslora y siempre estaba insistiendo para que fueran a navegar con él. Mercer recordaba que cuando salían a la mar los días se le hacían larguísimos. Nunca había suficiente viento y se tostaban al sol. Ella siempre intentaba refugiarse en la cabina, pero el barco no tenía aire acondicionado. Porter había perdido a su mujer por culpa de una terrible enfermedad; Tessa le había contado que nunca hablaba de ello y que se había ido a Florida para huir de los recuerdos. Su abuela siempre decía que sus ojos reflejaban una tristeza infinita.

Mercer nunca había culpado a Porter por lo que ocurrió. A Tessa le encantaba navegar con él y conocía los riesgos, pero nunca perdían tierra de vista y tampoco corrían riesgos.

Para escapar del calor, entró en un restaurante del puerto y se tomó un té con hielo en la barra vacía. Mientras bebía, contemplaba el agua, por la que vio llegar un barco de alquiler con un cargamento de mahi-mahi y cuatro pescadores felices y con la cara muy roja. Un grupo de motos acuáticas salió del puerto, cruzando demasiado rápido por la zona de navegación sin estelas. Y entonces vio un balandro que se alejaba del muelle. Era más o menos del mismo tamaño y color que el de Porter e iban dos personas en cubierta: un hombre mayor al timón y una señora con un sombrero de paja. Durante un segundo esa señora fue Tessa, sentada ahí de manera ociosa, con una bebida en la mano, seguramente dando algún consejo al capitán que él no le había pedido, y todos los años que habían pasado se desvanecieron. Tessa estaba viva de nuevo. Mercer deseaba con todas sus fuerzas verla, abrazarla y reírse con ella. Notó un dolor sordo en el estómago, pero todo pasó en un instante. No apartó la vista del balandro hasta que desapareció. Entonces pagó el té y se alejó del puerto.

Se sentó a una mesa de una cafetería que estaba delante de la librería y se quedó mirándola. Los grandes escaparates estaban llenos de libros. Un cartel anunciaba una firma de libros que se celebraría pronto. Siempre había alguien en la puerta, entrando o saliendo. Era casi imposible creer que los manuscritos estuvieran ahí, guardados bajo llave en una cámara acorazada oculta en el sótano. Y resultaba todavía más rocambolesco pensar que ella encontraría la forma de localizarlos y devolverlos.

Elaine le había sugerido que no se acercara a la librería, que esperara hasta que Cable hiciera el primer movimiento. Pero la espía era Mercer, aunque siguiera sin tener ni idea de lo que hacía, y era ella quien ponía las reglas. No tenía que acatar las órdenes de nadie, no exactamente. ¿Órdenes? Pero si ni siquiera había un plan de acción claro. A Mercer la habían lanzado al campo de batalla y esperaban que improvisara y se fuera adaptando sobre la marcha. A las cinco de la tarde un hombre vestido con traje de sirsaca y pajarita, Bruce Cable, sin duda, salió de la librería y se dirigió al este. Mercer esperó hasta que se hubo alejado y entonces cruzó la calle y entró en Bay Books por primera vez en muchos años. No recordaba la última vez que había estado allí, pero suponía que tendría diecisiete o dieciocho años, y ya conducía.

Como siempre que iba a una librería, se dejó llevar hasta que encontró la sección de ficción y entonces examinó rápidamente los libros en orden alfabético hasta llegar más o menos a la mitad de la eme para ver si tenían alguno suyo. Sonrió. Había un ejemplar de *La lluvia de octubre*. No vio ni rastro de *La música de las olas*, pero era de esperar. Una semana después de su publicación, su antología de cuentos ya no se podía encontrar en ninguna librería.

Con una victoria parcial, siguió recorriendo despacio la librería, empapándose del olor a libro nuevo y a café, con un leve toque de humo de pipa que llegaba de alguna parte. Le encantaron las estanterías atestadas, las pilas de libros por el suelo, las alfombras viejas, las hileras de libros de bolsillo y la colorida sección de best sellers ¡con un veinticinco por ciento de descuento! Desde el otro lado de la librería, examinó la sala de las primeras ediciones, una zona forrada de madera con grandes ventanas y cientos de libros caros. Arriba, en la cafetería, se compró una botella de agua con gas y salió al porche, donde había gente tomando café y disfrutando de la última hora de la tarde. En un extremo había un señor voluminoso que fumaba en pipa. Ella se puso a hojear una guía turística de la isla. De vez en cuando miraba el reloj.

A las seis menos cinco bajó y vio a Bruce Cable en el mostrador, hablando con un cliente. Ella dudaba mucho de que él pudiera reconocerla. Su única referencia era la foto en blanco y negro de la sobrecubierta de *La lluvia de octubre*, una novela que ya tenía siete años y que no habría aportado grandes beneficios a su librería. Pero en su gira, que después canceló, habían programado una firma de libros allí y él aseguraba que lo leía todo. También era probable que conociese su conexión con la isla y, lo más importante, sobre todo desde el punto de vista de Bruce, se habría enterado de que era una escritora joven y atractiva, así que tal vez sí que llegara a reconocerla.

No lo hizo.

2

Ash Street estaba una manzana al sur de Main Street. La casa se hallaba en una esquina, en la intersección con Fifth Street. Era una casa antigua e histórica con tejados a dos aguas y galerías abiertas de dos plantas por tres de sus lados. Estaba pintada de un suave tono de rosa, y tenía las puertas, persianas y galerías de color azul oscuro. Había un cartel pequeño encima de la puerta principal que decía: VICKER HOUSE, 1867.

Mercer no recordaba ninguna casa de ese color en el centro de Santa Rosa, aunque tampoco tenía mayor importancia. Pintaban las casas todos los años.

Llamó a la puerta, y al otro lado apareció una jauría de perros que no paraban de ladrar. Una mujer enorme abrió la puerta de un tirón y le tendió la mano.

—Soy Myra. No te preocupes por los perros. La única que muerde por aquí soy yo.

—Hola, yo soy Mercer —contestó al tiempo que le estrechaba la mano.

—Claro. Entra.

Los perros se dispersaron, y Mercer siguió a Myra al vestíbulo.

—¡Leigh! —chilló de repente Myra—. ¡Tenemos compañía! ¡Leigh! —Y como Leigh no respondió inmediatamente, añadió dirigiéndose a Mercer—: Espera, voy a buscarla.

Y desapareció por el salón, dejando a Mercer con un chucho del tamaño de una rata que se parapetó bajo una mesa de costura y le gruñó enseñando los dientes. Mercer intentó ignorarlo mientras examinaba el lugar. En el aire flotaba un olor no del todo agradable; parecía una mezcla de humo de cigarrillo y perros sucios. Los muebles habían salido con toda probabilidad de un mercadillo de segunda mano, pero resultaban estrafalarios y atractivos a un tiempo. Había docenas de óleos y acuarelas malas en las paredes, y ni uno solo de los cuadros incluía alguna imagen que tuviera que ver con el océano, ni siquiera remotamente.

Desde las profundidades de la casa, le llegó otro grito de Myra. Una mujer mucho más pequeña salió del comedor.

—Hola, soy Leigh Trane —se presentó con voz suave, sin tenderle la mano.

—Un placer conocerte. Yo soy Mercer Mann.

—Me está encantando tu libro —dijo Leigh con una sonrisa que dejó al descubierto dos hileras perfectas de dientes manchados de tabaco.

Hacía mucho tiempo que Mercer no oía a nadie decir eso, así que vaciló y al final logró responder con timidez.

—Oh, gracias.

—Me he comprado un ejemplar hace dos horas, en la librería, un libro de verdad. Myra es adicta a ese aparatito y lo lee todo en él.

Durante un segundo Mercer se sintió obligada a mentir y decir algo agradable de los libros de Leigh, pero Myra llegó justo a tiempo para salvarla. Entró otra vez en el vestíbulo.

—Ah, estás ahí —exclamó—. Bueno, ahora que ya nos hemos hecho amigas, el bar está abierto y yo necesito una copa. Mercer, ¿qué te apetece?

Como ellas no bebían vino, dijo:

—Hace calor. Me vendrá bien una cerveza.

Las dos mujeres retrocedieron un poco, como si las hubiera ofendido.

—Bueno, vale —contestó Myra—, pero deberías saber que hago mi propia cerveza y que es un poco diferente.

—Es terrible —repuso Leigh—. A mí me gustaba la cerveza hasta que ella empezó a fabricarla. Ahora no la soporto.

—Tú limítate al ron, cariño, y así todo irá bien. —Myra miró a Mercer y añadió—: Es una cerveza especiada con un ocho por ciento de alcohol. Puedes acabar por el suelo si no tienes cuidado.

—Pero ¿por qué estamos aquí de pie en el vestíbulo? —preguntó Leigh.

—Muy buena pregunta. —Myra señaló la escalera con el brazo extendido—. Acompáñame.

Por detrás, mientras caminaba por el pasillo, Myra parecía un jugador de rugby. Leigh y ella la siguieron hasta la sala de estar, donde había un televisor, una chimenea y, en un rincón, un bar completo con un mostrador de mármol.

—Tenemos vino —ofreció Leigh.

—Entonces tomaré vino blanco —pidió Mercer. Cualquier cosa menos la cerveza casera.

Myra se puso manos a la obra tras la barra y empezó a hacerle preguntas a bocajarro.

—¿Y dónde te alojas?

—No sé si recordaréis a mi abuela, Tessa Magruder. Vivía en una casita junto a la playa, en Fernando Street.

Ambas mujeres negaron con la cabeza. No.

—El nombre me suena... —dijo Myra.

—Murió hace once años.

—Nosotras solo llevamos diez aquí —aclaró Leigh.

—Mi familia todavía conserva la casa, donde me quedaré.

—¿Cuánto tiempo? —siguió preguntando Myra.

—Unos meses.

—Estás intentando acabar una novela, ¿no?

—O empezarla.

—¿No es eso lo que hacemos todos? —comentó Leigh.

—¿La tienes ya contratada? —quiso saber Myra mientras hacía tintinear botellas.

—Me temo que sí.

—Eso es una suerte. ¿Quién te publica?

—Viking.

Myra salió de detrás de la barra y pasó las bebidas a Mercer y a Leigh. Ella cogió una jarra, que parecía un tarro de mermelada de más o menos un litro de capacidad y que había llenado de una cerveza oscura.

—Vamos fuera para poder fumar —propuso, aunque era obvio que llevaban años fumando dentro también.

Caminaron por el suelo de madera y se sentaron alrededor de una bonita mesa de hierro forjado que había al lado de una fuente en la que un par de ranas de bronce escupían agua.

Un viejo liquidámbar daba sombra al patio, y llegaba una suave brisa desde alguna parte. La puerta del porche no cerraba, y los perros entraban y salían a su antojo.

—Esto es precioso —comentó Mercer mientras sus dos anfitrionas se encendían un cigarrillo. El de Leigh era largo y delgado; el de Myra, marrón y fuerte.

—Perdona por el humo —se disculpó Myra—, pero es que somos adictas, no podemos parar. Una vez, hace mucho tiempo, intentamos dejarlo, aunque esos días han pasado a la historia. Demasiado trabajo, esfuerzo y sacrificio. Al final lo mandamos todo a la mierda. De algo hay que morir, ya sabes. —Dio una larga calada al cigarrillo, inhaló, exhaló y a continuación pegó un trago a la cerveza casera—. ¿Quieres un poco? Vamos, pruébala.

—Yo que tú no lo haría —aconsejó Leigh.

Mercer dio un sorbo a su vino y negó con la cabeza.

—No, gracias.

—Has dicho que la casa es de tu familia —dijo Myra—. Entonces ¿llevas mucho tiempo viniendo?

—Sí, desde que era pequeña. Pasaba los veranos aquí con mi abuela Tessa.

—Qué bonito. Me encanta. —Dio otro sorbo a la cerveza.

Myra no tenía pelo hasta más o menos un centímetro y medio por encima de las orejas, por eso se le movía de lado a lado cuando bebía, fumaba o hablaba. Tenía todo el cabello gris y, aunque era aproximadamente de la misma edad que Leigh, a ella no se le veía ni una cana: su pelo era largo y oscuro, y lo llevaba recogido en una coleta prieta.

Parecía que no iban a parar de hacerle preguntas, así que Mercer decidió pasar a la ofensiva.

—¿Y qué os trajo a vosotras a Camino Island?

Se miraron, como si fuera una historia larga y complicada.

—Vivimos en la zona de Fort Lauderdale durante muchos años —empezó Myra—, pero nos cansamos del tráfico y las multitudes. El ritmo de la vida es mucho más lento aquí. La gente es más simpática. Las casas son más baratas. ¿Y tú? ¿Dónde vives habitualmente?

—He pasado en Chapel Hill los tres últimos años, dando clases en la universidad. Pero ahora estoy en un momento de transición.

—¿Y qué demonios significa eso? —preguntó Myra.

—Significa que estoy sin casa, sin trabajo y desesperada por terminar esa novela.

Leigh rio entre dientes, y Myra soltó una carcajada y se le escapó el humo por la nariz.

—Hemos pasado por eso —explicó Myra—. Nos conocimos hace treinta años, cuando las dos estábamos sin blanca. Yo intentaba escribir novela histórica y Leigh esa extraña mierda de literatura que sigue intentando producir, pero no vendíamos nada. Vivíamos de cupones de comida y de la beneficencia, y trabajábamos por el salario mínimo. Las cosas no pintaban muy bien. Un día íbamos por un centro comercial y vimos una larga cola de personas, todas mujeres de mediana edad, esperando para algo. Al principio de la cola había una librería, una de esas de la cadena Walden que antes tenían en todos los centros comerciales, y dentro, sentada a una mesa y pasándoselo bomba, estaba Roberta Doley, que allá por entonces era una de las escritoras de novela rosa que más vendía. Me puse en la cola (Leigh es demasiado esnob para eso), compré su libro y las dos nos obligamos a leerlo. La historia iba sobre un pirata que cruzaba el Caribe asaltando barcos y creando el caos en su huida de los británicos, y daba la casualidad de que en todos los sitios donde atracaba había una hermosa joven virgen esperando a que llegara él para desflorarla. Pura bazofia. Así que se nos ocurrió inventarnos la historia de una belleza sureña que no podía quitar las manos de encima a sus esclavos hasta que acababa embarazada. Nos dedicamos en cuerpo y alma a eso.

—Tuve que ir a comprar revistas guarras, ¿sabes? Para documentarme —añadió Leigh—. Había muchas cosas de las que no sabía nada.

Myra se rio y continuó:

—La acabamos en tres meses y se la envié a regañadientes a mi agente de Nueva York. Una semana después me llamó y me dijo que un idiota ofrecía cincuenta mil dólares de anticipo. La publicamos bajo el pseudónimo de Myra Leigh. ¿No es genial? En un año teníamos un montón de dinero y, desde entonces, nunca hemos mirado atrás.

—¿Escribís juntas, entonces? —preguntó Mercer.

—Ella es quien las escribe —corrigió Leigh apresuradamente, como si no quisiera que la relacionaran con esas novelas—. Trabajamos la historia juntas, lo que nos lleva unos diez minutos, y luego ella la desarrolla. O eso hacíamos antes.

—Leigh es demasiado esnob para tener nada que ver en eso. Aunque no hace ascos al dinero.

—Vale ya, Myra... —reconvino Leigh con una sonrisa.

Myra dio una gran calada y soltó una nube de humo por encima del hombro.

—Esa sí que fue una buena época. Sacamos un centenar de libros con una docena de pseudónimos. Los escribíamos como churros. Cuanto más guarros mejor. Deberías leer alguno. Pura basura.

—Me muero de ganas —confesó Mercer.

—No, por favor —intervino Leigh—. Eres demasiado inteligente. Me encanta cómo escribes.

A Mercer le conmovió el comentario.

—Gracias —respondió en voz baja.

—Después empezamos a bajar el ritmo —continuó Myra—. Nos demandó una puta loca que vive en el norte, porque decía que le habíamos robado sus historias. No era cierto. Nuestra basura era mucho mejor que la suya, pero los abogados se pusieron nerviosos y nos convencieron para que aceptáramos un acuerdo. Eso provocó una enorme pelea con nuestro editor, después con nuestro agente, y todos esos rollos nos rompieron el ritmo. De algún modo cogimos fama de ladronas, o por lo menos yo. Leigh hizo muy buen trabajo escondiéndose detrás de mí y esquivando toda la porquería. Su reputación literaria, la que tenga, sigue intacta.

—Vale, Myra...

—¿Y dejasteis de escribir? —quiso saber Mercer.

—Digamos que bajamos el ritmo considerablemente. Tenemos dinero en el banco y hay libros que todavía se venden.

—Yo sigo escribiendo, todos los días —intervino Leigh—. Mi vida estaría muy vacía si no escribiera.

—Y estaría muchísimo más vacía si yo no vendiera —bromeó Myra.

—Vale, Myra...

El perro más grande, un animal de veinte kilos y pelo largo, se puso en cuclillas cerca del patio e hizo sus necesidades. Myra lo vio, no dijo nada y, cuando el perro terminó, cubrió la zona con una nube de humo.

—¿Hay más escritores en la isla? —preguntó Mercer para cambiar de tema.

Leigh asintió con una sonrisa.

—Oh, demasiados —contestó Myra. Se bebió lo que quedaba en el tarro y se relamió.

—Está Jay —dijo Leigh—. Jay Arklerood.

Empezaba a quedar claro que el trabajo de Leigh era solo apuntar para que Myra se explayara.

—Por ese tenías que empezar, ¿eh? Es otro esnob literario que no vende y odia a todos lo que lo consiguen. También es poeta. ¿Te gusta la poesía, Mercer, querida?

Su tono no dejaba duda de que no le veía mucha utilidad a la poesía.

—No leo mucha —contestó Mercer.

—Pues mejor no leas la suya, si es que la encuentras.

—Creo que no he oído nunca su nombre.

—Nadie lo ha oído. Vende menos que Leigh.

—Vale ya, Myra...

—¿Y Andy Adam? —preguntó Mercer—. ¿No vive aquí también?

—Cuando no está en rehabilitación —aclaró Myra—. Se construyó una casa preciosa en el extremo sur y luego la perdió en un divorcio. Es un desastre, pero escribe muy bien. Me encanta la serie del capitán Clyde, una de las mejores novelas de misterio que hay. Hasta Leigh tiene que reconocer que le gustan esas novelas.

—Un hombre encantador, cuando está sobrio —apuntó Leigh—, pero es un borracho empedernido. Todavía se mete en peleas.

—El mes pasado —añadió Myra— se metió en una pelea en la taberna de Main Street. Un tipo al que doblaba la edad le dio una paliza, y la policía lo detuvo. Bruce tuvo que pagarle la fianza.

—¿Quién es Bruce? —se apresuró a preguntar Mercer.

Myra y Leigh suspiraron y bebieron, como si para hablar de Bruce necesitaran toda una vida.

—Bruce Cable, el propietario de la librería —dijo por fin Leigh—. ¿No lo conoces?

—Creo que no. Recuerdo haber ido a la librería varias veces cuando era pequeña, pero no me lo han presentado nunca.

Turno para Myra.

—Aquí todo lo que tiene que ver con libros y escritores gira en torno a la librería, lo que equivale a decir que gira en torno a Bruce.

—¿Y eso es bueno?

—Ah, claro, adoramos a Bruce. Tiene la mejor librería del país y le encantan los escritores. Años atrás, antes de que nos mudáramos aquí, cuando escribía y publicaba, me invitó a firmar libros en su librería. Es un poco raro que una librería seria invite a escritoras de novela rosa, pero a Bruce no le importaban esas cosas. Montamos una fiesta tremenda, vendimos un montón de libros, nos emborrachamos con champán barato y la librería estuvo abierta hasta medianoche. Demonios, si hasta organizó una firma de libros para Leigh.

—Vale, Myra...

—Es cierto, y vendió catorce libros.

—Quince. La firma con más gente que he tenido.

—Mi récord son cinco —aportó Mercer—. Y fue la primera. Vendí cuatro en la siguiente y ninguno en la tercera. Después de eso llamé a Nueva York y cancelé el resto de la gira.

—Pero bueno, chica, ¿te rendiste? —dijo Myra.

—Sí y si vuelvo a publicar algo, no pienso ir de gira.

—¿Y por qué no viniste aquí, a Bay Books?

—Estaba en la agenda, pero se me cruzaron los cables y rompí con todo mucho antes.

—Deberías haber empezado aquí. Bruce siempre logra reunir a un buen grupo de gente. Continuamente nos llama para decirnos que viene un escritor y que puede que nos guste su libro, lo que quiere decir que movamos el culo y vayamos a la librería, a la firma y a comprar el maldito libro. Nunca faltamos.

—Y tenemos un montón de libros, todos firmados por los autores, la mayoría sin leer —añadió Leigh.

—¿Has estado en la librería? —inquirió Myra.

—Me he pasado antes de venir. Es muy bonita.

—Es la civilización, un oasis. Tenemos que quedar un día para comer allí y así te presentamos a Bruce. Te va a caer bien, y seguro que tú le encantas. Le gustan todos los escritores, pero las mujeres jóvenes y guapas siempre le llaman especialmente la atención.

—¿Está casado?

—Ah, sí. Su mujer, Noelle, no suele estar por allí. Un verdadero personaje.

—A mí me cae bien —apuntó Leigh, casi a la defensiva, como si la mayoría de la gente opinara lo contrario.

—¿Y en qué trabaja ella? —intentó sonsacar Mercer con toda la inocencia posible.

—Vende antigüedades francesas. Tiene una tienda justo al lado de la librería —explicó Myra—. ¿Quién necesita otra copa?

Mercer y Leigh apenas habían tocado las suyas. Myra se fue a rellenar el enorme tarro. Al menos tres perros la siguieron. Leigh encendió otro cigarrillo.

—Cuéntame de qué va tu novela, esa en la que estás trabajando —pidió Leigh.

Mercer dio un sorbo al Chablis caliente.

—No puedo hablar de ello —respondió—. Es una regla que tengo. Odio escuchar a los escritores hablando todo el rato de su trabajo, ¿tú no?

—No sé. A mí me encanta hablar de mi trabajo, pero ella no quiere escucharme. Me parece que hablar de tu trabajo sirve para motivarte a escribir. Yo he tenido un bloqueo durante los últimos ocho años. —Soltó una risa amarga y dio una calada breve—. Pero ella no me ayuda mucho. Casi tengo miedo de escribir por ella.

Durante un instante Mercer sintió lástima por Leigh y estuvo a punto de ofrecerse voluntaria para leer lo que escribía, pero entonces recordó su prosa, imposiblemente enrevesada. Myra volvió con el tarro lleno y propinó una patada a un perro al sentarse.

—No te olvides de la vampira —comentó—. ¿Amy qué más?

—Amy Slater —completó Leigh.

—Esa. Se mudó aquí hace unos cinco años, con su marido

y sus hijos. Dio la campanada con una serie sobre vampiros y fantasmas o alguna bazofia similar, unos libros espantosos que se venden una barbaridad. En mis peores días soy capaz de escribir mejor que ella con una mano atada a la espalda. Y mira que he publicado unos cuantos libros terribles, pero es que se suponía que tenían que serlo.

—Vale, Myra... Amy es una persona encantadora.

—No paras de decir eso.

—¿Alguien más? —interrumpió Mercer.

Hasta el momento, se habían dedicado a despellejar al resto de los escritores, y Mercer estaba disfrutando de la carnicería; lo cual no era nada raro cuando los escritores se juntaban a beber y a hablar de los demás.

Las dos se quedaron pensando un segundo mientras bebían.

—Tenemos unos cuantos de los que se autopublican —añadió Myra—. Escupen cuatro palabras, las cuelgan en internet y se autodenominan escritores. Imprimen unos cuantos ejemplares y van a la librería a darle la brasa a Bruce para que los ponga junto a la puerta. Después se pasan continuamente para comprobar sus derechos de autor. Verdaderos granos en el culo. Él tiene una mesa en la que pone a todos los que se autopublican y siempre está discutiendo con alguno por el lugar donde lo ha colocado. Con internet ahora todos los autores publican, ya sabes.

—Oh, lo sé —estuvo de acuerdo Mercer—. Cuando daba clase me dejaban muy a menudo libros y manuscritos en el porche, siempre con una larga carta describiendo lo maravillosa que era su obra y cuánto me agradecerían que le hiciera un poco de publicidad.

—Ah, cuéntanos qué tal la docencia —pidió Leigh.

—Bueno, es mucho más divertido hablar de escritores.

—Me he acordado de otro —aportó Myra—. El tipo se llama Bob, pero publica con el nombre de J. Andrew Cobb. Nosotras lo llamamos Bob Cobb. Se pasó seis años en una prisión federal por no sé qué fechoría corporativa y allí aprendió a escribir, bueno, más o menos. Ha publicado cuatro o cinco libros sobre lo que mejor conoce, el espionaje corporativo. Son entretenidos. No escribe mal.

—Creía que se había ido de la isla —dijo Leigh.

—Tiene un apartamento junto al Ritz y siempre se lleva allí a alguna chica joven que ha conocido en la playa. Ya ronda los cincuenta años y las chicas suelen tener la mitad. Pero es un seductor y cuenta historias geniales sobre la cárcel. Ten cuidado cuando vayas a la playa. Bob Cobb siempre está al acecho.

—Tomo nota —contestó Mercer con una sonrisa.

—¿De quién más podemos hablar? —preguntó Myra sin parar de beber.

—Creo que por ahora es suficiente. Me va a costar recordar todo eso —confesó Mercer.

—Los conocerás pronto. Entran y salen a todas horas de la librería, y Bruce siempre invita a sus amigos a tomar algo o a cenar.

Leigh sonrió y dejó su copa.

—Hagámoslo aquí, Myra. Podemos organizar una cena e invitar a toda esa gente estupenda a la que hemos estado criticando durante la última hora. Hace tiempo que no ejercemos de anfitrionas, siempre lo organizan todo Bruce y Noelle. Tenemos que dar oficialmente la bienvenida a la isla a Mercer. ¿Qué te parece?

—Una gran idea. Genial. Le diré a Dora que se ocupe del catering y traeremos a alguien para que limpie la casa. ¿Te parece bien, Mercer?

Mercer se encogió de hombros y se dio cuenta de que sería una estupidez por su parte poner pegas. Leigh se fue a por hielo para su copa y a por más vino. Se pasaron otra hora hablando de la cena y discutiendo a quién incluirían en la lista de invitados. A excepción de Bruce Cable y Noelle Bonnet, todos los invitados potenciales tenían equipaje, y cuantos más, mejor. Prometía ser una noche memorable.

Ya había oscurecido cuando Mercer consiguió salir de allí. Prácticamente le exigieron que se quedara a cenar, pero cuando a Leigh se le escapó que no tenían nada más que sobras en la nevera, Mercer supo que había llegado el momento de irse. Después de tres copas de vino, no podía conducir. Fue hasta el centro caminando y se dejó arrastrar por la marea de turistas de Main Street. Encontró una cafetería abierta todavía y pasó una hora allí con un *caffè latte* y una revista que promocionaba cosas de la isla, sobre todo a sus agentes inmobiliarios. Al otro lado de la calle, la librería estaba llena de gente, y acabó por cruzar. Se quedó mirando la atractiva selección del escaparate, pero no entró. Fue de nuevo al tranquilo puerto, donde se sentó un rato a mirar los barcos que se mecían con suavidad en el agua. Todavía le pitaban los oídos de la avalancha de cotilleos que acababa de oír. Rio para sus adentros al recordar a Myra y a Leigh emborrachándose y echando humo como chimeneas, cada vez más emocionadas por la cena.

No era más que su segunda noche en la isla, pero ya le daba la sensación de que estaba adaptándose. Seguro que tomar unas copas con Myra y con Leigh tendría ese efecto sobre cualquier visita. El calor y el aire salado la ayudaban con la transición. Y sin una casa que echar de menos, era imposible sentir nostalgia del hogar. Se había preguntado cien veces qué era exactamente lo que estaba haciendo allí. La pregunta seguía presente, pero iba disipándose poco a poco.

3

La pleamar se produjo a las 3.21, y cuando alcanzó su punto máximo, la tortuga boba se dirigió a la playa. Se detuvo en medio de la espuma del mar para mirar alrededor. Medía más de un metro y pesaba casi ciento sesenta kilos. Llevaba migrando por el mar más de dos años y regresaba a la zona, en un radio de unos cincuenta metros aproximadamente, donde había hecho su último nido. Despacio, empezó a arrastrarse, un movimiento lento y extraño para ella. Avanzaba con esfuerzo, tirando con las aletas anteriores y empujando con fuerza con las patas de atrás, y se paraba con frecuencia para examinar la playa en busca de arena seca y asegurarse de que no había peligro, que no había ningún depredador ni movimientos inusuales. Si no percibía nada raro, avanzaba un poco más, dejando un rastro muy característico en la arena que pronto encontrarían sus aliados. A unos treinta metros de la orilla, al pie de una duna, encontró el sitio que buscaba y se puso a sacar arena seca con las aletas delanteras. Con las patas de atrás, cóncavas como palas, comenzó a hacer un agujero para meter el cuerpo, un nido poco profundo, de unos diez centímetros. Mientras cavaba, rotaba despacio el cuerpo para alisar la hendidura. Para una criatura acostumbrada al entorno marino, era una tarea dura, y tenía que pararse a descansar a menudo. Cuando terminó el agujero para acomodar su cuerpo, empezó a cavar otro más profundo para crear una cavidad para los huevos, un hoyo con forma de lágrima. Cuando concluyó, descansó un poco más y luego colocó la parte posterior de su cuerpo de forma que cubriera el hoyo que había practicado para los huevos y se quedó mirando la duna. Cayeron tres huevos a la vez, con las cáscaras cubiertas de mucosidad; eran muy suaves y flexibles, para que no se rompieran al caer. Después llegaron más huevos, dos o tres cada vez. Permaneció completamente inmóvil mientras los ponía, como si hubiera entrado en trance. Y de los ojos le caían unas lágrimas que usaba para excretar la sal que se le había acumulado.

Mercer vio la estela que salía del mar y sonrió. La siguió

con cuidado hasta que advirtió la silueta de la tortuga cerca de la duna. Sabía por experiencia que cualquier ruido o molestia mientras la tortuga ponía los huevos podía provocar que detuviera la operación y volviera al agua sin cubrir el nido. Mercer se detuvo y estudió la silueta. La luz de la media luna que se colaba entre las nubes la ayudó a distinguir a la tortuga.

La tortuga siguió en trance y continuó poniendo huevos sin interrupción. Cuando había depositado cien en el agujero, empezó a cubrirlos con arena; su trabajo de esa noche había terminado. Una vez que hubo llenado la cavidad, aplastó la arena y utilizó las aletas de delante para rellenar también el agujero que había hecho para su cuerpo y ocultar el nido.

Se puso en movimiento de nuevo, y Mercer supo que había acabado y que los huevos estaban seguros. Dejó una gran distancia entre ella y la madre, y se sentó en un lugar oscuro al pie de otra duna, oculta por la oscuridad. Observó que la tortuga echaba arena por encima del nido con sumo cuidado y después la esparcía por todos los lados para confundir a los depredadores.

Satisfecha ya de la seguridad del nido, comenzó la difícil operación de volver arrastrándose hasta el agua, dejando atrás unos huevos de los que no volvería a preocuparse nunca. Repetiría la operación de anidamiento una o dos veces durante la temporada antes de migrar de nuevo al lugar donde se alimentaba, a ciento sesenta kilómetros de allí. En un año o dos, tres o cuatro incluso, regresaría a la misma playa a hacer más nidos.

Entre mayo y agosto, durante cinco noches al mes, Tessa recorría esa sección de la playa buscando las huellas de las tortugas bobas. Su nieta iba con ella, totalmente emocionada por la búsqueda. Descubrir las señales era siempre divertido. Y encontrar a una madre poniendo los huevos suponía una emoción indescriptible.

Mercer apoyó la espalda en la duna y esperó. Los voluntarios de Turtle Watch no tardarían en llegar para hacer su trabajo. Tessa había sido presidenta de la asociación durante muchos años. Luchó con todas sus fuerzas para proteger los nidos y muchas veces reprendía a los turistas que veía pisoteando zonas protegidas. Mercer recordaba al menos dos ocasiones en las que su abuela había llegado a llamar a la policía. La ley estaba de su lado y del de las tortugas, y quería que se cumpliera.

La voz fuerte y llena de vida de Tessa se había silenciado y la playa nunca volvería a ser la misma, al menos no para Mercer. Contempló las luces de los barcos que pescaban gambas en el horizonte y sonrió por los recuerdos de Tessa y las tortugas. El viento arreció y cruzó los brazos para mantener el calor.

En más o menos sesenta días, dependiendo de la temperatura de la arena, llegarían al mundo las tortuguitas. Sin ayuda de su madre, romperían el cascarón y excavarían entre todas, en un esfuerzo conjunto, su salida hacia el exterior, un proceso que podía llevarles días. Cuando llegara el momento adecuado, normalmente de noche o durante una tormenta, cuando la temperatura bajaba, echarían a correr hacia el agua. Saldrían todas a la vez del agujero, se detendrían un momento para orientarse y después se lanzarían disparadas hacia el agua para alejarse nadando. Tenían todas las probabilidades en su contra. El mar era un campo de minas con tantos depredadores que solo una tortuguita de cada mil alcanzaría la edad adulta.

Dos figuras se acercaban por la orilla. Se detuvieron cuando vieron la estela y la siguieron hasta el nido. Cuando estuvieron seguras de que la madre ya no estaba y de que había puesto los huevos, estudiaron el lugar con linternas, trazaron un círculo en la arena alrededor del nido y clavaron una pequeña estaca con un cinta amarilla. Mercer oía las voces que hablaban en susurros (eran dos mujeres), pero ella estaba bien oculta a la vista. Volverían cuando amaneciera para asegurar el nido con una alambrada y poner un cartel, algo que Tessa y ella habían hecho muchas veces. Cuando se alejaron, esparcieron arena por encima de la estela de la tortuga para taparla.

Mucho después de que se hubieran ido, Mercer decidió esperar a que saliera el sol. Nunca había pasado la noche en la playa, así que se acomodó, se reclinó contra la duna y al final se quedó dormida.

4

Evidentemente, el grupito literario de la isla tenía demasiado miedo a Myra Beckwith para no responder a una invitación de última hora. Nadie quería ofenderla. Y Mercer sospechaba que tampoco querían perderse una reunión en la que todos sabían que los demás cotillearían sobre quien no estuviera presente. Ya fuera por instinto de supervivencia o por curiosidad, empezaron a llegar a Vicker House a última hora de la tarde del domingo para tomar algo y cenar en honor a la última incorporación a su comunidad, aunque fuera solo temporal. Era el puente del Día de los Caídos, el inicio del verano. La invitación, que habían mandado por correo electrónico, decía seis de la tarde, pero para un puñado de escritores eso no significaba nada. Nadie llegó puntual.

Bob Cobb fue el primero. Arrinconó de inmediato a Mercer en el porche de atrás y comenzó a hacerle preguntas sobre su trabajo. Tenía el pelo largo y gris, y la piel bronceada de un hombre que pasaba mucho tiempo al sol. Llevaba una camisa con un estampado de flores muy chillón y los botones de arriba desabrochados, con lo que dejaban al descubierto un pecho moreno cubierto de un vello también canoso. Según

Myra, corría el rumor de que Cobb había enviado a la editorial su última novela y al editor no le había gustado. Mercer no tenía ni idea de cómo se había enterado de eso. Cobb bebía la cerveza casera de Myra en uno de sus tarros y se situó demasiado cerca de Mercer mientras hablaban.

Amy Slater, la «vampira», acudió al rescate de Mercer. La saludó, le dio la bienvenida a la isla y se puso a hablar de sus tres hijos, asegurando que estaba encantada de poder escapar de casa una noche. Leigh Trane se unió al círculo, pero apenas habló. Myra iba de acá para allá con un vestido con vuelo rosa intenso del tamaño de una tienda de campaña pequeña, ladrando instrucciones a los del catering, preparando bebidas e ignorando a la jauría de perros que se había adueñado del lugar.

Bruce y Noelle fueron los siguientes en aparecer, y Mercer por fin conoció al responsable de su breve período sabático. Llevaba un traje de sirsaca de un amarillo pálido con pajarita, aunque la invitación decía claramente «ropa muy informal». Pero Mercer había aprendido mucho tiempo atrás que con un grupo de escritores valía todo. Cobb llevaba pantalones cortos de deporte. Noelle estaba guapísima con un sencillo vestido de algodón blanco bastante ceñido, que se ajustaba a la perfección a su cuerpo delgado. Malditas francesas, pensó Mercer mientras bebía su Chablis e intentaba seguir el hilo de la conversación informal.

Algunos escritores eran expertos en contar anécdotas y tenían un suministro inagotable de historias, ocurrencias y dichos. Otros eran almas introvertidas que trabajaban en sus mundos solitarios y para las cuales la vida social era un suplicio. Mercer era una mezcla de las dos categorías. Su infancia solitaria la había dotado de la capacidad de vivir en su mundo, donde no hacía falta hablar. Precisamente por eso se obligaba a charlar, reír y disfrutar de los chistes y las bromas.

Andy Adam fue el siguiente en llegar y pidió inmediatamente un vodka doble con hielo. Myra se lo sirvió mientras dirigía una mirada cansada a Bruce. Sabían que Andy había vuelto a recaer y a todos les preocupaba. Cuando se acercó a saludar a Mercer, ella se percató enseguida de una pequeña cicatriz que tenía encima del ojo izquierdo y se acordó de su tendencia a meterse en peleas en los bares. Cobb y él eran más o menos de la misma edad, los dos estaban divorciados y eran unos vagos a los que les gustaba demasiado beber y pasar el rato en la playa, pero habían tenido la suerte de vender bien y por eso podían permitirse disfrutar de unas vidas en las que no cabía la disciplina. Pronto gravitaron el uno hacia el otro y se pusieron a hablar de pesca.

Jay Arkleood, el poeta torturado y estrella literaria frustrada, llegó poco después de las siete; según Myra, era pronto para él. Cogió una copa de vino y saludó a Bruce, pero no fue a presentarse a Mercer. Una vez reunidos todos, Myra pidió silencio y propuso un brindis.

—Un brindis por nuestra nueva amiga, Mercer Mann, que estará por aquí una temporada con la esperanza de encontrar inspiración en la playa, bajo el sol, para acabar esa maldita novela que tenía que haber entregado hace tres años. ¡Salud!

—¿Solo tres años de retraso? —dijo Leigh, lo que provocó una carcajada.

—Mercer... —la animó Myra.

—Gracias. —Sonrió—. Estoy encantada de estar aquí. A partir de los seis años vine todos los veranos a visitar a mi abuela, Tessa Magruder. Puede que algunos de vosotros la conocierais. Los días más felices de mi vida, al menos de la que he vivido hasta ahora, los pasé con ella en la playa y en la isla. Ha pasado mucho tiempo, pero estoy encantada de haber vuelto. Y de estar aquí esta noche.

—Bienvenida —contestó Bob Cobb, que levantó su copa.

Los demás hicieron lo mismo, dijeron «¡Salud!» con fuerza y volvieron a sus conversaciones todos a la vez.

Bruce se acercó a Mercer.

—Yo conocí a Tessa —dijo con voz suave—. Porter y ella murieron en una tormenta.

—Sí, hace once años —confirmó Mercer.

—Lo siento —se disculpó Bruce, algo incómodo.

—No, no te preocupes. Ha pasado mucho tiempo.

—Bueno, pues yo tengo hambre —los interrumpió Myra con voz potente—. Llevaos las bebidas a la mesa, que vamos a cenar.

Entraron en el comedor. La mesa era estrecha y un poco pequeña para nueve personas, pero aunque hubieran sido veinte, Myra habría conseguido colocarlos alrededor. En torno a la mesa había una colección de sillas, todas diferentes. Pero todo estaba precioso, con una hilera de velitas bajas por el medio y un montón de flores. La vajilla y la cubertería eran antiguas y estaban combinadas de una forma muy inteligente. La cubertería antigua se veía muy bien colocada. Las servilletas blancas de tela estaban planchadas y perfectamente dobladas. Myra tenía una hoja de papel con la organización de los asientos, algo que estaba claro que Leigh y ella habían discutido largo y tendido, y empezó a ladrar instrucciones. Mercer estaba sentada entre Bruce y Noelle. Tras algunas quejas y gruñidos, todos ocuparon sus asientos e iniciaron al menos tres conversaciones distintas mientras Dora, la encargada del catering, servía el vino. El aire era cálido y tenían las ventanas abiertas. Un viejo ventilador daba vueltas por encima de sus cabezas.

—Bien, estas son las reglas —avisó Myra—. No vale hablar de los libros propios, y nada de política. Tenemos a unos cuantos republicanos por aquí.

—¿Qué? —exclamó Andy—. ¿Y quién los ha invitado?

—Yo. Si no te gusta, ya sabes dónde está la puerta.

—¿Y quiénes son? —preguntó Andy.

—Yo —confesó Amy, levantando la mano muy orgullosa. Estaba claro que aquello ya había ocurrido antes.

—Yo también soy republicano —dijo Cobb—. Aunque he estado en la cárcel y he tenido mis más y mis menos con el FBI, sigo siendo un republicano leal.

—Que Dios nos ayude... —murmuró Andy.

—Ya veis por qué lo digo —intervino Myra—. Nada de política.

—¿Y qué hay del fútbol? —preguntó Cobb.

—Fútbol tampoco —añadió Myra con una sonrisa—. Bruce, ¿de qué quieres hablar?

—De política y de fútbol —respondió, y todos rieron.

—¿Qué hay en la librería esta semana?

—El miércoles vuelve Serena Roach. Espero veros a todos allí para la firma.

—Esta mañana la han despellejado en el *Times* —comentó Amy con un dejo de satisfacción—. ¿Lo habéis visto?

—Pero ¿quién lee el *Times*? —preguntó Cobb—. Basura de izquierdas.

—A mí me encantaría que me despellejaran en el *Times*. O en cualquier otro sitio, ya puestos —dijo Leigh—. ¿De qué va el libro?

—Es su cuarta novela y trata sobre una soltera en Nueva York que tiene problemas en sus relaciones.

—Qué original —rezongó Andy—. Me muero por leerla. —Se bebió de un trago lo que le quedaba de su segundo vodka doble y pidió otro a Dora.

Myra miró a Bruce con el ceño fruncido y él se limitó a encogerse de hombros, como si dijera: «Es un hombre hecho y derecho».

—Gazpacho —anunció Myra al tiempo que cogía su cuchara—. A por él.

Al cabo de unos segundos todos estaban hablando a la vez

y surgieron diferentes conversaciones. Cobb y Andy empezaron a hablar de política en voz baja. Leigh y Jay se parapetaron en el extremo de la mesa y se pusieron a comentar la novela de alguien. Myra y Amy tenían curiosidad por un restaurante nuevo. Y finalmente Bruce se dirigió a Mercer con su voz suave.

—Siento haber sacado el tema de la muerte de Tessa. Ha sido muy desconsiderado por mi parte.

—No, no pasa nada —respondió ella—. Fue hace mucho tiempo.

—Conocía bien a Porter. Era uno de los clientes habituales de la librería, le encantaban las novelas de detectives. Tessa venía una vez al año, pero no compraba muchos libros. Recuerdo vagamente a una nieta, hace mucho tiempo.

—¿Cuánto te vas a quedar? —preguntó Noelle.

Mercer estaba segura de que Bruce ya sabía todo lo que ella le había contado a Myra.

—Unos meses. Ahora mismo estoy entre trabajos, o más bien debería decir que estoy sin trabajo. Durante los últimos tres años he estado dando clases en una universidad, pero espero no tener que volver a hacerlo. ¿Y tú? Háblame de tu tienda.

—Vendo antigüedades francesas. Tengo la tienda al lado de la librería. Soy de Nueva Orleans, pero conocí a Bruce y me mudé aquí. Fue justo después del Katrina.

Una forma de hablar suave, clara y perfecta, ni rastro de acento de Nueva Orleans. Ni rastro de nada, en realidad. Y muchas joyas, pero no alianza.

—Eso fue en 2005 —dijo Mercer—. Un mes después del accidente de Tessa. Lo recuerdo bien.

—¿Estabas aquí cuando ocurrió? —quiso saber Bruce.

—No, fue el primer verano en catorce años que no vine. Tuve que buscarme un empleo para pagar la universidad. En ese momento estaba trabajando en Memphis, que es donde nací.

Dora estaba llevándose los cuencos vacíos y sirviendo más vino. Andy ya empezaba a hablar demasiado alto.

—¿Tenéis hijos? —preguntó Mercer.

Bruce y Noelle sonrieron y negaron con la cabeza.

—Nunca hemos encontrado el tiempo —contestó ella—. Yo viajo mucho para comprar y vender, sobre todo a Francia, y Bruce está en la librería siete días a la semana.

—¿Y no viajas con ella? —le preguntó Mercer a Bruce.

—Casi nunca. Pero nos casamos allí.

No, no era cierto. Era una mentira que sonaba fácil, natural, porque llevaban mucho tiempo viviendo con ella. Mercer dio un sorbo al vino y se recordó que estaba sentada al lado de uno de los vendedores de libros raros robados más activos del país. Mientras hablaban del sur de Francia y de las antigüedades que compraba Noelle allí, Mercer se preguntó cuánto sabría ella del negocio de su pareja. Si era verdad que había pagado un millón de dólares por los manuscritos de Fitzgerald, habría tenido que enterarse, ¿no? Bruce no era un magnate que tuviera negocios por todo el mundo y miles de formas de mover y esconder el dinero; era un librero en una ciudad pequeña y prácticamente vivía en la librería. No podría ocultarle tanto dinero a su mujer, ¿no? Noelle tenía que saberlo.

Bruce elogió *La lluvia de octubre* y preguntó por la razón del abrupto final de la gira del primer libro de Mercer. Myra oyó la pregunta y pidió silencio para que Mercer pudiera contar la historia. Mientras Dora servía las palometas asadas, la conversación se centró en el tema de las giras de promoción de los libros; todos tenían una historia que contar. Leigh, Jay y Cobb confesaron que ellos también se habían pasado una hora o dos sentados en librerías sin vender un solo ejemplar. Andy había congregado a pequeñas multitudes con su primer libro, pero una vez consiguió que lo echaran de una librería, y con razón, cuando se emborrachó e insultó a los clientes que no compraban su libro. Incluso Amy, la que tenía mejores ventas de todos, había soportado algunos días malos antes de empezar con los vampiros.

Durante la cena, Andy se pasó al agua con hielo y toda la mesa pareció relajarse.

Cobb se puso a contar una historia de la cárcel. Iba sobre un chico de dieciocho años del que abusaba sexualmente su compañero de celda, un verdadero depredador. Años después, cuando ambos salieron en libertad condicional, el chico buscó a su compañero de celda y lo encontró llevando una vida tranquila en un barrio de las afueras, fingiendo haber olvidado todo su pasado. Pero para el chico había llegado el momento de la venganza.

Fue una historia larga e interesante.

—Pero ¡qué estupidez! —dijo Andy una vez que hubo terminado—. Pura ficción, ¿no? Es el argumento de tu próxima novela.

—No, juro que es verdad.

—Chorradas. Ya lo has hecho antes: nos cuentas una historia inventada para ver cómo reaccionamos y al año siguiente resulta que es una novela.

—Bueno, sí que lo había pensado. ¿Qué os parece? ¿Lo bastante comercial?

—Me gusta —contestó Bruce—. Pero no te pases con las escenas de violaciones en prisión. Creo que has hecho demasiado hincapié en eso.

—Te pareces a mi agente —refunfuñó Cobb. Sacó un bolígrafo del bolsillo de la camisa, como si fuera a tomar notas—. ¿Alguna cosa más? Mercer, ¿qué te parece a ti?

—¿Yo tengo voz y voto?

—Claro, ¿por qué no? Tu voto tiene la misma importancia que el de todos estos escritorzuelos.

—¿A que me quedo con tu historia? —amenazó Andy, y todos rieron.

—Pues precisamente a ti te vendría bien una buena historia. ¿Has conseguido entregar dentro del plazo?

—Sí, ya he enviado el libro y me lo han devuelto. Problemas estructurales.

—Igual que en el anterior, pero lo publicaron de todas formas.

—E hicieron bien. Se vendió como churros. No les daba tiempo a imprimirlo lo bastante rápido para atender la demanda.

—Pero bueno, chicos —interrumpió Myra—. Estáis infringiendo la primera regla: no hablar de los libros propios.

—Pueden estar así toda la noche —le susurró Bruce a Mercer, lo bastante alto para que lo oyera toda la mesa.

A ella le encantaba ese intercambio de bromas; la verdad es que todos se estaban divirtiendo. Nunca había estado con un grupo de escritores al que les gustara tanto picarse entre ellos, pero siempre sin mala fe.

—¿Y si el chico de la prisión fuera en realidad un vampiro? —sugirió Amy que tenía las mejillas rojas por el vino.

La mesa rio a carcajadas.

—Un momento —replicó rápidamente Cobb—. No se me había ocurrido. Podríamos empezar una nueva serie de vampiros en prisión. Me gusta. ¿Quieres que colaboremos?

—Le diré a mi agente que llame al tuyo, a ver si se apañan entre ellos —aseguró Amy.

—Y luego os preguntáis por qué se leen cada vez menos libros —comentó Leigh.

—Otra vez boicoteado por la mafia literaria —añadió Cobb cuando cedieron las risas.

Las cosas se tranquilizaron unos minutos mientras comían. De repente Cobb empezó a reírse por lo bajo.

—Problemas estructurales. Pero ¿qué significa eso?

—Significa que el argumento es una mierda, lo cual es cierto. Nunca me convenció del todo, la verdad.

—Siempre puedes autopublicarte. Bruce te pondrá en esa mesa de camping que tiene en el fondo de la librería. Tendrás una pila solo para ti.

—Por favor. Esa mesa ya está hasta arriba —respondió Bruce.

Myra cambió de tema.

—Mercer, ya llevas aquí unos días. ¿Qué tal va la escritura? —preguntó.

—Esa no es una buena pregunta —contestó Mercer con una sonrisa.

—¿Estás intentando acabar un libro o empezarlo?

—No lo sé —confesó—. Es probable que el que tengo ahora acabe en la papelera y empiece otro. No lo he decidido aún.

—Bueno, si necesitas consejo sobre cualquier cosa, cualquier aspecto de la escritura o del mundo editorial, o sobre amor, relaciones, comida, vino, viajes, política, cualquier cosa que se te ocurra, has venido al lugar correcto. Echa un vistazo alrededor de la mesa. Todos expertos.

—Ya veo.

5

A medianoche Mercer estaba sentada en el último escalón de la pasarela, con los pies descalzos en la arena, mirando las olas. Nunca se cansaba del ruido del mar, del suave sonido de las olas cuando el mar estaba en calma o del estruendo cuando había tormenta. Esa noche no hacía viento y la marea estaba baja. A lo lejos una figura solitaria caminaba hacia el sur por la orilla.

Todavía se reía al pensar en todo lo que había pasado en la cena y estaba intentando recordar todos los detalles. Cuanto más pensaba en ello, más se asombraba. Una habitación llena de escritores, con sus inseguridades, sus egos y sus celos, el vino corriendo a raudales, y no se había producido ni una sola discusión ni una palabra más alta que otra. Los autores populares (Amy, Cobb y Andy) deseaban los elogios de la crítica, mientras que los más literarios (Leigh, Jay y Mercer) lo que ansiaban eran unos buenos derechos de autor. A Myra no le importaba ninguna de las dos cosas, y Bruce y Noelle se contentaban con estar en medio y animarlos a todos.

Mercer no sabía muy bien qué le había parecido Bruce. La primera impresión había sido bastante buena, pero dada su buena apariencia y su comportamiento, amable y agradable, Mercer estaba segura de que Bruce caía bien a todo el mundo, al menos al principio. Había hablado bastante, pero no demasiado, y no parecía molesto porque Myra llevara la voz cantante. Al fin y al cabo, era su fiesta y estaba claro que sabía lo que hacía. Él se había mostrado relajado con sus amigos y había disfrutado con las historias, los chistes, los golpes bajos y los insultos. A Mercer le daba la impresión de que sería capaz de hacer cualquier cosa para ayudarlos en sus carreras. Y ellos, por su parte, lo trataban casi con deferencia.

Bruce le había asegurado que le habían gustado mucho sus dos libros, sobre todo la novela, y hablaron lo bastante de ella como para que no le quedara duda de que se la había leído de verdad. Dijo que la había leído cuando la publicaron y organizaron la firma en Bay Books. Eso había sido siete años atrás, pero lo recordaba todo perfectamente. Lo más probable es que la hubiera ojeado antes de ir a la cena, pero a Mercer le impresionó de todas formas. Bruce le pidió que se pasara por la librería y le firmara los dos ejemplares de su colección. También había leído su libro de cuentos. Y lo que era más importante, tenía muchas ganas de leer más, su siguiente novela, tal vez, o más relatos.

Para Mercer, una escritora prometedora que sufría una sequía interminable, atenazada por el miedo de que su carrera hubiera terminado, resultaba reconfortante que un lector con criterio le dijera cosas bonitas y estaba deseando oír más. En los últimos años solo su agente y su editor la habían animado de esa forma.

Sin duda era un seductor, pero no había dicho ni hecho nada fuera de tono, aunque tampoco era que Mercer lo esperase. Su guapa esposa estaba a apenas unos centímetros. En lo que respectaba a la seducción, y asumiendo que los rumores fueran ciertos, Mercer sospechaba que a Bruce Cable se le daba bien tanto el cortejo rápido, sin miramientos, como el lento y largo.

Durante la cena había mirado varias veces al otro lado de la mesa, a Cobb y a Amy, e incluso a Myra, preguntándose si alguno de ellos sabría algo de su lado oscuro. De cara a la galería, Bruce tenía una de las mejores librerías del país, pero al mismo tiempo se dedicaba a comprar y vender mercancía robada en la clandestinidad. La librería iba bien y ganaba mucho dinero con ella. Tenía una vida estupenda, una esposa/pareja guapa, una buena reputación, una mansión histórica en una ciudad encantadora... ¿De verdad estaba dispuesto a arriesgarlo todo por comerciar con manuscritos robados?

¿Tenía alguna idea de que le seguía la pista un equipo de seguridad profesional? ¿Con el FBI solo iba un paso por detrás? ¿Se le habría pasado por la cabeza que en apenas unos meses podía ir directo a la cárcel y pasarse allí muchos años?

No, no parecía posible.

¿Sospechaba de Mercer? No, seguro que no. Eso la llevó a preguntarse qué haría a continuación. Paso a paso, día a día, le había dicho Elaine en más de una ocasión. Que venga él a buscarte a ti y te deje entrar en su vida.

Parecía sencillo, ¿no?

6

El lunes, el Día de los Caídos, Mercer durmió hasta tarde y se perdió otro amanecer. Se sirvió un café y fue a la playa, donde había más gente de lo habitual porque era festivo, pero por suerte todavía no había demasiada. Tras un largo paseo volvió a la casa, se sirvió más café y se sentó a una pequeña mesa para el desayuno con vistas al mar. Abrió el portátil, se quedó mirando la pantalla en blanco y logró teclear: «Capítulo uno».

Los escritores suelen dividirse en dos categorías: los que planifican cuidadosamente sus historias y saben el final antes de empezar, y aquellos que se niegan a hacerlo de acuerdo con la teoría de que, una vez que se crea un personaje, es inevitable que haga algo interesante. La novela anterior, la que había estado torturándola y por fin había decidido descartar, encajaba en la segunda categoría. Tras cinco años no había ocurrido nada interesante y estaba harta de los personajes. Por eso había decidido abandonarla. Mejor que descansara. Siempre podía recuperarla más adelante. Escribió un tosco resumen del primer capítulo de la nueva y pasó al segundo.

A mediodía ya tenía los primeros cinco capítulos a grandes rasgos y estaba agotada.

7

El tráfico discurría con lentitud por Main Street y las aceras estaban a rebosar de turistas que habían ido a la isla a pasar el fin de semana. Mercer aparcó en una calle lateral y fue caminando hasta la librería. Consiguió evitar a Bruce y subió directamente a la cafetería, donde se comió un sándwich y hojeó el *Times*. Él fue a por un expreso y se sorprendió al verla allí.

—¿Tienes un momento para firmar esos libros? —pidió.

—Para eso he venido.

Lo siguió abajo, hasta la sala de las primeras ediciones, y Bruce cerró la puerta. Había dos grandes ventanas que daban a la primera planta y los clientes rebuscaban en las estanterías no lejos de allí. En el centro de la sala había una mesa antigua cubierta de papeles y archivos.

—¿Es tu despacho? —preguntó Mercer.

—Uno de ellos. Cuando no hay mucho movimiento, me meto aquí y trabajo un poco.

—¿Cuándo no hay mucho movimiento?

—Es una librería. Hoy hay mucho trajín. Mañana estará vacía.

Apartó un catálogo y debajo aparecieron dos ejemplares de *La lluvia de octubre*. Le dio un bolígrafo y cogió los libros.

—Hace mucho que no firmo uno de estos —confesó Mercer.

Bruce abrió el primero por la página de la portada y ella garabateó su nombre. Luego repitió la operación con el otro. Él dejó uno en la mesa y devolvió el otro a su hueco en una estantería. Las primeras ediciones estaban colocadas en orden alfabético por el apellido del autor.

—¿Y qué son todos estos libros? —Mercer señaló con la mano una pared llena de libros.

—Todo primeras ediciones de autores que han firmado aquí. Organizamos un centenar de firmas al año, así que, después de veinte años, tenemos una buena colección. He mirado los registros; cuando estaba previsto que pasaras por aquí de gira, pedí ciento veinte ejemplares de tu libro.

—¿Ciento veinte? ¿Por qué tantos?

—Tengo un Club de las Primeras Ediciones: cerca de un centenar de mis mejores clientes que compran todos los libros firmados. Es una forma de conseguir que venga gente, en realidad. Si garantizo cien ejemplares, tanto editores como escritores estarán ansiosos por incluir la librería en la gira.

—¿Y esas personas vienen a todas las firmas?

—Ojalá. Normalmente viene la mitad, que ya es un grupo bastante nutrido. El treinta por ciento no viven en la ciudad y les envío los ejemplares por correo.

—¿Y qué pasó cuando cancelé la firma?

—Devolví los libros.

—Lo siento.

—Bueno, el negocio es así.

Mercer recorrió la pared, revisando las hileras de libros, algunos de los cuales reconocía. Solo había un ejemplar de cada uno. ¿Dónde estarían los demás? Bruce había colocado uno de los suyos en la estantería, pero el otro lo había dejado en la mesa. ¿Dónde los guardaría?

—¿Y alguno es valioso? —preguntó.

—La verdad es que no. Es una colección impresionante y significa mucho para mí porque les tengo cariño a todos, pero la mayoría no tienen ningún valor, aparte del sentimental.

—¿Y por qué?

—Las tiradas de las primeras ediciones son demasiado grandes. Del tuyo imprimieron cinco mil ejemplares. No es una tirada enorme, pero para que un libro sea valioso tiene que ser difícil de encontrar. Aunque alguna vez hay suerte. —Retiró un libro de arriba y se lo tendió—. ¿Te acuerdas de *Ebrio en Filadelfia*? La obra maestra de J. P. Walthall.

—Claro.

—Ganó el National Book Award y el Pulitzer en 1999.

—Lo leí en la universidad.

—Yo leí una copia anticipada y me encantó, supe que tenía potencial, así que pedí unas cuantas cajas. Eso fue antes de que el autor dijera que no pensaba hacer gira de promoción. Su editor estaba sin blanca, y tampoco es que fuese muy avispado, así que hizo una tirada inicial de seis mil ejemplares.

No está mal para una primera novela, pero no fueron suficientes. Además la impresión se interrumpió cuando el sindicato se declaró en huelga. Solo salieron mil doscientos ejemplares de la imprenta antes de que la cerraran. Yo tuve suerte y mi pedido llegó. Las primeras críticas fueron tremendamente buenas, y la segunda tirada, que sacó una imprenta diferente, fue de veinte mil. La tercera, el doble, y el número fue en aumento. El libro acabó vendiendo un millón de ejemplares en tapa dura.

Mercer abrió el libro, miró la página de los créditos y vio las palabras: «1.ª edición».

—¿Y cuánto vale ahora?

—He vendido un par por cinco mil dólares. Ahora pido ocho mil. Todavía me quedan unos veinticinco enterrados en algún lugar del sótano.

Ella registró el dato, pero no dijo nada. Le devolvió el ejemplar y se acercó a otra pared cubierta de libros.

—Más libros de la colección —explicó Bruce—, pero no todos esos autores han firmado aquí.

Mercer sacó *Las normas de la casa de la sidra*, de John Irving.

—Seguro que hay muchos de estos en el mercado —dijo.

—Es John Irving. Eso fue siete años después de *El mundo según Garp*, así que la primera edición fue enorme. Vale varios cientos de dólares. Tengo un *Garp*, pero no está en venta.

Devolvió el libro a su sitio y miró los de al lado. *Garp* no estaba allí. Dio por sentado que estaría «enterrado en algún lugar del sótano», pero tampoco esta vez dijo nada. Aunque quería preguntarle por los libros más raros, decidió perder el interés.

—¿Te lo pasaste bien en la cena de ayer? —preguntó él.

Ella soltó una carcajada y se apartó de las estanterías.

—Oh, sí. Nunca he cenado con tantos escritores juntos. Solemos ser introvertidos, ¿sabes?

—Sí que lo sé. Y en tu honor todo el mundo se comportó. Créeme, nuestras reuniones no siempre son tan civilizadas.

—¿Y eso por qué?

—Los de esa raza son así. Mezcla egos frágiles, alcohol y algo de política, tal vez, y la cosa suele ponerse fea.

—Estoy deseando verlo. ¿Cuándo es la próxima fiesta?

—Con esa panda quién sabe. Me ha comentado Noelle que quiere hacer una cena dentro de un par de semanas. Se lo pasó bien contigo.

—Lo mismo digo. Es encantadora.

—Es muy divertida y se le da muy bien lo suyo. Deberías pasarte por la tienda y echar un vistazo.

—Lo haré, pero no estoy interesada en comprar nada tan distinguido.

Él rio.

—Pues ten cuidado con lo que dices —aconsejó—. Está muy orgullosa de su inventario.

—He quedado con Serena Roach para tomar café mañana antes de la firma. ¿La conoces?

—Sí. Ha venido dos veces. Es un poco intensa, pero agradable. Va de gira con su novio y su publicista.

—¿Un séquito?

—Supongo. No es raro. Ha tenido problemas con las drogas y parece un poco frágil. La vida en la carretera es difícil para muchos escritores y necesitan seguridad.

—¿No puede viajar sola?

Bruce rio y pareció dudar antes de revelar un cotilleo.

—Podría contarte muchas cosas, ¿sabes? Algunas tristes, otras graciosas, todas pintorescas. Pero dejémoslas para otro día, tal vez tras otra larga cena.

—¿Es el mismo novio? Pregunto porque estoy leyendo su último libro y la protagonista tiene problemas con los hombres, además de con las drogas. La autora parece saber de lo que habla.

—No lo sé. Pero ha venido con el mismo novio las dos últimas giras.

—Pobre chica, la crítica se está cebando con ella.

—Sí, y no lo está llevando demasiado bien. Su publicista ha llamado esta mañana para asegurarse de que no la invitamos a cenar después de la firma. Está intentando que no se acerque al vino.

—¿Y acaba de empezar la gira?

—Es la tercera firma. Podría ser otro desastre. Supongo que siempre puede cancelarla, como tú.

—Yo lo recomiendo encarecidamente.

Un empleado asomó la cabeza por una de las ventanas.

—Perdón por molestar —dijo—, pero te llama Scott Turow.

—Tengo que cogerlo —se excusó él.

—Te veo mañana —se despidió Mercer y se dirigió a la puerta.

—Gracias por firmar los libros.

—Te firmo todos los que compres.

8

Tres días después, Mercer esperó a que anocheciera para ir a la playa. Se quitó las sandalias, las metió en un bolso pequeño y se dirigió al sur por la orilla. La marea estaba baja, la playa, ancha y prácticamente desierta, a excepción de alguna pareja que paseaba al perro. Al cabo de veinte minutos, pasó por delante de una hilera de altos edificios de apartamentos y enfiló hacia el Ritz-Carlton, que estaba al lado. En la pasarela se limpió los pies y se puso las sandalias, bordeó la piscina vacía y entró. Allí se encontró a Elaine, que la esperaba en una mesa del elegante bar.

A Tessa le encantaba el bar del Ritz. Dos o tres veces cada

verano, Mercer y ella se ponían de punta en blanco e iban en coche al Ritz, a tomar algo en el bar y cenar en el célebre restaurante del hotel. Tessa siempre empezaba con un martini, solo uno, y hasta que tuvo quince años Mercer pedía un refresco *light*. Pero cuando cumplió los quince llegó con un carnet falso y tomaron martini las dos.

Sin saberlo, Elaine se había sentado en la mesa favorita de su abuela, y cuando Mercer se sentó junto a ella, los recuerdos la abrumaron. No había cambiado nada. De fondo se oía a un tipo que tocaba el piano y cantaba.

—He llegado esta tarde y he pensado que tal vez te apetecería una buena cena —dijo Elaine.

—He estado aquí muchas veces —reconoció Mercer, mirando alrededor y dejándose envolver por los mismos olores del salitre del aire y la madera de los paneles que forraban las paredes—. A mi abuela le encantaba este sitio. No es para gente con presupuesto ajustado, pero le gustaba derrochar un poco de vez en cuando.

—Entonces ¿Tessa no tenía dinero?

—No. Vivía cómodamente, pero también llevaba una vida muy frugal. Mejor hablemos de otra cosa.

Se acercó un camarero y pidieron las bebidas.

—Diría que has tenido una semana muy animada —empezó Elaine.

Su rutina incluía escribir a Elaine un correo electrónico por la noche en el que le contaba todas las cosas que podían resultar útiles para su búsqueda.

—No estoy segura de saber mucho más de lo que sabía cuando llegué, pero al menos he establecido contacto con el enemigo.

—¿Y?

—Es encantador, como todo el mundo dice, muy agradable. Guarda las cosas interesantes en el sótano, pero no me ha dicho nada de una cámara acorazada. Me da la impresión de que tiene que haber un buen inventario ahí abajo. Su mujer está en la ciudad y no ha dado a entender de ninguna forma que esté interesado en mí, más allá de esa conocida afición suya por los escritores.

—Tienes que contarme todo lo que pasó en la cena con Myra y Leigh.

Mercer sonrió.

—Ojalá hubiera habido una cámara oculta.

5

El facilitador

Durante más de sesenta años, la Old Boston Bookshop había ocupado la misma casa de dos plantas en el centro, en West Street, en la zona de Ladder Blocks. La había fundado Loyd Stein, un conocido vendedor de libros antiguos, y cuando murió, en 1990, su hijo Oscar tomó el relevo. Oscar había crecido en la librería y le encantaba el negocio, aunque con el tiempo se había cansado del sector. Con internet y el declive generalizado de todo lo relacionado con los libros, cada vez le costaba más obtener unos beneficios decentes. Su padre se había contentado con vender libros usados a diario mientras esperaba que ocasionalmente le llegara alguno raro con el que poder ganar un buen dinero, pero Oscar estaba perdiendo la paciencia. A los cincuenta y ocho años, ya estaba buscando discretamente la forma de dejarlo.

Un jueves a las cuatro de la tarde, Denny entró en la librería por tercer día consecutivo y se puso a mirar con aire despreocupado las estanterías y las pilas de libros usados. Cuando la dependienta, una señora mayor que llevaba décadas allí, dejó el mostrador para subir a la planta de arriba, Denny cogió un viejo ejemplar de tapa blanda de *El gran Gatsby* y fue a la caja con él.

—¿Ha encontrado lo que buscaba? —preguntó Oscar con una sonrisa.

—Con este me apaño —respondió Denny.

Oscar cogió el libro, lo abrió para ver la cubierta interior y dijo:

—Cuatro dólares y treinta centavos.

Denny dejó un billete de cinco dólares en el mostrador.

—La verdad es que estoy buscando el original.

Oscar cogió el billete.

—¿Se refiere a una primera edición? ¿De *El gran Gatsby*?

—No. Al manuscrito original.

Oscar soltó una carcajada. Menudo idiota.

—Lo siento, pero no puedo ayudarle con eso, señor.

—Ah, yo creo que sí.

Oscar se quedó petrificado. Lo miró directamente y se encontró con unos ojos fríos y acerados. Su mirada era calculada, consciente, peligrosa. Tragó saliva.

—¿Quién es usted?

—Eso no necesita saberlo.

Oscar apartó la mirada y metió los cinco dólares en la caja. Al hacerlo se dio cuenta de que le temblaban las manos. Sacó algunas monedas y las dejó encima del mostrador.

—Setenta centavos —logró decir—. Vino ayer, ¿verdad?

—Y antes de ayer.

Oscar echó una ojeada alrededor. Estaban solos. Levantó la vista hacia la pequeña cámara de vigilancia que había en el techo, muy arriba, que enfocaba la caja registradora.

—No se preocupe por la cámara —dijo Denny en voz baja—. La apagué ayer. Y la de su despacho tampoco funciona.

Oscar inspiró hondo y hundió los hombros. Tras varios meses viviendo con miedo, sin dormir y mirando todo el tiempo por encima del hombro, por fin había llegado el momento que más había temido.

—¿Es usted de la policía? —susurró con voz temblorosa.

—No. Y no quiero tener nada que ver con ella, como usted.

—¿Y qué quiere?

—Los manuscritos. Los cinco.

—No sé de qué me está hablando.

—¿Eso es lo mejor que se le ocurre? Esperaba algo un poco más original.

—Salga de aquí —pidió Oscar, intentando sonar lo más duro posible.

—Me voy. Volveré a las seis, cuando cierre, y los dos nos iremos a su despacho para charlar un poco. Le sugiero que no haga tonterías. No tiene adónde huir y nadie puede ayudarle. Y lo estamos vigilando.

Denny cogió las monedas y el libro y salió de la librería.

2

Una hora después, un abogado llamado Ron Jazik entraba en un ascensor de un edificio federal de Trenton, Nueva Jersey, y pulsaba el botón de la planta baja. En el último segundo un extraño se coló entre las puertas y pulsó el botón de la tercera planta.

—Usted representa a Jerry Steengarden, ¿no? Designado de oficio —dijo el desconocido en cuanto las puertas se cerraron y se quedaron solos.

Jazik adoptó un aire despectivo.

—¿Y quién demonios es usted?

En un abrir y cerrar de ojos, el extraño propinó a Jazik un bofetón tan fuerte que le arrancó las gafas. Acto seguido le rodeó la garganta con una mano que ejercía una fuerza enorme y le estrelló la cabeza contra la pared del fondo del ascensor.

—Ni se le ocurra hablarme así. Tengo un mensaje para su cliente: si le dice una sola palabra al FBI, alguien resultará herido. Sabemos dónde vive la madre de su cliente y también dónde vive la suya.

A Jazik se le salían los ojos de las órbitas y se le cayó el maletín. Agarró el brazo del desconocido, pero no consiguió sino que aumentara la presión. Jazik tenía casi sesenta años y no estaba en forma; el tío que le estaba agarrando tenía como mínimo veinte años menos y en ese momento le parecía que tenía una fuerza descomunal.

—¿Está claro? —gruñó el extraño—. ¿Lo ha entendido?

El ascensor se detuvo en la tercera planta. Cuando se abrió la puerta, el extraño soltó a Jazik y lo empujó hacia un rincón, donde cayó al suelo de rodillas. El extraño pasó por su lado y salió del ascensor como si no hubiera pasado nada. No había nadie esperando para subir, así que Jazik se puso de pie rápidamente, recogió sus gafas y el maletín, y consideró sus opciones. Le escocía la cara y le pitaban los oídos. Lo primero en lo que pensó fue en llamar a la policía y denunciar la agresión. Había agentes federales en el vestíbulo. Tal vez pudiera esperar con ellos hasta que apareciera el agresor. Pero mientras el ascensor seguía bajando decidió que era mejor no exagerar. Para cuando llegó a la planta baja, ya había recuperado el aliento. Buscó un baño, se echó agua fresca en el rostro y se miró en el espejo. Tenía el lado derecho de la cara enrojecido, pero no hinchado.

La sensación física tras encajar un golpe así era desconcertante y dolorosa. Sintió algo caliente en la boca y escupió sangre en el lavabo.

Llevaba más de un mes sin ver a Jerry Steengarden. No tenían mucho de que hablar. Sus reuniones siempre habían sido breves, porque Jerry no tenía nada que decir. El extraño que acababa de pegarle y amenazarlo no tenía nada de que preocuparse.

3

Unos minutos antes de las seis, Denny volvió a la librería y encontró a Oscar esperando tras el mostrador, nervioso. La empleada no estaba y tampoco había clientes. Sin pronunciar palabra, Denny dio la vuelta al cartel de ABIERTO/CERRADO, echó la llave y apagó las luces. Los dos subieron las escaleras hasta un despacho pequeño y atestado, donde Oscar prefería pasar el tiempo mientras otra persona se ocupaba del mostrador. Se sentó tras la mesa y señaló a Denny la única silla que no estaba cubierta de revistas.

—No perdamos el tiempo, Oscar —dijo Denny tras sentarse—. Sé que compraste los manuscritos por medio millón de pavos. Transferiste el dinero a una cuenta de las Bahamas. De ahí fue a una cuenta de Panamá y allí es donde lo recogí yo. Esa cantidad, menos el porcentaje del facilitador, claro.

—Así que ¿tú eres el ladrón? —preguntó Oscar con calma. Había conseguido templar los nervios gracias a unas pastillas.

—No estoy diciendo eso.

—¿Y cómo sé que no llevas un micro? —dijo Oscar.

—¿Quieres cachearme? Hazlo. ¿Cómo iba a saber un poli el precio que pagaste? ¿Y los detalles del recorrido que hizo el dinero?

—Seguro que el FBI puede localizar lo que quiera.

—Si supieran lo que yo sé, ya habrían venido a arrestarte sin más, Oscar. Relájate, no van a detenerte. Y a mí tampoco. Verás, Oscar, ni tú ni yo podemos ir a la policía. Los dos somos culpables y nos enfrentaríamos a una larga condena en una prisión federal. Pero eso no va a pasar.

Oscar quería creerlo y en parte se sintió aliviado. Pero era obvio que quedaban unos cuantos escollos que superar. Inspiró hondo.

—No los tengo —dijo.

—Entonces ¿dónde están?

—¿Por qué los vendiste?

Denny cruzó las piernas y se relajó en la vieja silla.

—Me asusté. El FBI atrapó a dos de mis amigos al día siguiente del robo. Tuve que esconder el botín y salir del país. Esperé un par de meses. Cuando las cosas se calmaron, volví y fui a ver a un vendedor de San Francisco. Me dijo que conocía a un comprador, un ruso que pagaría diez millones. Era mentira. Acudió al FBI. Teníamos una reunión en la que yo debía presentar un manuscrito como prueba, pero me estaba esperando el FBI.

—¿Cómo lo supiste?

—Porque pinchamos los teléfonos antes de ir. Somos buenos, Oscar. Muy pacientes y muy profesionales. Estuvieron a punto de pillarnos, así que nos fuimos del país otra vez hasta que se calmaran las cosas. Sabía que el FBI tenía una buena descripción mía, así que permanecí lejos.

—¿También habéis pinchado mis teléfonos?

Denny asintió y sonrió.

—Los fijos. No hemos podido hackear tu móvil.

—¿Y cómo me has encontrado?

—Fui a Georgetown y conseguí ponerme en contacto con Joel Ribikoff, ese viejo amigo tuyo. Nuestro facilitador. No confiaba en él (no se puede confiar en nadie en este negocio), pero estaba desesperado por librarme de los manuscritos.

—Se suponía que tú y yo no debíamos vernos nunca.

—Ese era el plan, ¿no? Transferías el dinero, yo entregaba la mercancía y desaparecía otra vez. Pero he vuelto.

Oscar hizo crujir los nudillos e intentó mantener la calma.

—¿Y Ribikoff? ¿Dónde está ahora?

—Muerto. Y tuvo una muerte horrible, Oscar, espantosa. Pero antes de morir me dio lo que quería: tu nombre.

—Yo no los tengo.

—Bien. ¿Qué hiciste con ellos?

—Los vendí. Me los quité de encima en cuanto pude.

—¿Y dónde están, Oscar? Pienso encontrarlos y ya he dejado un reguero de sangre.

—No sé dónde están. Lo juro.

—¿Quién los tiene?

—Mira, necesito algo de tiempo para pensar. Me has dicho que eres paciente... Pues dame un poco de tiempo.

—Me parece bien. Volveré dentro de veinticuatro horas. No hagas ninguna tontería como intentar escapar. No vas a encontrar dónde esconderte y saldrás herido si lo intentas. Nosotros somos profesionales, Oscar, y tú no tienes ni idea.

—No voy a huir.

—Veinticuatro horas y volveré a por el nombre de ese tío. Dame el nombre y podrás quedarte el dinero y seguir con tu vida. Yo no voy a contárselo a nadie, tienes mi palabra.

Denny se puso de pie y salió del despacho. Oscar se quedó mirando la puerta y escuchó los pasos que bajaban las escaleras. Oyó que la puerta se abría, el tintineo de la campanilla y cómo se cerraba suavemente.

Entonces hundió la cara entre las manos e intentó no llorar.

4

A dos manzanas de allí, Denny estaba en el bar de un hotel comiendo pizza cuando le vibró el móvil. Eran casi las nueve de la noche y la llamada llegaba tarde.

—Dime —contestó mirando alrededor. El local estaba casi vacío.

—Misión cumplida —dijo Rooker—. He pillado a Jazik en el ascensor y he tenido que darle una buena bofetada y amedrentarlo un poco. Ha sido bastante divertido, la verdad. He entregado el mensaje y todo ha salido bien. Petrocelli me ha costado más, porque ha trabajado hasta tarde. Hace una hora lo he interceptado en el aparcamiento de su despacho. Le he dado un susto de muerte. Es un cobarde de mierda. Al principio me ha negado que representara a Mark Driscoll, pero no ha tardado en rectificar. No he tenido que pegarle, aunque me ha faltado poco.

—¿Sin testigos?

—Ninguno. No me ha visto nadie con ninguno de los dos.

—Buen trabajo. ¿Dónde estás ahora?

—Voy conduciendo. Llegaré dentro de cinco horas.

—Date prisa. Mañana va a ser un día entretenido.

5

Rooker entró en la librería a las seis menos cinco y fingió mirar los libros. No había más clientes. Oscar estaba inquieto detrás del mostrador, intentando mantenerse ocupado pero sin quitar la vista de encima a ese hombre.

—Perdone, señor, pero vamos a cerrar —dijo a las seis.

En ese momento entró Denny, cerró la puerta y dio la vuelta al cartel de ABIERTO/CERRADO. Miró a Oscar y señaló a Rooker.

—Está conmigo. ¿Hay alguien más aquí?

—No. Ya se han ido todos.

—Bien. Vamos a quedarnos aquí —anunció y se acercó a Oscar.

Rooker hizo lo mismo y los dos se colocaron a apenas unos centímetros de él. Se quedaron mirándolo, pero nadie se movió.

—Bien, Oscar —dijo Denny—, ya has tenido tiempo para pensar. ¿Qué vas a hacer?

—Tenéis que prometerme que no divulgaréis mi identidad.

—No tenemos que prometerte nada —exclamó Denny—. Pero ya te he dicho que nadie se va a enterar. ¿Qué gano yo con revelar tu implicación? Quiero los manuscritos, Oscar, nada más. Dime a quién se los vendiste y no volverás a verme. Pero, si me mientes, puedes estar seguro de que volveré.

Oscar lo sabía. Le creyó. En ese momento horrible lo único que quería era librarse de ese tío sin salir perjudicado. Cerró los ojos.

—Se los vendí a un tipo que se llama Bruce Cable —dijo—. Tiene una librería muy bonita en Camino Island, Florida.

—¿Y cuánto pagó él? —preguntó Denny sonriendo.

—Un millón.

—Buen trabajo, Oscar. No fue mal negocio.

Denny y Rooker se quedaron mirándolo sin mover un músculo. Durante diez largos segundos Oscar pensó que era hombre muerto. El corazón le martilleaba en el pecho y respiraba con dificultad.

Entonces los dos se volvieron y se fueron sin decir ni una palabra más.

6

La ficción

Entrar en Noelle's Provence era como caminar entre las páginas de uno de sus bonitos libros de gran formato. La tienda estaba llena de muebles rústicos, armarios, cómodas, aparadores y sillones colocados de forma acogedora sobre antiguos suelos de piedra. Las mesas auxiliares se hallaban repletas de jarras, ollas y cestas antiguas. Las paredes de yeso estaban pintadas de color melocotón y adornadas con apliques, espejos de cristal ahumado y retratos sombríos enmarcados de barones olvidados mucho tiempo atrás y de sus familias. Unas velas aromáticas llenaban el aire de un fuerte aroma a vainilla. Lámparas de araña colgaban del techo de madera y yeso. De fondo se oía una ópera que salía de unos altavoces ocultos. En una sala adyacente Mercer admiró una mesa botellero larga y estrecha puesta con platos y cuencos amarillos y verde oliva, los colores básicos de la vajilla rústica provenzal. Contra una pared cerca del escaparate, había un escritorio, una pieza hermosa pintada a mano de la que tenía que enamorarse. Según Elaine, Noelle la vendía por tres mil dólares y era perfecta para sus propósitos.

Mercer había estudiado los cuatro libros de Noelle e identificó fácilmente todos los muebles y elementos de decoración. Estaba admirando el escritorio cuando entró ella.

—Hola, Mercer. Pero qué sorpresa —exclamó la anticuaria y se acercó para saludarla al estilo francés, con dos besos en las mejillas.

—Este sitio es una maravilla —alabó Mercer, impresionada.

—Bienvenida a la Provenza. ¿Qué te trae por aquí?

—Oh, nada en especial. Solo quería echar un vistazo. Me encanta esta mesa —dijo acariciando el escritorio. Había visto al menos tres parecidos en sus libros.

—La encontré en un mercado en el pueblo de Bonnieux, cerca de Aviñón. Deberías quedártela. Es perfecta para tu trabajo.

—Tendría que vender unos cuantos libros primero.

—Ven, te voy a enseñar el resto de la tienda.

La cogió de la mano y la llevó de una sala a otra. Todas estaban llenas de cosas que aparecían en sus libros. Subieron por una elegante escalera con peldaños de piedra blanca y un pasamanos de hierro forjado hasta el segundo piso, donde Noelle le enseñó orgullosa su inventario: más armarios, camas, cómodas y mesas, todas con una historia. Hablaba con tanto cariño de su colección que parecía que iba a costarle desprenderse de ella. Mercer se fijó en que ni un solo mueble de la segunda planta tenía una etiqueta con el precio.

Noelle tenía un pequeño despacho abajo, en la parte de atrás de la tienda, y al lado de la puerta había una pequeña mesa botellero plegable. Al oír cómo la describía Noelle, Mercer se preguntó si todas las mesas de Francia tenían su botellero.

—Vamos a tomar un té —propuso Noelle y le señaló una silla que había junto a la mesa.

Mercer se sentó y charlaron mientras Noelle ponía a hervir el agua en un pequeño hornillo que tenía junto a un fregadero de mármol.

—Me encanta ese escritorio, de verdad —aseguró Mercer—. Pero me da miedo preguntar el precio.

Noelle sonrió.

—Para ti, querida, te hago un precio especial —dijo Noelle—. Para el resto del mundo vale tres mil dólares, pero tú puedes quedártelo por la mitad.

—Sigue siendo mucho. Tengo que pensármelo.

—¿Y ahora dónde escribes?

—En una mesa de desayuno en la cocina, con vistas al mar, pero no me está funcionando. No sé si es por la mesa o por el mar, pero las palabras no salen.

—¿Y de qué va el libro?

—No lo sé. Estoy intentando empezar uno nuevo, pero no avanzo.

—Acabo de terminar *La lluvia de octubre* y creo que es brillante.

—Eres muy amable.

Mercer estaba abrumada. Desde que había llegado a la isla ya había encontrado a tres personas que hablaban bien de su primera novela y eso eran muchos más ánimos de los que había recibido en los últimos cinco años.

Noelle colocó un juego de té en la mesa y sirvió agua hirviendo en tazas iguales. Le añadió a las dos un terrón de azúcar, pero no leche, y mientras ambas revolvían, Noelle preguntó:

—¿Hablas de tu trabajo? Pregunto porque muchos escritores hablan demasiado de lo que han escrito o lo que quieren escribir, pero a algunos les cuesta, aunque no sé por qué.

—Yo prefiero no hablar de ello, sobre todo de lo que estoy escribiendo en el momento. Mi primera novela ya me parece vieja y pasada. Es como si la hubiera escrito hace demasiados años. En muchos aspectos es una maldición que te publiquen siendo tan joven. Las expectativas son muy altas, hay mucha presión y el mundo literario espera que llegue otra gran obra. Entonces pasan unos años y no hay libro. La prometedora estrella se va olvidando poco a poco. Tras *La lluvia de octubre* mi primera agente me aconsejó que me diera prisa y publicara pronto una segunda novela. Me dijo que, como a los críticos les había encantado la primera, seguro que iban a odiar la segunda, fuera como fuera, así que podía hacer cualquier cosa y quitarme de encima la maldición de la segunda novela. Probablemente era un buen consejo, pero el problema fue que no tenía una segunda novela. Y supongo que sigo buscando.

—¿Buscando qué?

—Una historia.

—La mayoría de los escritores dicen que primero crean los personajes y, una vez que ya los tienen en escena, acaban encontrando una trama. ¿A ti no te ha pasado?

—Todavía no.

—¿Qué te inspiró *La lluvia de octubre*?

—Cuando estaba en la universidad, leí una historia sobre un niño perdido, al que nunca encontraron, y lo que eso supuso para la familia. Era una historia muy triste, inquietante, pero también hermosa. Se me quedó grabada, así que tomé prestada la situación, la convertí en ficción y escribí la novela en menos de un año. Ahora me cuesta creerlo, pero trabajaba muy rápido. En aquella época estaba deseando que llegara la mañana con la primera taza de café y la siguiente página. Ahora no me pasa eso.

—Seguro que te pasará. Estás en el lugar perfecto para no hacer otra cosa que escribir.

—Ya veremos. Francamente, Noelle, necesito vender unos cuantos libros. No quiero seguir dando clases, ni tener que buscar otro trabajo. Incluso he pensado en escribir novelas de misterio o algo que se venda como churros y firmarlas con pseudónimo.

—Eso no tiene nada de malo. Vende unos cuantos libros y así después podrás escribir lo que tú quieras.

—Pues el plan va tomando forma en mi mente poco a poco.

—¿Has pensado en hablar con Bruce?

—No. ¿Por qué debería hablar con él?

—Conoce el negocio y el arte de escribir desde todos los ángulos. Se lo lee todo, conoce a cientos de escritores, agentes y editores y muchos vienen a pedirle opinión, no necesariamente consejo. Él no da nunca su opinión, a no ser que se la pidan. Le caes bien y admira tu trabajo. Seguro que puede decirte algo que te ayude.

Mercer se encogió de hombros como si no le pareciera mala idea. Entonces se abrió la puerta principal.

—Disculpa —se excusó Noelle—, pero puede que sea un cliente.

Se levantó de la mesa y desapareció. Durante un rato Mercer se quedó allí bebiendo su té y sintiéndose una farsante. No había ido allí para comprar muebles, ni para hablar de escritura, ni para fingir ser otra autora solitaria y preocupada intentando hacer amigos. No, estaba espiando, tratando de conseguir información que pudiera dar a Elaine, quien podría utilizarla algún día contra Noelle y Bruce. Notó una punzada fuerte en el vientre y la embargó una oleada de náuseas. La contuvo, esperó a que pasara y después se levantó e intentó calmarse. Fue hasta la parte de delante de la tienda, donde Noelle estaba atendiendo a un cliente que parecía muy interesado en una cómoda.

—Tengo que irme —le dijo Mercer.

—Claro —contestó Noelle casi en un susurro—. A Bruce y a mí nos encantaría que vinieras a cenar un día de estos.

—Ah, muchas gracias. Estoy libre el resto del verano.

—Te llamaré.

2

Esa tarde Noelle estaba colocando una colección de pequeñas urnas de cerámica cuando entró en la tienda una pareja bien vestida de unos cuarenta años. Saltaba a la vista que esas dos personas tenían más dinero que el turista medio que entraba tras ver el escaparate, echaba un vistazo hasta que se percataba de los precios y acto seguido se escabullía con las manos vacías.

Se presentaron como Luke y Carol Massey, de Houston, y dijeron que se alojaban en el Ritz, que habían ido a pasar unos días y era su primera visita a la isla. Habían oído hablar de la tienda, incluso habían visitado la web, y les llamó la atención inmediatamente una mesa con el tablero de azulejos que tenía cien años y que, en ese momento, era el artículo más caro de toda la tienda. Luke le pidió un metro, y Noelle se lo dio. Midieron la mesa por todas partes, murmurando entre ellos que era perfecta para el comedor de su casa de invitados. Luke se remangó y Carol preguntó si podían hacer unas fotos. Noelle dijo que por supuesto. Midieron también dos cómodas y dos armarios grandes y, mientras lo hacían, le hicieron unas preguntas muy inteligentes sobre la madera, los acabados y la historia que había detrás de esos muebles. Estaban construyendo una casa en Houston y querían darle la apariencia y el ambiente de una granja de la Provenza en la que habían pasado las vacaciones el año anterior, cerca del pueblo de Roussillon, en la región de Vaucluse. En el tiempo que estuvieron allí se enamoraron prácticamente de todo lo que tenía Noelle en venta. Ella los llevó arriba a ver los muebles más caros y su interés aumentó. Tras pasar una hora en la tienda, cuando ya eran casi las cinco de la tarde, Noelle abrió una botella de champán y sirvió tres copas. Mientras Luke medía un diván de cuero y Carol hacía fotos, Noelle se disculpó un momento para bajar a la planta principal a atender a unos clientes. Cuando esos despistados se fueron, Noelle cerró la puerta y volvió con los tejanos acaudalados.

Se reunieron alrededor de un viejo *comptoir* y se pusieron a hablar de negocios. Luke preguntó por el almacenaje y el envío. A su casa todavía le quedaban al menos seis meses de obras y por el momento tenían un almacén donde iban guardando muebles y objetos de decoración. Noelle les aseguró que ella hacía envíos a todo el país y que no había ningún problema. Carol señaló los muebles que quería comprar. Uno era el escritorio, aunque Noelle dijo que no podía ser, que estaba reservado para otra persona, pero que podría encontrarles otro en un viaje que iba a hacer próximamente a la Provenza. Bajaron a su despacho, donde sirvió más champán y preparó una factura. El total fue de ciento sesenta mil dólares, una cifra que no les asustó. Por lo general, regatear era parte del negocio, pero los Massey no tenían ningún interés en hacerlo. Luke sacó una tarjeta de crédito negra, como si manejara calderilla, y Carol firmó el pedido.

En la puerta les dio un abrazo como si fueran viejos amigos y les dijo que volvieran al día siguiente. Cuando se fueron, Noelle intentó recordar si alguna vez había hecho una venta de esa magnitud. No le había pasado nunca.

Al día siguiente, a las 10.05, Luke y Carol entraron de nuevo en la tienda con unas sonrisas resplandecientes y mucha energía. Dijeron que se habían pasado la mitad de la noche mirando las fotos que habían hecho y moviendo mentalmente cosas de su casa en construcción porque querían más. Su arquitecto les había enviado planos a escala de las primeras dos plantas y ellos habían dibujado diseños y elegido los lugares donde querían poner los muebles de Noelle. Ella no pudo evitar notar que la casa tenía más de mil setecientos metros cuadrados. Subieron a la segunda planta y se pasaron toda la mañana midiendo camas, mesas, sillas y armarios, y prácticamente la dejaron sin inventario. La factura del segundo día superaba los trescientos mil dólares, y Luke volvió a pagarla con su tarjeta de crédito negra.

A la hora de comer Noelle cerró la tienda y los llevó a un bistró muy popular que había a la vuelta de la esquina. Mientras comían, su abogado se ocupó de comprobar la validez de la tarjeta de crédito y averiguó que los Massey podían comprar lo que quisieran. También investigó un poco su pasado, pero no encontró gran cosa. ¿Y no daba igual? Si la tarjeta negra era válida, ¿a quién le importaba de dónde procedía el dinero?

—¿Y cuándo repondrás el inventario? —preguntó Carol a Noelle durante la comida.

—Bueno, obviamente más pronto que tarde —respondió Noelle entre risas—. Estaba pensando en ir a Francia a principios de agosto, pero ya no me queda nada que vender, así que tendré que adelantarlo.

Carol miró a Luke, que, por algún motivo, parecía un poco avergonzado.

—Solo por curiosidad —dijo él—. Nos gustaría saber si te parecería bien que nos viéramos allí para ir a comprar juntos.

—Nos encanta la Provenza —añadió Carol— e ir a buscar antigüedades con alguien como tú tiene que ser una maravilla.

—No tenemos hijos y nos encanta viajar, sobre todo a Francia, y nos vuelven locos estas antigüedades —comentó Luke—. Incluso estamos buscando un nuevo diseñador que nos ayude a escoger los suelos y el papel de la pared.

—Pues yo conozco a todo el mundo en este negocio —aseguró Noelle—. ¿Y cuándo querríais ir?

Los Massey se miraron, como si intentaran recordar lo que tenían en sus ocupadas agendas.

—Salimos para Londres por negocios dentro de dos semanas —contestó Luke—. Podemos vernos en la Provenza después.

—¿Es demasiado pronto para ti? —preguntó Carol.

Noelle lo pensó un momento.

—Puedo arreglarlo —dijo por fin—. Voy varias veces al año e incluso tengo un apartamento en Aviñón.

—Genial —exclamó Carol, muy contenta—. Va a ser una aventura. Ya estoy viendo nuestra casa llena de cosas que encontremos en la Provenza.

Luke alzó su copa de vino.

—Por la búsqueda de antigüedades en el sur de Francia —brindó.

3

Dos días más tarde, cargaron el primer camión con la mayor parte del inventario de Noelle. Salió de Camino Island en dirección a un almacén de Houston, donde le esperaba un enorme espacio vacío. Luke y Carol Massey habían alquilado cien metros cuadrados. La factura de todo aquello, sin embargo, acabaría en la mesa de Elaine Shelby.

En unos meses, cuando concluyera el proyecto, para bien o para mal, esas bonitas antigüedades volverían, poco a poco, al mercado.

4

Al anochecer Mercer fue a la playa, giró hacia el sur y paseó por la orilla. Los Nelson, que vivían a cuatro casas de la suya, se pararon a charlar un poco con ella mientras su perro le olisqueaba los tobillos. Tendrían unos setenta y tantos, e iban paseando por la playa de la mano. Eran muy amables, hasta el punto de ser un poco cotillas, y ya le habían sonsacado a Mercer la razón por la que estaba allí.

—Que escriba mucho —se despidió el señor Nelson cuando se alejaban.

Al cabo de unos minutos, la paró la señora Alderman, que paseaba a sus dos caniches. Vivía ocho casas al norte y siempre parecía desesperada por un poco de contacto humano. Mercer no estaba tan necesitada, pero le gustaba aquella familiaridad.

Cuando casi había llegado al muelle, se apartó del agua y se acercó a la pasarela. Elaine estaba de vuelta en la ciudad y quería verla. La esperaba en el pequeño patio de delante del tríplex que había alquilado para la operación. Mercer había estado una vez antes y no vio a nadie nada más que a Elaine. Si había otras personas ocupándose de la vigilancia o siguiéndola, no se había dado cuenta. Cuando preguntó, Elaine fue bastante vaga en su respuesta.

Entraron en la cocina.

—¿Quieres algo de beber? —ofreció Elaine.

—Agua, por favor.

—¿Has cenado?

—No.

—Podemos pedir pizza, sushi o comida china. ¿Qué te apetece?

—No tengo hambre.

—Yo tampoco. Sentémonos aquí. —Elaine señaló una pequeña mesa de desayuno que había entre la cocina y el cuarto de estar. Abrió la nevera y sacó dos botellas de agua.

Mercer se sentó y miró alrededor.

—¿Te vas a quedar a dormir aquí? —preguntó.

—Sí, un par de noches. —Elaine se sentó frente a ella.

—¿Sola?

—Sí. Hoy no hay nadie más en la isla. Nosotros vamos y venimos.

Mercer estuvo a punto de preguntar por ese «nosotros», pero lo dejó pasar.

—Bueno, has estado en la tienda de Noelle —empezó Elaine.

Mercer asintió. En su informe nocturno por correo electrónico había preferido no concretar mucho.

—Cuéntamelo. Descríbeme cómo está organizada.

Mercer describió su recorrido por las dos plantas, la de abajo y la de arriba, y le dio todos los detalles posibles. Elaine escuchó atentamente, pero no tomó notas. Era obvio que ya sabía muchas cosas sobre la tienda.

—¿Tiene sótano? —preguntó Elaine.

—Sí, lo mencionó de pasada. Dijo que tenía un taller allí abajo, pero no pareció que quisiera enseñármelo.

—Te ha guardado el escritorio. Intentamos comprárselo, pero dijo que no estaba en venta. Pronto vas a querer comprarlo, aunque tal vez podrías pedirle que te lo pinte de otro color. Quizá sea eso lo que hace en el sótano. Podrás echar un vistazo al taller con la excusa de ver muestras de pinturas para elegir el nuevo color. Necesitamos echarle un vistazo al sótano, porque está pegado al de la librería.

—¿Quién intentó comprar el escritorio?

—Nosotros. Los buenos, Mercer. No estás sola.

—¿Y por qué no me tranquiliza eso?

—No te estamos vigilando. Vamos y venimos, como te he dicho.

—Vale. Supongamos que consigo ver el sótano. Y entonces ¿qué?

—Mira. Observa. Toma nota mental de todo. Si tenemos suerte, habrá una puerta que dé a la librería.

—Lo dudo.

—Yo también lo dudo, pero necesitamos saberlo. Y también si la pared es de cemento, de ladrillo, de madera... Tal vez tengamos que atravesarla algún día. O alguna noche. ¿Y la tienda tiene cámaras de vigilancia?

—Dos: una apunta a la puerta de entrada, y la otra, a la parte de atrás, donde está la pequeña zona de la cocina. Seguro que hay más, pero no las he visto. En el segundo piso no había ninguna. Aunque eso ya debes de saberlo.

—Sí, pero en este negocio tenemos que comprobarlo todo dos veces, incluso tres, y nunca dejamos de recabar información. ¿Cómo se cierra la puerta principal?

—Con un pestillo, que tiene llave. Nada sofisticado.

—¿Has visto alguna puerta de atrás?

—No, pero no fui hasta el fondo. Creo que hay más habitaciones por allí.

—Al este está la librería. Al oeste hay una inmobiliaria. ¿Hay alguna puerta que las conecte?

—No que yo viera.

—Buen trabajo. Llevas aquí tres semanas, Mercer, y estás haciendo muy bien lo de integrarte sin levantar sospechas. Has conocido a la gente adecuada, has visto todo lo que has podido y estamos muy contentos contigo. Pero tenemos que hacer que pase algo.

—Estoy segura de que tienes algún as en la manga.

—Claro. —Elaine se dirigió al sofá, cogió tres libros y los puso en el centro de la mesa—. Esta es la historia. Tessa salió de Memphis en 1985 y se mudó aquí para siempre. Como sabemos, en su testamento dejó todo su patrimonio, dividido en partes iguales, a sus tres hijos. Pero en él había una cláusula en la que especificaba que te dejaba a ti veinte mil dólares en efectivo para la universidad. Aunque tenía otros seis nietos (los de Connie, todos los de Holstead, en California, y la única hija de Jane, Sarah), tú eres la única a la que incluyó en el testamento.

—Yo era la única a la que quería de verdad.

—Claro. Pues la nueva historia es más o menos así. Después de que muriera, Connie y tú revisasteis sus efectos personales, todas esas cosas sin importancia que no se mencionaban en el testamento, y decidisteis repartíroslas entre las dos. Unas prendas de ropa, unas cuantas fotos, algunos cuadros baratos, lo que sea. Puedes crear la historia que quieras. Y junto con esas cosas recibiste también una caja de libros. La mayoría eran libros infantiles que Tessa te había ido comprando a lo largo de los años. Pero en el fondo de la caja había tres libros, todos primeras ediciones de la biblioteca pública de Memphis que Tessa sacó en 1985. Cuando Tessa se mudó a la playa se trajo esos libros con ella, sin darse cuenta o con toda la intención. Y ahora, treinta años después, están en tu poder.

—¿Tienen algún valor?

—Sí y no. Mira el que está encima.

Mercer lo cogió. *The Convict*, de James Lee Burke. Parecía en perfecto estado, con la sobrecubierta inmaculada y forrado. Mercer lo abrió, miró la página de créditos y vio las palabras «1.ª edición».

—Como sabrás —continuó Elaine—, es una recopilación de los relatos de Burke que tuvo bastante repercusión en 1985. A los críticos les encantó, y se vendió bien.

—¿Cuánto vale?

—Lo compramos la semana pasada por cinco mil dólares. La primera edición fue pequeña y no quedan muchos ejemplares en circulación. En la parte de atrás de la sobrecubierta hay un código de barras. Es como el que usaba la biblioteca de Memphis en 1985, así que el libro está prácticamente perfecto. Nosotros hemos añadido ese código de barras. Seguro que Cable conoce a alguien del negocio que puede quitarlo. No es muy difícil.

—Cinco mil dólares —repitió Mercer, como si tuviera en la mano un lingote de oro.

—Sí, y viene de un vendedor con buena reputación. El plan es que le menciones este libro a Cable. Cuéntale la historia, pero no se lo enseñes, al menos al principio. Le dirás que no sabes qué hacer. Es obvio que Tessa se llevó el libro de la biblioteca y no se puede decir que fuera legítimamente suyo. Y luego te lo dieron a ti como parte de la herencia y tú tampoco te sientes la legítima propietaria. El libro pertenece a la biblioteca de Memphis, pero han pasado treinta años, ¿a quién le va a importar? Y bueno, necesitas el dinero, claro.

—¿Vais a convertir a Tessa en una ladrona?

—Es ficción, Mercer.

—No sé si quiero difamar a mi difunta abuela.

—«Difunta» es la palabra clave. Tessa lleva once años muerta y no robó nada. La ficción que le cuentes a Cable será solo para sus oídos.

Mercer cogió el segundo libro. Era *Meridiano de sangre*, de Cormac McCarthy, publicado por Random House en 1985, una primera edición con una sobrecubierta con brillo.

—¿Y cuánto vale este? —quiso saber.

—Pagamos cuatro mil dólares por él hace unas semanas.

Mercer lo dejó en la mesa y cogió el último. *Paloma solitaria*, de Larry McMurtry, publicado por Simon & Schuster también en 1985. Se notaba que el libro estaba usado, pero la sobrecubierta estaba impecable.

—Ese es un poco diferente —explicó Elaine—. Simon & Schuster anticipaba unas buenas ventas y la primera tirada fue de unos cuarenta mil ejemplares, así que hay muchos en manos de coleccionistas lo que, obviamente, hace que no sea tan valioso. Hemos pagado quinientos dólares por él, pero le hemos puesto una sobrecubierta nueva para duplicar su valor.

—¿La sobrecubierta es falsa? —preguntó Mercer.

—Sí, eso se hace muchas veces en el negocio, al menos entre gente con pocos escrúpulos. Una sobrecubierta bien falsificada puede aumentar mucho el valor de un libro. Y nosotros hemos encontrado a un buen falsificador.

Mercer volvió a fijarse en que utilizaba el «nosotros» y se asombró de la envergadura de la operación. Dejó el libro y bebió un poco de agua.

—¿Y el plan es que al final se los venda a Cable? No me gusta la idea de vender algo falsificado.

—El plan, Mercer, es que utilices los libros para acercarte más a Cable. Empieza hablándole de ellos sin más; cuéntale que no sabes qué hacer. Te parece que moralmente no estaría bien venderlos, porque no te pertenecen. Después enséñale alguno para ver cómo reacciona. Tal vez quiera llevarte a ver su colección del sótano o enseñarte la cámara acorazada o lo que sea que tiene ahí abajo. Quién sabe adónde puede llevaros la conversación. Lo que necesitamos, Mercer, es que te introduzcas en su mundo. Puede que intente aprovechar la oportunidad para comprarte *The Convict* o *Meridiano de sangre*. No sé si ya los tendrá en su colección. Si lo hemos calado bien, seguramente le gustará la idea de que los libros no llegaran a tus manos de manera legítima y eso le animará a comprarlos. Veamos hasta qué punto es sincero contigo. Sabemos lo que valen los libros. ¿Te hará una oferta baja? ¿Quién sabe? El dinero no importa. Lo crucial ahora es encontrar una conexión con su negocio clandestino.

—Me parece que esto no me gusta.

—Esto no le hace daño a nadie, Mercer, y es todo ficción. Nosotros hemos comprado esos libros de forma legítima. Si los compra, nosotros recuperaremos nuestro dinero. Si los revende, él recupera el suyo. No hay nada malo ni poco ético en el plan.

—Vale, pero no sé si voy a poder fingir tanto y resultar creíble.

—Vamos, Mercer. Vives en un mundo de ficción. Solo tienes que crear un poco más.

—Últimamente no me va muy bien con la ficción.

—Siento oír eso.

Mercer se encogió de hombros y dio otro sorbo al agua. Se quedó mirando los libros y empezó a dar vueltas a varias situaciones posibles.

—¿Y qué puede salir mal? —preguntó por fin.

—Supongo que Cable podría llamar a la biblioteca de Memphis e investigar un poco, pero tienen un sistema informático enorme y no le llevará a ninguna parte. Han pasado treinta años y todo ha cambiado. Pierden mil libros al año a manos de gente que no los devuelve, y como se trata de una biblioteca normal, nadie se molesta en intentar recuperarlos. Además, Tessa sacaba muchos libros.

—Iba a la biblioteca todas las semanas.

—La historia se sostiene. No podrá saber la verdad de ninguna forma.

Mercer cogió *Paloma solitaria*.

—¿Y si detecta la falsificación de esta sobrecubierta?

—Ya lo hemos pensado, de hecho no estamos seguros de utilizar ese libro. La semana pasada se lo enseñamos a un par de vendedores con experiencia, tipos que han visto de todo, y ninguno detectó la falsificación, pero tienes razón. Puede suponer un riesgo y es mejor no tentar a la suerte. Inténtalo con los otros dos, pero hazle esperar. Alarga la cosa mientras tomas una decisión sobre si está bien o no. Para ti esto supone un dilema moral. Veamos qué te aconseja.

Mercer se fue con los libros metidos en una bolsa de tela y volvió a la playa. El mar estaba en calma, y la marea, baja. La luna llena iluminaba la arena. Mientras caminaba, oyó voces que fueron aumentando a medida que se acercaba. A su izquierda y en medio de las dunas, vio a dos jóvenes retozando sobre una toalla de playa. Sus susurros estaban salpicados de suspiros y gemidos de placer erótico. Estuvo a punto de quedarse a mirar hasta que acabaran, hasta el último estremecimiento y la última embestida, pero consiguió seguir adelante, absorbiendo todo lo posible mientras continuaba su camino.

Se moría de envidia. ¿Cuánto tiempo hacía?

5

La segunda nueva novela concluyó bruscamente al cabo de tres capítulos y apenas cinco mil palabras, porque para entonces Mercer ya estaba cansada de los personajes y aburrida de la trama. Frustrada, deprimida e incluso un poco enfadada consigo misma y con todo el proceso, se puso un biquini, el más pequeño de su creciente colección, y se fue a la playa. Solo eran las diez de la mañana, pero ya había aprendido a evitar el sol del mediodía. Desde las doce hasta las cinco aproximadamente, hacía demasiado calor para estar en el exterior, en el agua o fuera de ella. Todavía no tenía la piel lo bastante bronceada y le preocupaba pasar demasiado tiempo al sol. Además, a las diez era cuando pasaba el chico que corría, un desconocido más o menos de su edad. Corría descalzo por la orilla, con su esbelto y delgado cuerpo brillando por el sudor. Era deportista: solo había que fijarse en su estómago plano y en sus pantorrillas y bíceps perfectos. Corría con una elegancia natural, fácil, y parecía reducir un poco la velocidad cuando la veía a ella, o eso creía Mercer. Sus miradas se habían cruzado al menos en dos ocasiones la semana anterior, y Mercer estaba convencida de que ya era un buen momento para saludarse por primera vez.

Colocó la sombrilla y la tumbona plegable, y se echó crema solar, vigilando cualquier movimiento que se acercara por el lado sur mientras lo hacía. Siempre llegaba desde el sur, desde la zona del Ritz y los apartamentos de lujo. Desdobló la toalla de playa y se tumbó. Se puso las gafas de sol, el sombrero de paja y esperó. Como todos los días laborables, la playa estaba casi desierta. Su plan era verlo venir desde lejos y entonces acercarse al agua como quien no quería la cosa, sincronizando sus trayectorias para que coincidieran. Le soltaría un «buenos días» inocente, como hacía todo el mundo en esa playa llena de gente amable. Se apoyó sobre los codos mientras esperaba e intentó no verse como una escritora fracasada más. Las cinco mil palabras que acababa de borrar eran la peor mierda que había escrito nunca.

Él llevaba allí por lo menos diez días, demasiado tiempo para estar alojado en un hotel. Tal vez hubiera alquilado un apartamento para todo el mes.

Mercer no tenía ni idea de qué escribir a continuación.

Él siempre iba solo, pero pasaba demasiado lejos de ella para comprobar si llevaba alianza.

Tras cinco años de personajes acartonados, prosa torpe e ideas tan malas que no le gustaban ni a ella misma, estaba convencida de que no lograría terminar otra novela.

Le sonó el móvil y oyó la voz de Bruce.

—Espero no interrumpir al genio trabajando.

—En absoluto —contestó ella. De hecho estoy tumbada en la playa, casi desnuda, intentando seducir a un extraño—. Me estoy tomando un descanso.

—Bien. Mira, tengo una firma esta tarde y me preocupa un poco que no vaya a venir suficiente gente. Es un tío desconocido con su primera novela, que no es muy buena.

«¿Y qué pinta tiene? ¿Cuántos años? ¿Hetero o gay?», pensó.

—Ah, así es como vendes los libros —dijo sin embargo—. Convocas a tus escritores para que vayan en tu auxilio.

—Has dado en el clavo. Noelle va a dar una cena de última hora en casa en honor del autor. Solo nosotros, él, tú, Myra y Leigh. Nos lo pasaremos bien. ¿Qué me dices?

—Deja que consulte mi agenda... Sí, estoy libre. ¿A qué hora?

—A las seis, la cena a continuación.

—¿Informal?

—¿Lo dices en broma? Estás en la playa. Cualquier cosa vale. Hasta los zapatos son opcionales.

A las once el sol abrasaba la arena y la brisa se había ido a otra parte. Hacía demasiado calor para correr.

6

El escritor se llamaba Randall Zalinski, y una búsqueda rápida en internet no reveló mucho sobre él. Su breve biografía era deliberadamente imprecisa y pretendía dar la impresión de que su carrera en el «oscuro mundo del espionaje» le había proporcionado una perspectiva privilegiada sobre todo tipo de terrorismo y ciberdelincuencia. Su novela trataba sobre un enfrentamiento futurista entre Estados Unidos, Rusia y China. El resumen de dos párrafos era tan sensacionalista que sonaba incluso ridículo y a Mercer le pareció muy aburrido. La foto que vio era la de un hombre blanco de cuarenta y pocos años. No se decía nada de mujer ni de hijos. Vivía en Michigan, donde, claro, ya estaba trabajando en su nueva novela.

Sería la tercera firma en Bay Books a la que iba Mercer. Las dos primeras le trajeron dolorosos recuerdos de la gira que había cancelado siete años antes y se había prometido evitar las siguientes, o al menos intentarlo. Pero no era nada fácil. Las firmas eran una buena excusa para ir a la librería, algo que necesitaba hacer y que Elaine le aconsejaba constantemente. Y si Bruce la llamaba para invitarla, era casi imposible decirle que estaba demasiado ocupada para ir a apoyar a los autores de gira.

Myra tenía razón: la librería tenía muchos incondicionales y Bruce Cable sabía cómo convocar a un buen grupo de gente. Cuando llegó Mercer, vio que había unos cuarenta habituales congregados arriba, cerca de la cafetería. Para el acto habían apartado mesas y estanterías con el fin de dejar un espacio abierto donde colocar un poco caprichosamente unas cuantas sillas delante de una pequeña tarima.

A las seis la gente se sentó en las sillas y se entretuvo charlando. La mayoría bebían vino barato en vasos de plástico, y todo el mundo parecía relajado y contento de estar allí. Myra y Leigh se sentaron en la primera fila, a solo centímetros de la tarima, como si esos asientos, los mejores, estuvieran reservados para ellas. Myra se reía, bromeaba y hablaba con al menos tres personas a la vez. Leigh estaba sentada en silencio a su lado y se reía un poco cuando tocaba. Mercer se quedó de pie a un lado y se apoyó en una estantería, como si no encajara. La gente del grupo tenía canas y estaban todos jubilados;

se fijó una vez más en que era la más joven del local. Pero el ambiente era agradable y acogedor, en medio de ese grupo de amantes de los libros que se había reunido para disfrutar de un escritor nuevo.

Mercer admitió que le daba envidia. Si fuera capaz de terminar un maldito libro, podría ir de gira y reunir a lectores y admiradores. Después recordó su breve gira y eso la hizo apreciar librerías como Bay Books y a gente como Bruce Cable, esos libreros que tanto escaseaban, que se esforzaban por mantener un grupo fiel de seguidores.

Bruce subió a la tarima, dio la bienvenida a todos y empezó una elogiosa y generosa presentación de Randy Zalinski: sus años en la «comunidad de inteligencia» le habían proporcionado una perspectiva poco habitual sobre los peligros ocultos que nos acechan en cualquier rincón, etcétera.

Zalinski parecía más un espía que un escritor. En lugar de los habituales vaqueros gastados y la chaqueta arrugada, llevaba un buen traje oscuro, camisa blanca sin corbata, y no tenía ni rastro de barba ni bigote en una cara bronceada y atractiva. Y no llevaba alianza. Habló de forma espontánea durante treinta minutos y contó historias inquietantes sobre las futuras guerras cibernéticas en las que Estados Unidos estaría en gran desventaja con respecto a sus enemigos, los rusos y los chinos. Mercer sospechaba que iba a oír esas mismas historias durante la cena.

Parecía que iba de gira solo y, mientras lo escuchaba, decidió que el tipo tenía potencial, pero por desgracia solo se quedaba una noche en la ciudad. También pensó en la leyenda, la de que Bruce intentaba ligar con las autoras y Noelle hacía lo mismo con los hombres. La «habitación de los escritores» de su torre supuestamente se usaba para la gente que se quedaba a dormir en su casa, por lo general acompañada. Pero una vez que los había conocido a los dos, a Mercer le costaba creerlo.

El público aplaudió cuando Zalinski terminó y después hizo cola delante de una mesa en la que se apilaban sus libros. Mercer habría preferido no comprar el libro, porque no le apetecía nada leerlo, pero no tenía elección. Recordó la frustración de estar sentada a una mesa, desesperada por que alguien comprara un libro. Y además, después de la firma, iba a pasarse tres horas cenando con ese autor. Así que se sintió obligada y tuvo que esperar pacientemente a que la cola avanzara. Myra la vio allí y se acercó a darle conversación. Cuando llegaron, se presentaron al autor y esperaron mientras firmaba sus ejemplares.

—Treinta pavos a la basura —murmuró Myra, un poco demasiado alto, cuando se alejaban hacia las escaleras—. No pienso leer ni una palabra.

Mercer rio entre dientes.

—Yo tampoco, pero hemos hecho feliz a nuestro librero.

—Noelle está en casa —les susurró Bruce en el mostrador—. ¿Por qué no os vais adelantando?

Mercer, Myra y Leigh salieron de la librería y recorrieron a pie las cuatro manzanas que había hasta la Mansión Marchbanks.

—¿Ya has visto la casa? —preguntó Myra.

—No, solo en el libro.

—Pues te va a encantar, y Noelle es la anfitriona perfecta.

7

La casa se parecía mucho a la tienda de Noelle, llena de muebles rústicos y con una decoración recargada. Noelle les enseñó la planta baja y después fue a la cocina para echar un vistazo a algo que tenía en el horno. Myra, Leigh y Mercer se llevaron sus copas a la galería de atrás y encontraron un lugar fresco donde acomodarse bajo un ventilador que se bamboleaba. El calor era pegajoso, y Noelle les había dicho que cenarían dentro.

Los planes dieron un giro inesperado cuando Bruce llegó solo. Dijo que su invitado, el señor Zalinski, había sufrido un ataque repentino de migraña, así que se había disculpado porque necesitaba ir a tumbarse en una habitación de hotel a oscuras. Cuando Bruce se sirvió una copa y fue donde estaban ellas, Myra no tardó ni un segundo en lanzarse a la yugular de Zalinski.

—Quiero que me devuelvas mis treinta dólares, por favor —pidió, y no quedó claro si lo decía en broma—. No me leería su libro aunque me apuntaran con una pistola.

—Ten cuidado —advirtió Bruce—. Si mi librería aceptara devoluciones, me deberías una fortuna.

—Así que ¿los libros no son susceptibles de devolución? —preguntó Mercer.

—Por supuesto que no.

—Bueno, pues si nos vas a hacer comprar los libros —insistió Myra—, por lo menos trae a autores decentes a la librería.

Bruce sonrió y miró a Mercer.

—Tenemos esta conversación al menos tres veces al año. Myra, la reina de la literatura basura, no aprueba a casi ninguno de los otros escritores comerciales.

—No es cierto —repuso Myra—. Es solo que no quiero saber nada del espionaje y toda esa mierda militar. No voy a tocar ese libro y no lo quiero ocupando espacio en mi casa. Te lo revendo por veinte dólares.

—Pero, Myra, si siempre dices que te encanta que la casa esté atestada —repuso Leigh.

Noelle se unió a ellos en la galería con una copa de vino en la mano. Estaba preocupada por Zalinski y sugirió que tal vez deberían llamar a un amigo médico. Bruce dijo que no, que Zalinski era un tipo duro que podía cuidarse solo.

—Y además me ha parecido un poco aburrido —añadió Bruce.

—¿Qué tal es su libro? —quiso saber Mercer.

—Me he saltado la mayor parte. Demasiada jerga técnica, mucho lucimiento del escritor, sobre todo de sus conocimientos sobre tecnología, dispositivos y la red oscura. Lo he dejado varias veces.

—Bueno, pues yo no pienso ni cogerlo —comentó Myra con una carcajada—. Y, la verdad, tampoco tenía muchas ganas de cenar con él.

Leigh se inclinó hacia delante y miró a Mercer.

—Querida, jamás des la espalda ni un segundo a ninguno de estos.

—Bueno, pues si ya estamos todos, vamos a cenar —anunció Noelle.

En un amplio salón de la parte de atrás, en algún punto entre la galería y la cocina, Noelle había puesto y decorado la mesa, un mueble redondo de madera oscura que parecía extrañamente contemporáneo. Todo lo demás era antiguo, desde las sillas, con las patas de madera tallada, hasta la bonita cubertería francesa y los grandes platos de barro. También todo eso parecía sacado de uno de los libros de Noelle y era una decoración casi demasiado bonita para estropearla con comida.

Se sentaron y volvieron a llenar las copas.

—Noelle, creo que quiero comprarte ese escritorio —anunció Mercer.

—Ah, pues para ti. He tenido que ponerle un cartel de «vendido», porque ha intentado comprármelo mucha gente.

—Me va a llevar un tiempo reunir el dinero, pero tengo que quedármelo.

—¿Y crees que eso va a curarte el bloqueo? —preguntó Myra—. ¿Una mesa vieja de Francia?

—¿Y quién ha dicho que estoy bloqueada? —contestó Mercer.

—Bueno, ¿cómo llamas tú a ese momento en que a un escritor no se le ocurre nada que escribir?

—¿Qué te parece «estar en dique seco»?

—¿Bruce? Tú eres el experto.

Bruce tenía en la mano una gran ensaladera y estaba sirviendo a Leigh.

—«Bloqueo» suena muy definitivo —respondió—. Creo que prefiero lo del «dique seco». Pero ¿quién soy yo para decirlo? Vosotras sois las que trabajáis con las palabras.

Myra rio sin razón aparente.

—Leigh, ¿te acuerdas de cuando escribimos tres libros en un mes? Teníamos a un editor canalla que no nos pagaba y nuestro agente dijo que no podíamos irnos a otra editorial porque le debíamos tres libros a ese tío. Así que Leigh y yo nos inventamos las tres peores historias de todas, de lo más ridículas, y estuvimos pegadas a la máquina de escribir diez horas al día durante treinta días seguidos.

—Y teníamos un argumento genial en mente —añadió Leigh, al tiempo que pasaba la ensaladera.

—Sí, sí —concedió Myra—. Se nos había ocurrido una idea fantástica para una novela medio seria, pero no teníamos intención de que acabara en manos de ese editor capullo. Queríamos librarnos de ese contrato de mierda que nos ataba para encontrar una editorial mejor, una que apreciara el genio tras nuestra gran idea. Esa parte funcionó. Dos años después los tres libros horribles seguían vendiéndose como churros, mientras que la novela genial fracasó. Fijaos qué cosas.

—Pero creo que quiero pintarlo —interrumpió Mercer—. El escritorio.

—Ya pensaremos en algunos colores —propuso Noelle—. Hasta que encontremos el que quede perfecto en tu casa.

—¿Has visto la casa? —preguntó Myra con fingida sorpresa—. Nosotras no la hemos visto. ¿Cuándo vamos a verla?

—Pronto —prometió Mercer—. Prepararé una cena.

—Cuéntales las buenas noticias, Noelle —propuso Bruce.

—¿Qué buenas noticias?

—No seas tímida. Hace unos días una pareja rica de Texas le compró a Noelle casi todo su inventario. La tienda está prácticamente vacía.

—Qué pena que no fueran coleccionistas de libros —comentó Leigh.

—Pero te guardé el escritorio —le aseguró Noelle a Mercer.

—Así que Noelle va a cerrar durante un mes para poder irse a Francia a comprar más cosas.

—Son un matrimonio muy agradable y saben mucho de antigüedades —explicó Noelle—. Voy a encontrarme con ellos en la Provenza para buscar más muebles para ellos.

—Suena divertido —reconoció Mercer.

—¿Por qué no te vienes conmigo? —propuso Noelle.

—Podrías —aseguró Myra—. Tampoco va a perjudicar el ritmo que llevas con la novela.

—Vale, Myra... —reconvino Leigh.

—¿Has estado en la Provenza? —quiso saber Noelle.

—No, pero siempre he querido ir. ¿Cuánto tiempo te quedarás?

Noelle se encogió de hombros, como si las fechas no fueran importantes.

—Un mes o así.

Miró a Bruce y se notó que algo había ahí, como si no hubieran hablado de la idea de invitar a Mercer.

Mercer se dio cuenta y se echó atrás.

—Será mejor que ahorre el dinero para el escritorio.

—Bien hecho —apoyó Myra—. Mejor que te quedes aquí y escribas. Aunque no necesitas que eso te lo diga nadie.

—Claro que no —añadió Leigh.

Pasaron una gran fuente con *risotto* de gambas y una cesta con pan. Solo les dio tiempo a dar unos bocados antes de que Myra volviera a la carga.

—Esto es lo que creo que deberíamos hacer, si me permitís —dijo mientras masticaba, con la boca llena de comida—. Es muy poco habitual y nunca lo hemos hecho antes, razón de más para probarlo ahora. Ya sabéis, hay que aventurarse en territorio desconocido de vez en cuando. Deberíamos hacer una intervención literaria, justo ahora, alrededor de esta mesa. Mercer, ya llevas aquí... ¿cuánto tiempo? Un mes o así, y no has escrito ni una palabra que pueda venderse algún día. Además, me estoy cansando ya un poco de tus quejas y tus refunfuños sobre tu falta de progresos con la novela. Es obvio para todos nosotros que no tienes una historia y, como no has publicado nada en... ¿cuánto, diez años...?

—Más bien cinco.

—Lo que sea. Está clarísimo que necesitas ayuda. Así que propongo que intervengamos, como tus nuevos amigos que somos, y te ayudemos a encontrar una historia. Mira todo el talento que hay alrededor de esta mesa. Seguro que podemos encaminarte en una buena dirección.

—Bueno, la verdad es que no puede empeorar —reconoció Mercer.

—¿Ves? A eso me refería —insistió Myra—. Estamos aquí para ayudarte. —Bebió un trago de cerveza de una botella—. Bien, en lo que respecta a esta intervención, necesitamos establecer ciertos parámetros. El primero y más importante es decidir si quieres escribir ficción literaria, algo que no puedas colocar en ninguna parte y que ni siquiera Bruce logre vender, o prefieres decantarte por algo más popular. He leído tu novela y tus relatos, y no me sorprende nada que no se vendieran. Discúlpame, ¿vale? Pero es una intervención y tenemos que ser sinceros, ¿no? ¿Todo el mundo está de acuerdo con lo de la sinceridad?

—Continúa —respondió Mercer con una sonrisa.

Los demás asintieron. Se estaban divirtiendo y querían que siguiera.

Myra se metió en la boca el tenedor lleno de lechuga y siguió hablando.

—Lo que quiero decir es que escribes muy bien, niña, y algunas de tus frases me dejaron estupefacta, que podríamos hablar de si no es eso lo que tiene que hacer siempre una buena frase, pero a donde quiero llegar es a que sabes escribir muy bien y creo que puedes escribir lo que quieras. Entonces ¿qué va a ser: ficción literaria o ficción popular?

—¿No puede ser las dos cosas? —preguntó Bruce, que se notaba que estaba disfrutando de la conversación.

—En el caso de un puñado de autores, sí —contestó Myra—. Pero en lo que respecta a la inmensa mayoría, no. —Miró a Mercer y dijo—: Es un tema que llevamos debatiendo más o menos diez años, desde el día que nos conocimos. Pero da igual, supongamos que no puedes escribir una obra que deje a los críticos obnubilados y también produzca unos derechos de autor impresionantes. Y, por cierto, no se trata de envidia. Yo ya no escribo, así que se puede decir que mi carrera ha terminado. No sé lo que está haciendo Leigh últimamente, pero ella también sabe que no va a publicar nada de eso.

—Vale, Myra...

—Así que podemos decir con bastante seguridad que su carrera también ha terminado y no nos importa a ninguna de las dos. Somos viejas y tenemos mucho dinero, así que no hay problemas de competitividad. Tú eres joven, tienes talento y tendrás futuro si se te ocurre algo que escribir. De ahí esta intervención. Solo estamos aquí para ayudar. Por cierto, el *risotto* está delicioso, Noelle.

—¿Se supone que tengo que responder? —preguntó Mercer.

—No, esto es una intervención. Se supone que tienes que quedarte ahí sentada y escucharnos mientras decimos de ti lo que nos venga en gana. Bruce, tú primero. ¿Qué debería escribir Mercer?

—Yo empezaría preguntándote qué lees.

—Todo lo que ha escrito Randy Zalinski —contestó Mercer, lo que provocó una carcajada general.

—Pobre hombre, en cama por una migraña y nosotros poniéndolo verde durante la cena —comentó Myra.

—Que Dios nos ayude —murmuró Leigh.

—¿Cuáles son las últimas tres novelas que has leído? —insistió Bruce.

Mercer dio un sorbo al vino y pensó un momento.

—Me encantó *El ruiseñor*, de Kristin Hannah, y creo que se vendió bien.

Bruce asintió.

—Sí que funcionó. Acaba de salir en bolsillo y sigue vendiendo.

—A mí también me gustó —apuntó Myra—, pero uno no puede ganarse la vida escribiendo libros sobre el Holocausto. Además, Mercer, ¿qué sabes tú del Holocausto?

—No he dicho que quiera escribir sobre eso. Ella ha escrito veinte libros, todos diferentes.

—No estoy segura de que su estilo se pueda calificar como literario —renegó Myra.

—¿Estás segura de que serías capaz de reconocer ese estilo si lo tuvieras delante de las narices? —preguntó Leigh con una sonrisa.

—¿Eso ha sido un golpe bajo, Leigh?

—Sí.

Bruce recuperó el control de la conversación.

—Vale, ¿y las otros dos?

—*El hilo azul*, de Anne Tyler, uno de mis favoritos, y *El hijo de todos*, de Louise Erdrich.

—Todas mujeres —apuntó Bruce.

—Sí, no suelo leer libros escritos por hombres.

—Interesante e inteligente, teniendo en cuenta que el setenta por ciento de las novelas las compran mujeres.

—¿Y los tres han tenido buenas ventas? —quiso saber Noelle.

—Oh, sí —confirmó Bruce—. Las tres escriben buenos libros que se venden bien.

—Bingo —dijo Mercer—. Pues ese es el plan.

Bruce miró a Myra.

—Ahí lo tienes. Tu intervención ha sido un éxito.

—No vayáis tan rápido. ¿Y qué te parecen los libros de misterio y asesinatos? —preguntó Myra.

—No es lo mío —respondió Mercer—. Mi cerebro no funciona así. No soy lo bastante retorcida para ir dejando pistas que recuperar después.

—¿Y el suspense? ¿Los *thrillers*?

—No. Yo no creo nunca tramas intrincadas.

—¿Y los espías?

—Demasiado femenina para eso.

—¿El terror?

—¿Estás de coña? De noche me da miedo hasta mi sombra.

—¿Novela rosa?

—No domino la temática.

—¿Porno?

—Todavía soy virgen.

—El porno ya no vende —intervino Bruce—. Puedes conseguir todo lo que quieras en internet y gratis.

Myra suspiró con aire dramático.

—Cualquier tiempo pasado fue mejor. Hace veinte años Leigh y yo podíamos hacer que saltaran chispas de las páginas. ¿Y ciencia ficción? ¿Fantasía?

—Nunca he tocado ese tema.

—¿Novelas del Oeste?

—Me dan miedo los caballos.

—¿Intriga política?

—Me dan miedo los políticos.

—Bueno, pues decidido. Parece que estás destinada a escribir novela histórica sobre familias torturadas. Ahora, a trabajar. Esperamos que empieces a progresar de hoy en adelante.

—Me pondré manos a la obra a primera hora de la mañana —prometió Mercer—. Gracias, por cierto.

—De nada —contestó Myra—. Y ya que estamos hablando de intervenciones, ¿alguien ha visto a Andy Adam? Pregunto porque me encontré con su ex en el súper hace unos días y parece que no anda nada bien.

—Digamos que no está sobrio últimamente —comentó Bruce.

—¿Podemos hacer algo para ayudarlo?

—No se me ocurre nada. Ahora mismo Andy es un borracho y, hasta que decida dejar de beber, no va a ser más que eso. Es probable que su editor rechace su última novela y eso solo le traerá más problemas. Estoy preocupado por él.

Mercer estaba observando la copa de Bruce. Elaine le había dicho varias veces que bebía demasiado, pero Mercer no lo había visto hacerlo. En la cena de Myra y Leigh también bebía el vino despacio, tardaba en llenarse la copa y mantenía el control.

Una vez zanjado el tema de Andy, Myra pasó a hacer un resumen de cómo les iba al resto de sus amigos. Bob Cobb se encontraba en un barco de camino a Aruba. Jay Arklerood estaba en Canadá pasando un tiempo aislado en la cabaña de un amigo. Amy Slater estaba muy ocupada con los niños; uno había empezado a hacer un deporte que era a una mezcla de béisbol y *softball* y que se llamaba *T-ball*. Bruce se quedó muy callado. Siempre escuchaba con atención todos los cotilleos, pero no contaba ninguno.

Noelle parecía encantada de alejarse del calor de Florida durante un mes. En la Provenza también hacía calor, pero no era tan húmedo, explicó. Después de cenar insistió a Mercer para que se fuera con ella unos días; si un mes era mucho tiempo, tal vez podía ir al menos una semana. Mercer le dio las gracias por la invitación, pero repitió que tenía que trabajar en la novela. Además, no le sobraba el dinero y estaba ahorrando para el escritorio.

—Es tuyo, querida —aseguró Noelle—. Yo te lo guardo.

Sobre las nueve, Myra y Leigh se fueron andando a casa. Mercer se quedó para ayudar a Bruce y a Noelle en la cocina, pero consiguió despedirse antes de las diez. Cuando se marchó, Bruce tomaba café en el cuarto de estar con la cabeza metida en un libro.

8

Dos días más tarde Mercer fue al centro y comió en un pequeño restaurante con un patio a la sombra. Después paseó por Main Street y se fijó en que la tienda de Noelle estaba cerrada. En la puerta había un cartel escrito a mano que explicaba que la dueña estaba en Francia comprando antigüedades. El escritorio se encontraba en el centro del escaparate de delante, pero el resto del local estaba vacío. Fue a la puerta de al lado, saludó a Bruce y subió a la cafetería, donde pidió un *caffè latte* que se llevó afuera, a la terraza que daba a Third Street. Como era de esperar, Bruce no tardó en reunirse con ella.

—¿Qué te trae por el centro?

—El aburrimiento. Otro día improductivo delante del teclado.

—Creía que Myra te había curado el bloqueo.

—Ojalá fuera tan fácil. ¿Tienes un momento? Quiero hablarte de algo.

Bruce sonrió y asintió. Miró alrededor y vio que había una pareja en una mesa cercana, demasiado cerca para mantener una conversación privada.

—Vamos abajo —sugirió.

Ella lo siguió hasta la sala de las primeras ediciones y él cerró la puerta.

—Debe de ser algo serio —dijo con una sonrisa amable.

—Es un asunto un poco delicado —contestó ella.

Le contó la historia de los viejos libros de Tessa, los que había tomado «prestados» de la biblioteca pública de Memphis en 1985. Había ensayado la historia una docena de veces y consiguió parecer genuinamente desconcertada e indecisa sobre qué hacer. No le sorprendió que a él le encantara la historia y se interesara por los libros. En opinión de Bruce no había necesidad de contactar con la biblioteca de Memphis. Claro que les gustaría que les devolviera los libros, pero ya los habrían dado por perdidos décadas atrás. Además, en la biblioteca no apreciarían su valor real.

—Lo más probable es que los vuelvan a poner en las estanterías hasta que los robe otra persona —afirmó—. Créeme, allí no les va a pasar nada bueno a esos libros. Deberían estar cuidados y protegidos.

—Pero no son míos, así que no debería venderlos, ¿no crees?

Él sonrió y se encogió de hombros, como si eso fuera un detalle sin importancia.

—Ya sabes lo que dicen: «Tener es poseer». Has tenido los libros durante más de diez años. Yo diría que ya te pertenecen.

—No sé. Es que me parece que no está bien, aunque no sé por qué.

—¿Están en buenas condiciones?

—Eso parece. Pero no soy ninguna experta. Yo los he cuidado bien. De hecho, apenas los he tocado.

—¿Me los enseñas?

—No estoy segura... Sería el primer paso. Si te los enseño, estaremos acercándonos a hacer una transacción.

—Al menos deja que les eche un vistazo.

—No sé... ¿Tienes esos títulos en tu colección?

—Sí. Tengo todos los libros de James Lee Burke, y los de McCarthy, también.

Mercer miró las estanterías, buscándolos.

—No están ahí. Están con los libros más raros, abajo. El aire con salitre y la humedad son terribles para los libros, así que guardo los que tienen valor en una cámara con la temperatura controlada. ¿Quieres verlos?

—Otro día, tal vez —logró contestar Mercer, sin mostrar gran interés. De hecho demostró una indiferencia absoluta—. ¿Tienes alguna idea de lo que pueden valer esos dos libros? Aproximadamente.

—Claro —contestó enseguida, como si hubiera estado esperando la pregunta. Se volvió hacia un ordenador que tenía allí, pulsó unas cuantas teclas y miró la pantalla—. Compré la primera edición de *The Convict* en 1998 por dos mil quinientos dólares y a buen seguro ya habrá doblado su valor. Todo depende de en qué estado esté, algo que no sabré hasta que lo vea. Compré otro ejemplar en 2003 por tres mil quinientos. —Siguió mirando el ordenador. Mercer no veía la pantalla, pero parecía que había una gran colección—. Tengo un ejemplar de *Meridiano de sangre* que le compré a un amigo vendedor de San Francisco hace unos diez años. Nueve, para ser exactos, y pagué... Veamos... Dos mil por él, pero tiene una pequeña imperfección en la sobrecubierta y está algo envejecido. No está en perfecto estado.

«Bueno, solo tienes que buscarle una sobrecubierta falsa», pensó Mercer, que ya había aprendido algo del negocio. Sin embargo, logró responder con tono agradablemente sorprendido.

—¿En serio? ¿Valen todo ese dinero?

—No lo dudes, Mercer. Esta es la parte del negocio que más me gusta. Gano más dinero con la compra y venta de libros raros que con los nuevos. No quiero fanfarronear, pero me apasiona todo esto. Si quieres vender los libros, estaré encantado de ayudarte.

—Tienen los códigos de barras de la biblioteca en las sobrecubiertas. ¿Eso les restará valor?

—En realidad no. Se pueden quitar y yo conozco a todos los restauradores del negocio.

Y probablemente también a todos los falsificadores.

—Si me decidiera a enseñártelos, ¿qué tendría que hacer? —preguntó.

—Mételos en una bolsa y tráelos aquí. —Hizo una pausa y se volvió para mirarla—. O mejor todavía, me acerco a tu casa. Me gustaría verla. He pasado por delante con el coche muchas veces a lo largo de los años y siempre me ha parecido de las más bonitas que hay en la playa.

—La verdad es que no quiero andar de acá para allá con ellos.

9

La tarde fue pasando despacio y llegó un momento en que Mercer no pudo resistir la tentación de llamar a Elaine para contarle las últimas novedades. Su plan progresaba más rápido de lo que pensaban, y Bruce estaba claramente dispuesto a abalanzarse sobre los libros. El hecho de que quisiera pasarse por su casa era demasiado bueno para ser cierto, al menos eso le pareció a Elaine.

—¿Dónde está Noelle? —preguntó.

—En Francia, supongo. Tiene la tienda cerrada mientras está de compras.

—Perfecto —comentó Elaine.

Sabía que Noelle había volado el día anterior desde Jacksonville hasta Atlanta, donde había cogido un avión de Air France a París, sin escalas, a las 18.10. Había llegado al aeropuerto de Orly a las 7.20, a la hora prevista, y había cogido otro vuelo a Aviñón a las 10.40. El hombre que tenían allí, a la espera, la siguió hasta su apartamento en la Rue d'Alger, en la parte antigua de la ciudad.

Cuando Bruce llegó a la casa de Mercer, poco después de las seis, Noelle estaba cenando con un guapo caballero francés en La Fouchette, un restaurante famoso que había en la Rue Racine.

Mercer estaba mirando furtivamente desde detrás de las persianas de la ventana de delante cuando lo vio aparecer. Conducía un Porsche descapotable, el que había visto aparcado delante de la Mansión Marchbanks, y se había puesto unos pantalones cortos de color caqui y una camisa de golf. A sus cuarenta y tres años, era delgado, estaba en forma y bronceado, y aunque no conocía los detalles de su rutina de entrenamiento, estaba claro que hacía ejercicio. Tras compartir con él dos largas cenas, se había fijado en que comía poco y bebía con moderación. Igual que Noelle. La buena comida era importante para ellos, pero la consumían en porciones pequeñas.

Llevaba una botella de champán, lo que dejaba claro que no era de los que pierden el tiempo. Su esposa/pareja se había ido el día anterior y ya iba a la caza de su siguiente conquista. O eso pensó Mercer.

Lo recibió en la puerta y le enseñó la casa. Había dejado los dos libros en la mesa del desayuno, donde estaba intentando escribir su novela.

—Supongo que te apetece champán —aventuró.

—Luego tal vez. Es un regalo de bienvenida.

—Voy a meterlo en la nevera.

Bruce se sentó a la mesa y observó los libros, embelesado.

—¿Puedo?

—Claro. No son más que unos libros viejos de biblioteca, ¿no? —dijo Mercer riendo.

—Ni mucho menos.

Cogió *The Convict* y lo sujetó como si tuviera en la mano una joya excepcionalmente rara. Sin abrirlo examinó la sobrecubierta, la cubierta delantera, la trasera y el lomo. Acarició la sobrecubierta.

—La primera sobrecubierta que se sacó, con brillo y sin desgastes, ni dobleces, ni manchas. —Abrió despacio para mirar la página de créditos—. Primera edición, publicada por LSU Press en enero de 1985. —Pasó unas cuantas páginas más y cerró el libro—. Un ejemplar en muy buenas condiciones. Estoy impresionado. ¿Y lo has leído?

—No. Pero he leído varias novelas de misterio de Burke.

—Creía que leías libros de escritoras.

—Y lo hago, pero no es lo único que leo. ¿Lo conoces?

—Sí. Ha estado en la librería dos veces. Un gran tipo.

—¿Y tienes dos como ese, dos primeras ediciones?

—Sí, pero siempre viene bien tener alguna más.

—¿Qué harías con él si lo compraras?

—¿Está en venta?

—Tal vez. Es que no tenía ni idea de que valieran tanto.

—Te ofrecería cinco mil por este e intentaría venderlo por el doble. Tengo unos cuantos clientes que son buenos coleccionistas y se me ocurren dos o tres a los que les gustaría añadir este a su colección. Regatearíamos durante unas semanas. Les bajaría un poco el precio. Ellos quizá lo subieran un poco, pero no aceptaría menos de siete mil. Y si no me pagaran ese precio, lo guardaría en el sótano durante cinco años. Las primeras ediciones son una gran inversión, porque ya no pueden imprimir más.

—Cinco mil dólares... —repitió Mercer, con cara de asombro.

—En mano.

—¿Y puedo regatear para sacar más?

—Claro, pero seis mil es mi máximo.

—¿Y nadie sabrá nunca de dónde salieron los libros? Me refiero a que nadie podrá conectarlos con Tessa y conmigo.

Bruce rio al oír la pregunta.

—Claro que no. Este es mi mundo, Mercer, y llevo veinte años jugando a este juego. Estos libros desaparecieron hace décadas, nadie sospechará nada. Se los venderé de forma privada a mis clientes y todos contentos.

—¿No queda registro?

—¿Dónde? ¿Quién puede seguir la pista de todas las primeras ediciones del país? Los libros no dejan rastro, Mercer. Muchos pasan de mano en mano como las joyas; no siempre hay que dar explicaciones, no sé si me entiendes.

—No, no te entiendo.

—Que las ventas no tienen que hacerse necesariamente por canales legales.

—Ah, vale. ¿Y alguna vez son libros robados y revendidos?

—A veces. Yo suelo rechazar un libro si su procedencia no está muy clara, pero es imposible saber si un libro es robado solo con verlo. Mira este *The Convict*. Se hizo una tirada pequeña. Con el tiempo la mayoría de los libros han desaparecido y, cuando eso pasa, los que quedan y están en buenas condiciones adquieren valor. Pero todavía hay unos cuantos ejemplares en el mercado y todos son idénticos, o al menos salieron de la misma imprenta. Muchos pasan de un coleccionista a otro. Supongo que algunos acabarán en manos de ladrones.

—¿Puedo entrometerme y preguntarte cuál es la primera edición más valiosa que tienes?

Bruce sonrió e hizo una pausa.

—No creo que estés entrometiéndote, pero seamos discretos. Hace unos años compré un ejemplar perfecto de *El guardián entre el centeno* por cincuenta mil dólares. Salinger firmó muy pocos ejemplares de su obra maestra, aunque le regaló este libro a su editor y la familia lo conservó durante años prácticamente intacto, en condiciones inmejorables.

—¿Y cómo lo encontraste? Perdona que pregunte tanto, pero es que me resulta fascinante.

—Hubo rumores sobre ese libro durante mucho tiempo, rumores que lo más probable es que alimentara la familia del editor, que se olía el negocio. Encontré a un sobrino, fui a Cleveland, lo perseguí y le insistí hasta que me vendió el libro. Que yo sepa, nunca llegó a salir al mercado y nadie sabe que lo tengo yo.

—¿Y qué vas a hacer con él?

—Nada. Solo tenerlo.

—¿Y quién lo ha visto?

—Noelle y un par de amigos. Y no me importaría enseñártelo a ti. Ese y el resto de la colección.

—Me encantaría verla. Pero volvamos a los negocios. ¿Qué me dices del Cormac?

Bruce sonrió y cogió *Meridiano de sangre*.

—¿Lo has leído?

—Lo he intentado, pero es demasiado violento.

—Me resulta raro que a alguien como Tessa le gustara Cormac McCarthy.

—Ella se lo leía todo, siempre y cuando los libros fueran de la biblioteca.

—Un par de muescas en el lomo —dijo, examinando la cubierta—, probablemente por el tiempo que tiene, y está un poco descolorido. En general la sobrecubierta está en buenas condiciones. —Abrió el libro, comprobó las guardas, pasó a la portadilla y después a la página de créditos, que leyó con atención. Siguió pasando páginas tan despacio que casi parecía que estuviera leyéndolas. Mientras hojeaba confesó—: Me encanta este libro. Es el quinto de McCarthy y la primera novela ambientada en el Oeste.

—Yo conseguí leer unas cincuenta páginas —dijo Mercer—. Pero la violencia es demasiado explícita y truculenta.

—Lo es. —Bruce continuó pasando páginas como si disfrutara de la violencia. Cerró el libro despacio y dijo—: Un ejemplar casi perfecto, como decimos en el negocio. Mejor que el que tengo yo.

—¿Y cuánto pagaste por él?

—Dos mil, hace nueve años. Te ofrecería cuatro mil por este y probablemente me lo quedaría para mi colección personal. Y cuatro mil es mi límite.

—Eso son diez mil por los dos. No se me había pasado por la cabeza que pudieran valer tanto.

—Conozco mi negocio, Mercer. Diez mil es un buen trato para ti, y para mí también. ¿Quieres venderlos?

—No lo sé. Tengo que pensármelo.

—Vale. Yo no te voy a presionar. Pero déjame que te los guarde en mi cámara hasta que te decidas. Como te he dicho, el salitre del aire es malísimo.

—Claro, llévatelos. Y dame un par de días para decidirme.

—Tómate el tiempo que quieras, no hay prisa. Bueno, creo que es hora de sacar ese champán.

—Sí, claro. Son casi las siete.

—Tengo una idea —propuso Bruce al tiempo que se levantaba y cogía los libros—. Vamos a tomárnoslo en la playa y después damos un paseo. No voy mucho a la playa por culpa de mi trabajo. Me encanta el mar y la mayoría de los días no llego ni a verlo.

—Me parece bien —dijo ella, algo vacilante.

Nada como un paseo romántico por la orilla con un hombre que aseguraba estar casado. Mercer cogió una caja de cartón pequeña que había en la encimera y se la dio. Él metió dentro los libros mientras ella sacaba el champán de la nevera.

Tardaron una hora en ir paseando hasta el Ritz y volver. Para cuando entraron de nuevo en la casita, las sombras ya empezaban a cernirse sobre las dunas. Tenían las copas vacías, y Mercer no tardó en llenarlas de nuevo. Bruce se sentó en una mecedora de mimbre de la terraza y ella se acomodó cerca.

Habían estado hablando de la familia de él: la muerte repentina de su padre, la herencia que le había permitido comprar la librería, la madre a la que hacía casi treinta años que no veía, una hermana que estaba lejos, los tíos, tías y primos con los que no tenía contacto, los abuelos muertos mucho tiempo atrás. Mercer le había ido contado la historia de la suya y terminó con el relato de la tragedia de la enfermedad mental de su madre y su internamiento. Era algo que casi nunca contaba a nadie, pero resultaba fácil hablar con Bruce. Y confiar en él. Y como los dos estaban marcados por provenir de familias anormales, pisaban el mismo terreno y se sentían cómodos compartiendo experiencias y hablando del tema. Cuanto más contaban, más lograban reírse de todo.

—No estoy de acuerdo con Myra —dijo Bruce cuando iban por la mitad de la segunda copa de champán—. No deberías escribir sobre familias. Ya lo hiciste una vez, y muy bien, pero con una vale.

—No te preocupes. Creo que nunca se me ocurriría seguir el consejo de Myra.

—Pero ¿no la adoras, por muy loca que esté?

—No, todavía no, aunque le estoy cogiendo cariño. ¿De verdad tiene tanto dinero?

—¿Quién sabe? Leigh y ella parecen llevar una vida acomodada. Escribieron cien libros juntas y, por cierto, Leigh estaba mucho más metida en lo de escribir novelas rosa de lo que se atreve a admitir. Algunos de sus libros todavía se venden.

—Eso debe de estar bien.

—Es difícil escribir cuando estás sin blanca, Mercer, lo sé. Conozco a muchos escritores, y muy pocos venden lo bastante para dedicarse exclusivamente a escribir.

—Por eso se ponen a dar clases. Encuentran una universidad en alguna parte y así consiguen tener una nómina. Yo lo he hecho dos veces y lo más probable es que lo vuelva a hacer. Es eso o la inmobiliaria.

—Creo que eso no es una opción para ti.

—¿Se te ocurre otra cosa?

—La verdad es que tengo una idea muy buena. Relléname la copa y te cuento una historia un poco larga. —Mercer sacó el champán de la nevera y vació la botella. Bruce le dio un largo sorbo, chasqueó los labios y dijo—: Podría beber champán para desayunar.

—Yo también, pero el café es mucho más barato.

—Tuve una novia una vez, mucho antes de conocer a Noelle, que se llamaba Talia, una chica muy dulce, que era preciosa, tenía mucho talento y además estaba bastante loca. Estuvimos yendo y viniendo durante dos años, aunque pasamos más tiempo separados que juntos, porque ella iba poco a poco perdiendo el contacto con la realidad. Yo no podía ayudarla y me dolía demasiado ver cómo se iba deteriorando. Pero escribía bien y estaba trabajando en una novela que tenía un potencial enorme. Era una historia, casi toda inventada, sobre Charles Dickens y su amante, una joven actriz llamada Ellen Ternan. Dickens estuvo casado veinte años con Catherine, una mujer muy adusta, en el sentido más victoriano del término. Tuvieron diez hijos, pero, a pesar de la evidente atracción física, el matrimonio era muy infeliz. Cuando Dickens tenía cuarenta y cinco años, y quizá fuera el hombre más famoso de Inglaterra, conoció a Ellen, que tenía dieciocho y era aspirante a actriz. Se enamoraron perdidamente y él abandonó a su mujer y a sus hijos, aunque el divorcio no era una opción en aquella época. Nunca estuvo claro si Ellen y él llegaron a vivir juntos, pero hubo incluso un rumor bastante extendido sobre que ella había tenido un hijo que murió al nacer. Fuera cual fuese el acuerdo entre ellos, se escondían y se cubrían bien. En la novela de Talia, en cambio, tenían una aventura con todas las letras que Ellen narraba en primera persona. Y no se ahorraba ningún detalle. La novela se volvió enrevesada cuando Talia introdujo otra famosa aventura amorosa, la que tuvieron William Faulkner y Meta Carpenter. Faulkner la conoció cuando estaba en Hollywood, escribiendo guiones en serie para vivir, y según todas las crónicas estaban enamorados. También creó una ficción con ese romance, y una muy buena. Pero entonces, para complicar todavía más la novela, introdujo otra aventura entre un famoso escritor y su amante. Era la historia, que nunca se verificó y probablemente no sea cierta, sobre que Ernest Hemingway tuvo un breve romance con Zelda Fitzgerald cuando vivían en París. Como sabes, a veces los hechos estropean una buena historia, así que Talia se inventó los hechos y creó una interesante crónica de cómo Ernest y Zelda tuvieron algo sin que Scott Fitzgerald lo supiera. Así que la novela tenía tres aventuras románticas literarias y sensacionalistas narradas en secciones que se iban alternando. Era demasiado para un solo libro.

—¿Y te dejó leerlo?

—La mayor parte. No hacía más que cambiar de historia y reescribir partes enteras. Y cuanto más escribía, más farragoso se volvía todo. Me pedía consejo, yo se lo daba, y ella siempre hacía justo lo contrario. Estaba obsesionada con la novela y estuvo escribiendo sin parar durante dos años. Cuando el manuscrito superó las mil páginas, dejé de leer. En esa época ya nos peleábamos mucho.

—¿Y qué pasó con esa novela?

—Talia me dijo que la había quemado. Me llamó un día

desquiciada y me dijo que lo había destruido todo para siempre y que nunca volvería a escribir. Dos días más tarde murió de una sobredosis en Savannah, donde vivía por aquel entonces.

—Qué horror.

—Tenía veintisiete años y el mayor talento con el que me he cruzado en mi vida. Más o menos un mes después de su funeral, escribí a su madre y le pregunté con todo el tacto posible si Talia había dejado algo. No me contestó y nunca he oído mencionar nada de esa novela. Estoy convencido de que la quemó y luego se suicidó.

—Qué pena.

—Una tragedia.

—¿Y no tienes una copia?

—No. Me traía el manuscrito unos días y me hacía leerlo mientras seguía escribiendo. Le obsesionaba que pudieran robarle su obra maestra, estaba paranoica, y la guardaba celosamente. La pobre se dejaba llevar por la paranoia demasiado a menudo. Al final dejó la medicación y oía voces, y yo no podía hacer nada. Si te soy franco, para entonces ya estaba intentando evitarla.

Ambos reflexionaron sobre la tragedia un momento, bebiendo despacio. El sol ya se había escondido y la terraza estaba a oscuras. Ninguno de los dos habló de cenar, pero Mercer ya estaba decidida a decir que no. Ya habían pasado demasiado tiempo juntos ese día.

—Es una buena historia —dijo Mercer.

—¿Cuál? ¿La de Dickens, la de Faulkner, la de Zelda o la de Talia? Hay mucho material ahí.

—¿Y me lo estás ofreciendo?

Bruce sonrió y se encogió de hombros.

—Tómalo o déjalo.

—Y las historias de Dickens y de Faulkner son ciertas, ¿no?

—Sí. Pero la mejor es la de Hemingway y Zelda. Era el París de los años veinte, la generación perdida, todo ese ambiente y esa historia tan pintorescos. No hay duda de que se conocían: F. Scott y Hemingway eran amigos y bebían juntos, y todos los estadounidenses salían de fiesta en grupo. Hemingway siempre estaba a la caza y captura de mujeres (se casó cuatro veces) y tenía un punto pervertido. En las manos correctas, la historia podía volverse tan impúdica que hasta Myra la aprobaría.

—No creo que llegue a eso.

—No te veo muy entusiasmada.

—No me convence lo de la novela histórica. ¿Es historia o fantasía? No sé por qué, pero me parece deshonesto jugar con las vidas de gente real y contar que se dedicaban a cosas que no hacían de verdad. Están muertos, vale, pero ¿eso da a los escritores licencia para hacer ficción sobre sus vidas? ¿En especial sobre sus asuntos privados?

—Se hace continuamente. Y vende.

—Supongo, pero no sé si lo apruebo.

—¿Los lees? ¿A Faulkner, Hemingway y Fitzgerald?

—Solo si es necesario. Intento evitar a viejos hombres blancos muertos.

—Yo también. Prefiero leer a la gente a la que conozco. —Vació su copa y la dejó en la mesa que había entre los dos—. Creo ya es hora de que me vaya. He disfrutado del paseo.

—Gracias por el champán. Te acompaño.

—Ya salgo solo —dijo y, al pasar por detrás de ella, le dio un beso suave en la coronilla—. Nos vemos.

—Buenas noches.

11

A la mañana siguiente, a las ocho, Mercer estaba sentada en la mesa del desayuno, mirando al mar e ignorando el portátil mientras soñaba despierta sobre algo que no habría podido explicar si alguien le hubiera preguntado, cuando la sobresaltó el sonido del móvil. Era Noelle, que llamaba desde Francia, con una diferencia horaria de seis horas. Saludó a Mercer con un animado «*Bonjour*» y se disculpó por molestarla mientras trabajaba, pero llamaba porque necesitaba preguntarle algo antes de que acabara el día. Le dijo que al día siguiente iría a su tienda un hombre llamado Jake y que tenía que hablar con Mercer. Jake era su restaurador y pintor favorito, y pasaba por allí periódicamente. Iba a estar reparando un armario en el taller del sótano y sería buen momento para que los dos hablaran de la pintura para el escritorio. La tienda estaba cerrada, pero Jake tenía llave. Mercer dio las gracias a Noelle y charlaron unos minutos más sobre Francia.

En cuanto se despidieron, Mercer llamó a Elaine Shelby, que estaba en Washington. Mercer le había mandado un largo correo electrónico la noche anterior con todos los detalles sobre lo que había pasado y lo que había hablado con Bruce esa tarde, así que Elaine estaba al día. De repente parecía que Mercer iba a poder ver los sótanos de Noelle y Bruce el mismo día.

Llamó a Bruce a mediodía y le dijo que aceptaría su oferta por los dos libros. Como iba al centro al día siguiente para ver a Jake, se pasaría por la librería para recoger el cheque. Y además tenía muchas ganas de ver ese ejemplar de *El guardián entre el centeno*.

—Perfecto —dijo él—. ¿Y si comemos?

—Claro.

12

Elaine y su equipo llegaron ya de noche, demasiado tarde para reunirse. A la mañana siguiente, a las nueve, Mercer recorrió la playa y se detuvo delante de la pasarela que llevaba al tríplex. Elaine estaba sentada en los escalones con una taza de café y arena entre los dedos de los pies. Se estrecharon la mano, como siempre.

—Buen trabajo —la felicitó.

—Ya veremos —contestó Mercer.

Fueron hasta la casa, donde las esperaban dos hombres, Graham y Rick. Estaban sentados a la mesa de la cocina con cafés y una especie de caja o maletín. Mercer no tardaría en descubrir que contenía los juguetes propios de la profesión. Micrófonos, dispositivos de escucha, transmisores y cámaras tan pequeñas que se preguntó cómo era posible que capturaran una imagen. Empezaron a sacar todos esos aparatos y a hablar de los pros, los contras y las posibilidades de cada uno.

Elaine nunca le había preguntado a Mercer si tenía algún problema con llevar una cámara oculta. Había dado por sentado que lo haría y eso la irritó durante un momento. Graham y Rick seguían hablando, y Mercer sintió que se le formaba un nudo en el estómago.

—Pero ¿esto es legal? —soltó por fin—. ¿Lo de grabar a alguien sin su permiso?

—No es ilegal —contestó Elaine con una sonrisa llena de confianza que parecía decir: «No seas ridícula»—. Es como sacar una fotografía a alguien en público. No hace falta permiso, ni tampoco aviso previo.

—No se puede grabar una conversación telefónica sin informar previamente —aclaró Rick, el mayor de los dos hombres—, pero el gobierno todavía no ha aprobado ninguna ley que prohíba la vigilancia con cámaras.

—Se puede grabar en cualquier lugar y en cualquier momento, excepto en el interior de una residencia privada —añadió Graham—. Solo tienes que pensar en las cámaras de vigilancia que enfocan edificios, aceras y aparcamientos. No necesitan permiso para grabar a la gente.

Elaine, que era quien estaba al mando, y muy por encima de los dos hombres en la jerarquía, dijo:

—Creo que este pañuelo con el pasador con forma de hebilla será perfecto. Pruébatelo.

El pañuelo tenía un colorido estampado de flores y parecía caro. Mercer lo dobló tres veces y se lo puso alrededor del cuello. Rick le dio el pasador, que era dorado con diminutos brillantes falsos, y ella introdujo los extremos del pañuelo por él. Con un destornillador diminuto y acercándose demasiado, Rick examinó el pasador y dio unos golpecitos con la herramienta.

—Pondremos una cámara aquí y será prácticamente invisible —aseguró.

—¿Qué tamaño tiene la cámara? —preguntó Mercer.

Graham se la enseñó: un aparato diminuto, más pequeño que una uva pasa.

—¿Eso es una cámara? —preguntó.

—De alta definición. Déjame el pasador, que te lo enseñamos.

Mercer se lo quitó y se lo dio a Rick. Graham y él se colocaron unas gafas de cirugía con lentes de aumento idénticas y se pusieron a trabajar.

—¿Sabes dónde vais a comer? —preguntó Elaine.

—No, no me lo ha dicho. He quedado con el tal Jake en la tienda de Noelle a las once y luego iré al lado, a la librería, para ver a Bruce. Después iremos a comer, pero no sé adónde. ¿Y cómo se supone que se usa ese chisme?

—Tú no tienes que hacer nada, solo actúa con normalidad. Rick y Graham activarán la cámara por control remoto. Estarán en una furgoneta cerca de la tienda. No tiene audio, la cámara es demasiado pequeña, así que no te preocupes por la conversación. No tenemos ni idea de lo que hay en esos dos sótanos, así que intenta fijarte en todo. Busca puertas, ventanas y más cámaras.

—Y comprueba si hay sensores de seguridad en las puertas que llevan al sótano —añadió Rick—. Estamos casi seguros de que no tienen puertas al exterior. Parece que los dos sótanos son totalmente subterráneos y en la calle no hay escaleras para bajar hasta ellos.

—Es la primera vez que los vemos —dijo Elaine— y puede que sea la única. Todo es crucial, pero es obvio que buscamos los manuscritos, unos montones de papeles más grandes que los libros impresos.

—Sé cómo son los manuscritos.

—Claro. Busca cajones, archivadores, cualquier lugar donde puedan caber.

—¿Y si él ve la cámara? —insistió Mercer, un poco nerviosa.

Los dos hombres gruñeron. Imposible.

—No la verá —afirmó Elaine.

Rick le devolvió el pasador, y de nuevo Mercer metió por dentro los extremos del pañuelo.

—Voy a activarla —anunció Graham y pulsó varias teclas en un portátil.

—¿Podrías ponerte de pie y darte la vuelta despacio? —pidió Rick.

—Claro.

Mientras lo hacía, Elaine y los hombres miraron fijamente la pantalla del portátil.

—Genial —dijo Elaine para sí—. Mira, Mercer.

De pie al lado de la mesa y frente a la puerta principal, Mercer miró la pantalla y le sorprendió la claridad de la imagen. Se veían a la perfección el sofá, el televisor, el sillón e incluso la alfombra barata.

—Y todo con esta cámara diminuta... —comentó.

—Es que es de lo mejorcito, Mercer —afirmó Elaine.

—Pero el pañuelo no pega con nada de lo que tengo.

—Pero ¿qué te vas a poner? —preguntó ella mientras cogía una bolsa de la que sacó media docena de pañuelos.

—Un vestido de verano corto rojo, creo —dijo Mercer—.
Nada demasiado elegante.

13

Jake abrió la puerta y la cerró con llave una vez que entraron. Se presentó y dijo que conocía a Noelle desde hacía muchos años. Era un artesano con las manos ásperas y callosas y barba blanca, y parecía haber trabajado toda su vida entre martillos y herramientas. Era un poco brusco en el trato y explicó que el escritorio ya estaba en el sótano. Ella bajó las escaleras con él, despacio y guardando la distancia, intentando recordar todo el rato que lo estaban grabando y analizando todo. Bajó diez escalones con la mano apoyada en la barandilla y entró en una habitación alargada y a rebosar que parecía ir de extremo a extremo de la tienda, que, como ella sabía bien, tenía trece metros de largo y cincuenta de ancho, igual que la librería de al lado. Tenía el techo bajo, no más de dos metros y medio, y el suelo era de cemento sin pulir. Había todo tipo de muebles desmontados, rotos, desiguales o en reparación, y se veían otros objetos de decoración colocados caprichosamente contra las paredes. Mercer miró alrededor, con curiosidad, y se fue volviendo despacio en todas direcciones.

—Así que aquí es donde guarda lo bueno —comentó en broma, pero Jake no tenía sentido del humor.

El sótano estaba bien iluminado y había alguna clase de habitación al fondo. Y, lo que era más importante, en el muro de ladrillo que separaba esa habitación del sótano de al lado, el sótano en el que Elaine Shelby y su misteriosa empresa creían que el señor Cable había escondido su tesoro, había una puerta. La pared de ladrillo era vieja y la habían pintado muchas veces (en ese momento presentaba un color gris oscuro), pero la puerta era mucho más nueva. Era metálica y robusta, y no había sensores de seguridad en las esquinas superiores.

El equipo de Elaine sabía que las dos tiendas eran prácticamente idénticas en anchura, altura, profundidad y distribución. Formaban parte del mismo edificio, que se había construido cien años atrás y se había dividido en dos cuando abrió la librería en 1940.

Sentados en una furgoneta al otro lado de la calle y sin apartar la vista de sus portátiles, Rick y Graham se emocionaron el ver la puerta que conectaba los dos sótanos. Y, acomodada en el sofá de la casa alquilada, Elaine experimentó la misma sensación. ¡Muy bien, Mercer!

El escritorio estaba en el centro del espacio, con un montón de periódicos esparcidos por debajo, aunque el suelo había soportado manchas de pintura durante muchos años. Mercer lo examinó detenidamente, como si fuera una posesión preciada y no un peón más en su juego. Jake sacó un muestrario de pintura y se pusieron a elegir; Mercer se mostró difícil de contentar. Al final se decidió por un suave azul pastel; Jake iba a aplicar una capa leve para que el mueble siguiera pareciendo antiguo y muy usado. Pero no tenía el color en su furgoneta y tardaría unos días en encontrarlo.

Genial. Así podría volver cuando él pasara por allí de nuevo para ver sus progresos. ¿Y quién sabía? Con los juguetes que Rick y Graham tenían en su arsenal, tal vez la próxima vez llevara cámaras en los pendientes.

Preguntó si tenían baño allí abajo, y Jake señaló al fondo con la cabeza. Se tomó su tiempo para encontrarlo, usarlo y volver a la parte de delante, donde Jake ya estaba lijando el escritorio. Cuando se agachó sobre él, Mercer se quedó de pie justo delante de la puerta metálica para que pudieran grabarla lo mejor posible. Pero cabía la posibilidad de que hubiera una cámara oculta grabándola a ella, ¿no? Se alejó, impresionada de lo consciente que era de la situación y la experiencia que estaba adquiriendo. Al final iba a acabar siendo una buena espía.

Jake la acompañó a la puerta, donde se despidió. Mercer dio la vuelta a la manzana para ir a un restaurante cubano, donde pidió té con hielo y se sentó a una mesa. Un minuto después entró Rick y pidió un refresco. Se sentó delante de ella, sonriendo.

—Perfecto —dijo casi en un susurro.

—Parece que tengo una facilidad natural para esto —respondió Mercer, y notó que, por un momento, había desaparecido el nudo de su estómago—. ¿Está encendida la cámara?

—No, la he apagado. Volveré a encenderla cuando entres en la librería. No hagas nada diferente. La cámara funciona perfectamente y nos has proporcionado muchas imágenes. Estamos emocionados, porque hay una puerta que conecta los dos sótanos. Ahora acércate todo lo que puedas por el otro lado.

—Lo haré. Supongo que saldremos de la librería e iremos caminando a comer. ¿Vais a mantener la cámara encendida?

—No.

—Voy a estar sentada delante de Cable durante al menos una hora. ¿No os preocupa que él note algo?

—Cuando salgas del sótano ve al baño, al que hay arriba, en la planta principal. Quítate el pañuelo y el pasador, y guárdatelos en el bolso. Si te dice algo, explícale que tenías calor.

—Me parece bien. Me iba a costar relajarme en la comida sabiendo que llevo una cámara que le enfoca a la cara.

—Vale. Vete ya. Saldré justo detrás de ti.

Mercer entró en la librería a las doce menos diez y vio a Bruce colocando unas revistas en un revistero que había cerca de la puerta. El traje del día tenía rayas de un suave tono verde agua. Hasta entonces Mercer le había visto trajes de al menos seis colores diferentes y sospechaba que tenía más. La pajarita tenía un estampado de cachemira y era de un amarillo fuerte. Como siempre, llevaba los zapatos de ante sucios e iba sin calcetines. No se los ponía nunca. Sonrió, le dio un pellizquito en la mejilla y le dijo que estaba muy guapa. Mercer lo siguió hasta la sala de las primeras ediciones, donde él cogió un sobre de su mesa.

—Diez mil dólares por dos libros que Tessa sacó de la biblioteca hace treinta años. ¿Qué pensaría ella?

—Diría: «¿Y dónde está mi parte de las ganancias?».

Bruce rio.

—Las ganancias son para nosotros. Tengo dos clientes que quieren el ejemplar de *The Convict*, así que los voy a enfrentar el uno al otro para sacarle dos mil quinientos dólares de beneficio. Y eso con solo unas llamadas.

—¿Así de fácil?

—No, no siempre es tan fácil, esto ha sido una suerte, por eso me encanta este negocio.

—Una pregunta. Ese ejemplar perfecto de *El guardián entre el centeno* del que me has hablado... Si decidieras venderlo, ¿cuánto pedirías?

—Empieza a gustarte el negocio, ¿eh?

—No, en absoluto. Yo no tengo cerebro para los negocios. Es solo curiosidad.

—El año pasado rechacé ochenta mil. No está en venta, pero si me viera obligado a sacarlo al mercado, empezaría pidiendo cien mil.

—No sería un mal negocio.

—Has dicho que querías verlo.

Mercer se encogió de hombros, como si le diera igual.

—Claro, pero solo si no estás ocupado.

Era evidente que Bruce quería lucir sus libros.

—Nunca estoy demasiado ocupado para ti. Acompáñame.

Dejaron atrás las escaleras que llevaban a la primera planta, cruzaron la sección de literatura infantil y fueron hasta el fondo de la tienda. Las escaleras que bajaban se encontraban detrás de una puerta cerrada con llave que no quedaba de paso a ninguna parte y que parecía que no se abría muy a menudo. Había una cámara en un rincón alto que la enfocaba. Y tenía un sensor de seguridad fijado a la parte superior. Con una llave Bruce abrió la cerradura y giró un viejo pomo. Abrió la puerta y encendió una luz.

—Ten cuidado —dijo y empezó a bajar.

Mercer se encaminó por los escalones con cuidado, como él le había dicho. Él accionó otro interruptor que había al pie de las escaleras.

El sótano, por lo que veía, se hallaba dividido en dos zonas. En la parte de delante estaba la zona más grande con las escaleras, la puerta metálica que conectaba ese sótano con el de Noelle y muchas viejas estanterías de madera combadas por los miles de libros que no quería nadie, galeradas y ejemplares de lectura anticipada.

—A esto lo llamamos «el cementerio» —comentó Bruce, señalando con un brazo todo ese lío—. Todas las tiendas tienen un almacén lleno de basura.

Dieron unos pasos hacia el fondo del sótano y se detuvieron ante una pared de hormigón que era evidente que se había añadido mucho después de la construcción del edificio. Cubría todo lo alto y ancho del edificio, y parecía perfectamente encajada. Había otra puerta metálica con una consola al lado. Mientras Bruce introducía el código, Mercer se fijó en que, colgada de una vieja viga, había una cámara que apuntaba a la puerta. Se oyó un zumbido y un clic, y los dos cruzaron la puerta. Bruce encendió las luces. La temperatura allí era mucho más fría.

La sala parecía estanca y tenía hileras de estanterías contra las paredes de hormigón, el suelo de cemento pulido y un techo bajo hecho de un material fibroso que Mercer no habría sabido describir. Lo grabó todo para que lo vieran los expertos. En menos de una hora deducirían que la habitación tenía unos doce metros de ancho y más o menos lo mismo de largo. Se trataba de una sala espaciosa con una buena mesa en el centro, techos de dos metros y medio, y juntas perfectas. Daba la sensación de que era hermética, segura e ignífuga.

—Los libros se dañan con la luz, el calor y la humedad —explicó Bruce—, así que hay que controlar las tres cosas. Aquí apenas hay humedad, y la temperatura es siempre de unos trece grados. Y, obviamente, no entra el sol.

Las estanterías eran gruesas y metálicas con puertas de cristal, de manera que se veían los lomos de los libros. Había seis baldas en cada estantería; la de abajo estaba a más o menos medio metro del suelo, y la de arriba quedaba unos centímetros por encima de la cabeza de Mercer, así que estaría a un metro ochenta, calculó. Rick y Graham confirmarían su estimación.

—¿Dónde están las primeras ediciones de Tessa? —preguntó.

Bruce se dirigió a la pared del fondo y metió una llave en un panel lateral estrecho que había al lado de las baldas. Cuando la giró, se oyó un clic y se abrieron las seis puertas de cristal. Bruce fue al segundo estante contando desde arriba.

—Aquí mismo —dijo y sacó los ejemplares de *The Convict* y *Meridiano de sangre*—. Sanos y salvos, y en su hogar.

—Muy a salvo, ya veo —comentó—. Es impresionante, Bruce. ¿Cuántos libros tienes aquí abajo?

—Varios cientos, pero no son todos míos. —Señaló la pared de al lado de la puerta—. Esos se los guardo a clientes y amigos. Unos cuantos están aquí en una especie de almacenamiento temporal. Tengo un cliente en pleno divorcio que oculta sus libros aquí. Seguramente me citarán y tendré que ir al juicio, y no será la primera vez. Pero siempre miento para proteger a mi cliente.

—¿Y eso qué es? —Mercer señaló una especie de archivador alto y voluminoso que había en un rincón.

—Es una caja fuerte, ahí es donde guardo lo mejor.

Introdujo un código en la consola (Mercer se preocupó de mirar hacia otro lado, como era de esperar dadas las circunstancias) y se abrió una gruesa puerta. Bruce tiró para abrirla del todo. En el centro y arriba, había tres baldas, todas llenas de lo que parecían lomos de libros falsos, algunos con los títulos en letras doradas. Bruce sacó con cuidado uno de la balda de en medio.

—¿Sabes lo que es una caja de doble bandeja? —preguntó.

—No.

—Es esta caja protectora, hecha a medida para cada libro. Los libros se imprimen en diferentes tamaños, así que las cajas varían. Ven aquí.

Se volvieron y fueron a una mesa pequeña que había en el centro de la sala. Bruce colocó la caja encima, la abrió y sacó el libro con sumo cuidado. La sobrecubierta estaba metida en un forro transparente.

—Este es mi primer ejemplar de *El guardián entre el centeno*. Lo heredé de mi padre, hace veinte años.

—¿Tienes dos ejemplares, entonces?

—No, tengo cuatro. —Abrió la guarda delantera y señaló una leve decoloración—. Tiene una pequeña mancha aquí y un par de dobleces en la sobrecubierta, pero es un ejemplar casi perfecto. —Dejó el libro y la caja en la mesa y regresó a la caja fuerte. Cuando lo hizo, Mercer se volvió para que Rick y Graham tuvieran una vista frontal completa. En la parte inferior, debajo de tres baldas de libros rarísimos, se veía lo que parecían cuatro cajones retráctiles, todos bien cerrados en ese momento.

Si Bruce tenía los manuscritos, seguro que estaban ahí. O eso pensó ella.

Colocó otra caja encima de la mesa.

—Esta es la edición más reciente de las cuatro, la que está firmada por Salinger. —Abrió la caja, sacó el libro y le enseñó la página del título—. Sin dedicatoria ni fecha, solo su firma. Algo que, como te he contado, no es habitual. Se negaba a firmar sus libros. Se volvió loco, ¿no crees?

—Eso dicen —contestó Mercer—. Son preciosos.

—Sí que lo son —confirmó Bruce acariciando el libro—. A veces, cuando tengo mal día, me bajo aquí, me encierro en esta sala y saco los libros. Intento imaginarme cómo sería ser J. D. Salinger en 1951, cuando se publicó este libro, su primera novela. Había publicado unos cuantos relatos, un par en *The New Yorker*, pero no era muy conocido. En un primer momento Little, Brown imprimió diez mil ejemplares de este libro, que ahora vende millones de copias al año en sesenta y cinco idiomas. No tenía ni idea de lo que se le venía encima. El libro le hizo rico y famoso, y no fue capaz de gestionar tanta atención. La mayoría de los estudiosos de Salinger creen que perdió la cabeza.

—Yo lo enseñaba en mi clase hace dos años.

—¿Lo conoces bien, entonces?

—No es mi favorito. Prefiero a las escritoras, y mejor si están vivas.

—Y ahora vas a querer ver el libro más raro que tengo de una escritora, viva o muerta, ¿no?

—Claro.

Bruce volvió a la caja fuerte, y Mercer siguió grabando cada paso que daba. Incluso se apartó un poco para proporcionar otro buen plano frontal con la minicámara. Él encontró el libro y volvió a la mesa.

—¿Qué te parece Virginia Woolf, *Una habitación propia*? —Abrió la caja y sacó el libro—. Publicado en 1929. Primera edición, un ejemplar casi perfecto. Lo encontré hace doce años.

—Me encanta este libro. Lo leí en el instituto y me inspiró para convertirme en escritora. O para intentarlo, al menos.

—Es bastante raro.

—Te doy diez mil dólares por él.

Los dos soltaron una carcajada.

—Lo siento —dijo él educadamente—. Pero no está en venta.

Se lo pasó. Ella lo abrió con cuidado.

—Era una mujer muy valiente. Es famosa esa cita suya que dice: «Una mujer debe tener dinero y una habitación propia si desea escribir ficción».

—Tenía un alma torturada.

—Eso creo. Se suicidó. ¿Por qué sufren tanto los escritores, Bruce? —Cerró el libro y se lo devolvió—. Tanta conducta destructiva... incluso el suicidio.

—Yo no comprendo lo del suicidio, pero hasta cierto punto sí que entiendo lo de la bebida y los malos hábitos. Nuestro amigo Andy intentó explicármelo hace años. Dijo que es porque la vida del escritor no tiene ni pizca de disciplina. No hay jefe, ni supervisor, ni reloj con el que fichar, ni jornada que haya que cumplir. Escriben por el día o por la noche. Beben cuando quieren. Andy cree que escribe mejor cuando está de resaca, pero yo no estoy muy convencido.

Bruce metió los libros otra vez en sus cajas y los devolvió a la caja fuerte.

—¿Y qué hay en los cajones? —preguntó Mercer por impulso.

—Manuscritos antiguos, pero no valen mucho —respondió él sin dudar ni un segundo—. Al menos comparados con estos libros. John D. MacDonald es uno de mis favoritos, sobre todo la serie de Travis McGee, y hace unos años pude comprar dos de sus manuscritos originales a otro coleccionista.

Mientras decía esto fue cerrando la caja. Estaba claro que no quería enseñarle lo que contenían los cajones.

—¿Ya has visto suficiente? —preguntó.

—Sí. Esto es fascinante, Bruce. Es un mundo del que no sé nada.

—No suelo enseñar a la gente estos libros. El comercio con libros raros es un negocio en el que es mejor no hacer mucha publicidad. Estoy seguro de que nadie sabe que tengo cuatro ejemplares de *El guardián entre el centeno* y prefiero que sea así. No hay registros, nadie vigila, y muchas transacciones se hacen de forma clandestina.

—Tu secreto está a salvo conmigo. No se me ocurre nadie a quien pudiera contárselo.

—No me malinterpretes, Mercer. Todo esto es legal. Yo declaro los beneficios y pago impuestos, y si me muriera ahora mismo, todos estos libros están en mi testamento.

—¿Todos? —preguntó ella con una sonrisa.

—Bueno, casi todos —confesó él, devolviéndole la sonrisa.

—Claro.

—¿Qué te parece una comida de negocios?

—Me muero de hambre.

14

El equipo cenó una pizza para llevar acompañada de refrescos. En ese momento la comida importaba poco. Rick, Graham y Elaine estaban sentados alrededor de la mesa de la casa revisando docenas de fotogramas congelados que habían sacado del vídeo de Mercer. Había conseguido dieciocho minutos de grabación en la tienda de Noelle y veintidós en la de Bruce; cuarenta minutos de preciosas pruebas que estaban absolutamente emocionados de tener en sus manos. Las habían estudiado y, lo que era más importante, las habían analizado en su laboratorio de Bethesda y habían descubierto unos cuantos detalles: el tamaño de la cámara, las dimensiones de la caja fuerte y la presencia de cámaras de seguridad y de sensores, puertas con cerraduras y consolas con botones para introducir códigos. La caja pesaba más de trescientos cincuenta kilos, estaba hecha de acero de tres milímetros de grosor y se había fabricado quince años antes en una fábrica de Ohio. Se vendió por internet y la instaló un contratista de Jacksonville. Cuando estaba cerrada, la protegían cinco cerrojos de plomo sellados con un mecanismo hidráulico. Era capaz de soportar un calor de 1.550 grados durante dos horas. Abrirla no supondría un problema, lo más difícil era entrar ahí sin que saltaran las alarmas.

Se habían pasado la tarde alrededor de la mesa, enfrascados en largas e intensas conversaciones, muchas veces con uno de sus colegas de Bethesda en manos libres. Elaine estaba al mando, pero agradecía cualquier colaboración. Mucha gente inteligente le dio un montón de opiniones que escuchó con interés. El tema del FBI les ocupó la mayor parte del tiempo. ¿Había llegado el momento de llamar a los federales, presentarles a su sospechoso favorito y contarles todo lo que habían averiguado hasta el momento sobre Bruce Cable? A Elaine le parecía que no, todavía no. Y sus razones eran sólidas: aún no tenían suficientes pruebas para convencer a un juez federal de que Cable ocultaba los manuscritos en su sótano. En ese momento tenían un soplo de una fuente de Boston, un vídeo de cuarenta minutos del lugar y algunos fotogramas congelados del mismo, nada más. Y, en opinión de los dos abogados de Washington, no bastaba para conseguir una orden de registro.

Y como siempre, cuando los federales entraban en escena, se ponían al mando y cambiaban las reglas. Por el momento el FBI no sabía nada de Bruce Cable y no tenía ni idea de que el topo de Elaine había conseguido infiltrarse. Y Elaine quería mantenerlos en la ignorancia el mayor tiempo posible.

Una posibilidad, que sugirió Rick con escaso entusiasmo, era provocar un incendio a modo de distracción: iniciar un pequeño fuego después de medianoche en la planta principal de la librería y, cuando sonaran las alarmas y se activaran los monitores de seguridad, colarse en el sótano desde el de Noelle y llevarse los manuscritos. Pero implicaba muchos riesgos y tendrían que cometer varios delitos. ¿Y si luego *El gran Gatsby* no estaba allí? ¿Y si Gatsby y sus amigos estaban escondidos en otra parte, en la isla o en otro lugar del país? Cable se pondría tan nervioso que los repartiría por todo el planeta, si no lo había hecho ya.

Elaine rechazó el plan poco después de que Rick lo expusiera. El tiempo corría, pero todavía no se les agotaba, y su chica estaba haciendo un trabajo extraordinario. En menos de cuatro semanas, se había acercado a Cable y se había infiltrado en su círculo. Se había ganado su confianza y les había conseguido cuarenta minutos de un vídeo valiosísimo y cientos de fotogramas congelados. Se estaban acercando, o eso creían. Tenían que seguir siendo pacientes y esperar para ver qué ocurría a continuación.

Tenían la respuesta a una pregunta importante. Habían debatido mucho sobre por qué un librero de provincias que trabajaba en un viejo edificio era tan maniático con la seguridad. Como se trataba de su principal sospechoso, todo lo que hacía se analizaba y se miraba con lupa. Pensaban que usaba la pequeña fortaleza del sótano para proteger un botín obtenido de manera poco clara. Pero no tenía por qué ser así. Ya sabían que tenía mucho material valioso ahí abajo. Después de la comida, Mercer les había informado de que, además de los cuatro ejemplares de *El guardián entre el centeno* y el de *Una habitación propia*, había por lo menos otros cincuenta libros en estuches protectores, perfectamente colocados en las baldas de la caja fuerte. Y la cámara albergaba varios cientos.

Elaine llevaba en el negocio más de veinte años y aun así le sorprendió la colección de Cable. Había tratado con empresas especializadas en libros raros y las conocía bien. Su negocio consistía en comprar y vender, y utilizaban catálogos, páginas web y todo el marketing que pudieran para fomentar las ventas. Sus colecciones eran amplias y las anunciaban bien.

Su equipo y ella se habían preguntado muchas veces cómo un jugador a pequeña escala como Cable había logrado reunir un millón de dólares para comprar los manuscritos de Fitzgerald. Pero también habían logrado responder a esa pregunta. Tenía los medios necesarios.

7

La chica del fin de semana

La invitación era para cenar, pero sin alcohol. Sin alcohol porque Bruce también había invitado a Andy Adam, y porque la escritora que venía de gira, una tal Sally Aranca, había dejado de beber unos años atrás y desde entonces prefería permanecer alejada de las tentaciones.

Bruce le contó a Mercer por teléfono que Andy estaba a punto de ir a desintoxicarse otra vez y que intentaba con todas sus fuerzas mantenerse sobrio hasta que lo encerraran. Mercer quería ayudar, así que aceptó encantada las reglas.

En la presentación, la señora Aranca encandiló a un público formado por unas cincuenta personas hablando de su obra. También leyó una breve escena de su última novela. Se estaba haciendo un nombre dentro del género de misterio con una serie de novelas ambientada en San Francisco, su ciudad, y protagonizada por una investigadora privada. Mercer había estado ojeando su libro por la tarde y, mientras escuchaba hablar a la autora, se dio cuenta de que su protagonista se parecía a la propia Sally: cuarenta y pocos, alcohólica rehabilitada, divorciada sin hijos, rápida y ocurrente, sensata, dura y, por supuesto, bastante atractiva. Publicaba un libro al año y emprendía largas giras en las que siempre hacía una parada en

Bay Books, normalmente cuando Noelle estaba fuera de la ciudad.

Después de la firma, los cuatro fueron caminando por la calle de la librería hasta Le Rocher, un pequeño restaurante francés con buena reputación. Bruce pidió enseguida dos botellas de agua con gas y devolvió la carta de vinos a la camarera. Andy miró unas cuantas veces alrededor, a las otras mesas, y pareció ansioso por arrebatarle a alguien una copa de vino, pero le echó una rodaja de limón a su agua y se conformó. Estaba negociando con su editor su último contrato, que contemplaba un anticipo algo más bajo que el que le habían dado por su libro anterior. Con su tendencia a la ironía y el autodesprecio, les contó que había ido pasando de una editorial a otra hasta que todos los editores de Nueva York acabaron hartos de él. Los había quemado a todos, uno por uno. Durante los aperitivos Sally habló de las frustraciones que había sufrido al principio, cuando intentaba que publicaran su trabajo. Su primera novela la rechazaron una docena de agentes y aún más editores, pero ella siguió escribiendo. Y bebiendo. Su primer matrimonio se fue al garete cuando pilló a su marido engañándola y su vida se convirtió en un caos. Rechazaron su segunda novela, y la tercera. En la cuarta se pasó al misterio, creó a su protagonista y de repente los agentes empezaron a llamarla. Se vendieron los derechos para la película y antes de que se diera cuenta todo se encarriló. En ese momento, ocho novelas después, la serie se había consolidado y ganaba popularidad.

Aunque contaba sus historias sin pecar de la mínima suficiencia, Mercer no pudo evitar sentir una punzada de envidia. Sally se dedicaba exclusivamente a escribir. Ya había dejado atrás la época de los trabajos a cambio de sueldos miserables y de los préstamos de los padres, y conseguía producir un libro al año. Sonaba todo muy fácil. Mercer reconoció para sus adentros, sin remordimientos, que todos los escritores a los que había conocido tenían en el fondo algo de envidiosos; era la naturaleza de su raza.

Durante los entrantes, la conversación se desvió de pronto a la bebida y Andy admitió que tenía problemas con ella. Sally mostró cierta compasión, pero fue inflexible, y le dio unos consejos. Llevaba siete años sobria y ese cambio le había salvado la vida. Su experiencia era inspiradora y Andy le agradeció su sinceridad. Mercer se sintió por un momento como si estuviera en una reunión de Alcohólicos Anónimos.

A Bruce obviamente le gustaba la señora Aranca y, a medida que avanzaba la cena, Mercer se dio cuenta de que cada vez le prestaba menos atención a ella. «No seas ridícula —se dijo—, hace años que se conocen.» Pero como ya se había fijado, no pudo ignorarlo y notó que el flirteo iba volviéndose cada vez más evidente, al menos para ella. Bruce estableció contacto físico con Sally varias veces; le daba palmaditas en el hombro, pero dejaba allí la mano un poco más de lo necesario

No tomaron postre, y Bruce pagó la cuenta. Cuando volvían por Main Street, él dijo que necesitaba pasar por la librería para hablar con el dependiente. Sally se fue con él. Todo el mundo se despidió y Sally prometió enviarle un correo a Mercer para mantener el contacto. Cuando Mercer empezaba a alejarse, Andy dijo:

—Oye, ¿tienes tiempo para tomar algo?

Ella se paró y lo miró.

—No, Andy, no es una buena idea. No después de esa cena.

—Un café, no una copa.

Eran poco más de las nueve, y Mercer no tenía nada que hacer en casa. Tal vez tomarse un café con Andy le ayudara. Cruzaron la calle y entraron en una cafetería vacía. El camarero les avisó de que cerrarían media hora más tarde. Pidieron dos tazas de descafeinado y se sentaron a una mesa de la terraza. La librería estaba al otro lado de la calle. Al cabo de unos minutos, Bruce y Sally salieron y desaparecieron en dirección a la Mansión Marchbanks.

—Pasará la noche en su casa —comentó Andy—. Muchos escritores se quedan allí.

Mercer reflexionó sobre esa información.

—¿Y Noelle entra en sus planes?

—No. Bruce tiene sus favoritas, y Noelle, los suyos. En lo alto de la torre, hay una habitación redonda que llaman «la habitación de los escritores». Allí hay mucha actividad.

—No sé si te entiendo —dijo Mercer, aunque lo había entendido perfectamente.

—Tienen un matrimonio abierto, Mercer, y lo de acostarse con otros está permitido, es probable que lo alienten. Supongo que es su forma de quererse, pero no tienen reglas.

—Es bastante raro.

—Para ellos, no. Parecen felices.

Por fin alguien confirmaba uno de los cotilleos de Elaine.

—Una de las razones por las que Noelle pasa mucho tiempo en Francia es que tiene un novio allí desde hace muchos años. Creo que él también está casado.

—Oh, por qué no. Claro que está casado...

—No has estado casada nunca, ¿no?

—Correcto.

—Bueno, yo lo he intentado dos veces y no sé si lo recomendaría. ¿Sales con alguien?

—No. Mi último novio salió de mi vida hace un año.

—¿Has conocido a alguien interesante por aquí?

—Claro: a ti, a Bruce, a Noelle, a Myra, a Leigh, a Bob Cobb. Hay mucha gente interesante por aquí.

—¿Alguien con quien te apetezca salir?

Él tenía por lo menos quince años más que ella, bebía demasiado, le gustaba meterse en peleas en los bares, y tenía cicatrices que lo demostraban. Era un verdadero bruto que a ella no le interesaba ni lo más mínimo.

—¿Estás intentando ligar conmigo, Andy?

—No. Estaba pensando en invitarte a cenar alguna vez.

—Pero ¿no te vas dentro de nada a, cómo dice Myra, el campamento de borrachos?

—Dentro de tres días y estoy haciendo todo lo que puedo y más para mantenerme sobrio hasta entonces. Y no es fácil. De hecho me estoy bebiendo este café tibio y sin cafeína e intento fingir que es un vodka doble con hielo. Casi lo saboreo. Y estoy haciendo tiempo aquí porque no quiero irme a casa, aunque no hay ni una gota de alcohol allí dentro. Pero de camino paso por dos licorerías, que están abiertas a estas horas, y tengo que luchar conmigo mismo para seguir conduciendo y no pararme. —Se le iba quebrando la voz con cada palabra que pronunciaba.

—Lo siento, Andy.

—No lo sientas. Solo intenta no acabar igual. Es terrible.

—Ojalá pudiera ayudarte.

—Puedes. Reza por mí, ¿vale? Odio verme así de débil.

Como si quisiera huir del café y de la conversación, se levantó y echó a andar. Mercer intentó decir algo, pero no se le ocurrió nada. Se limitó a observarlo hasta que dobló una esquina.

Se llevó las tazas al mostrador. Las calles estaban tranquilas. Aparte de la cafetería, solo seguían abiertas la librería y la tienda de dulces. Tenía el coche aparcado en Third Street, pero, sin saber por qué, cuando llegó a donde estaba pasó de largo. Fue hasta el final de la manzana y continuó andando hasta que se plantó delante de la Mansión Marchbanks. Arriba, en la torre, se veía luz en la habitación de los escritores. Aminoró el paso y justo en ese momento, como si respondiera a alguna señal, la luz se apagó.

Admitió que tenía curiosidad, pero ¿sería capaz de reconocer que también estaba un poco celosa?

2

Tras cinco semanas en la casita, había llegado el momento de dejarla unos días. Connie, su marido y sus dos hijas adolescentes iban de camino hacia allí para pasar dos semanas en la playa; eran sus vacaciones de verano. Connie había invitado amablemente a Mercer a quedarse allí con ellos, pero lo hizo casi por obligación, y Mercer no tenía intención de aceptar. Sabía que las niñas se pasaban el día mirando los teléfonos y que su marido solo sabía hablar de tiendas de yogur helado. Aunque no fanfarroneaba de su éxito, estaba siempre trabajando. Mercer estaba segura de que se levantaría todos los días a las cinco de la mañana para beberse un café de un trago mientras escribía correos sin parar, comprobaba entregas y demás. Lo más probable es que ni siquiera llegara a meter los pies en el mar. Connie solía bromear diciendo que nunca aguantaba las dos semanas de descanso; siempre había alguna crisis que le obligaba a volver corriendo a Nashville para salvar la empresa.

Escribir iba a ser imposible en esas condiciones, aunque, al paso que iba, tampoco se podía decir que eso fuera a suponer un retraso.

En cuanto a Connie, tenía nueve años más que ella y nunca habían estado unidas. Con su madre lejos y su padre demasiado centrado en sí mismo, las dos niñas prácticamente se habían criado solas. Connie se fue de casa con dieciocho años para ir a la Universidad Metodista del Sur y nunca volvió. Pasó un verano en la playa con Tessa y Mercer, pero en aquella época estaba más interesada en los hombres que en ninguna otra cosa y la aburría eso de pasear por la playa, ver tortugas y leer todo el rato. Tessa la pilló un día fumando marihuana, y se fue.

Las dos hermanas se enviaban correos una vez a la semana, hablaban por teléfono una vez al mes y mantenían una relación cordial y civilizada. Cuando estaba cerca de Nashville, en ocasiones Mercer pasaba por su casa, que cambiaba con frecuencia. Su familia se mudaba mucho y siempre a una casa más grande que la anterior y en un barrio mejor. Estaban persiguiendo algo, un sueño vago, y Mercer se preguntaba a menudo qué sería de ellos cuando lo alcanzaran. Cuanto más dinero ganaban, más gastaban, y a Mercer, que vivía en la escasez, la impresionaba ver cuánto eran capaces de consumir.

Había algo del pasado de lo que nunca habían hablado, principalmente porque solo iba a servir para que se guardasen rencor. Connie había tenido la suerte de poder estudiar en una universidad privada durante cuatro años sin tener que endeudarse, por cortesía de su padre, Herbert, y su concesionario de coches. Pero cuando Mercer se matriculó en el campus de Sewanne, su padre estaba perdiendo hasta la camisa y a punto de arruinarse. Durante años ella había odiado a su hermana por su suerte y, aunque Connie jamás le había ofrecido ni el más mínimo apoyo, no merecía la pena mencionar el tema a esas alturas, sobre todo tras la milagrosa desaparición de la deuda de sus préstamos estudiantiles. Mercer estaba decidida a dejar atrás ese resentimiento del pasado, pero iba a ser difícil si tenía que ver cómo cada año las casas de Connie se volvían más grandes, mientras ella se veía en una situación en la que no sabía siquiera dónde viviría al cabo de unos meses.

La verdad era que Mercer no quería pasar tiempo con su hermana. Vivían en mundos diferentes y estaban cada vez más distanciadas. Así que dio las gracias a Connie por la invitación para que se quedara allí con su familia, pero dijo que no y las dos se sintieron aliviadas. Se excusó diciendo que pensaba marcharse de la isla unos días, que necesitaba un descanso, y que seguramente iría a ver a alguna amiga. Elaine le alquiló una pequeña suite en una pensión de la playa, a unos tres kilómetros al norte de la casa, porque Mercer en realidad no tenía planes de ir a ninguna parte. En ese momento era Cable quien tenía que mover ficha, y ella no podía irse de la isla justo entonces.

El viernes del fin de semana del 4 de Julio, Mercer recogió la casita y metió su ropa, su neceser y unos cuantos libros en dos bolsas de tela. Mientras recorría las habitaciones, apagando las luces, pensó en Tessa y en sí misma, en lo lejos que había llegado en esas cinco semanas. Había pasado once años alejada de ese lugar y había vuelto llena de temor, pero en poco tiempo había conseguido dejar a un lado todo el horror de la muerte de Tessa y quedarse solo con los recuerdos que la hacían feliz. En ese momento se iba, y por una buena razón, pero volvería dos semanas después, cuando tuviera la casa de nuevo para ella sola. Y nadie sabía cuánto tiempo iba a quedarse. Dependía del señor Cable.

Condujo cinco minutos por Fernando Street hasta la pensión, un lugar llamado The Lighthouse Inn que tenía un alto faro de mentira en el patio; lo recordaba bien de su infancia. La pensión era un intrincado edificio del mismo estilo que los del Cabo Cod, con veinte habitaciones disponibles y un bufet para comer. Ya estaban empezando a llegar veraneantes a la isla y había un cartel que decía COMPLETO para disuadir a los visitantes de última hora.

Con una habitación para ella sola y algo de dinero en el bolsillo, Mercer tal vez pudiera ponerse cómoda y escribir un poco.

3

A última hora de la mañana del sábado, con Main Street llena de gente que visitaba el mercadillo semanal de los agricultores de la zona y las aceras atestadas por multitudes de turistas en busca de dulces y helado, y quizá de una mesa para comer, Denny entró en Bay Books por tercera vez esa semana y echó un vistazo a la sección de misterio. Con chanclas, una gorra de camuflaje, pantalones cortos tipo cargo y una camiseta desgastada, pasaba fácilmente por otro turista mal vestido, algo que no llamaría la atención a nadie. Rooker y él llevaban una semana en la ciudad, localizando los puntos de interés y vigilando a Cable, lo cual no suponía ningún reto. Si el librero no estaba en la tienda, estaba en el centro comiendo o haciendo recados, o en su bonita casa, por lo general solo. Pero estaban teniendo cuidado, porque a Cable le encantaba la seguridad. Su librería y su casa estaban llenas de cámaras, sensores y quién sabía qué más. Un movimiento en falso podía precipitar el desastre.

Esperaban y vigilaban, recordándose todo el tiempo que tenían que ser pacientes, aunque ya empezaban a desesperarse. Torturar a Joel Ribikoff para sacarle información y amenazar a Oscar Stein en Boston había sido fácil comparado con lo que tenían que hacer a continuación. La violencia que había funcionado antes seguramente no les serviría en este caso. Antes solo necesitaban nombres. En ese momento querían el botín. Y agredir a Cable, a su mujer o a alguien que le importara podía desencadenar una reacción que acabaría estropeándolo todo.

4

Martes, 5 de julio. Las multitudes habían desaparecido, y las playas volvían a estar vacías. La isla se despertó despacio bajo un sol cegador que intentaba disipar la resaca de un largo fin de semana. Mercer estaba tumbada en el estrecho sofá, leyendo un libro titulado *La señora Hemingway en París*, cuando oyó el sonido que anunciaba que le había llegado un correo electrónico. Era de Bruce y decía: «Pásate por la librería la próxima vez que vengas al centro».

Respondió con un: «Vale. ¿Pasa algo?».

«¿Y cuándo no pasa algo? Tengo una cosa para ti. Un regalito», fue su respuesta.

Mercer terminó el intercambio diciendo: «Estoy aburrida, así que estaré allí dentro de una hora, más o menos».

Cuando entró, la librería estaba vacía. El dependiente del mostrador la saludó con la cabeza, pero parecía tener demasiado sueño para hablar. Subió las escaleras, pidió un *caffè latte* y cogió un periódico. Unos minutos después oyó unos pasos que subían las escaleras y supo que era Bruce. Ese día llevaba un traje de rayas amarillas y una pequeña pajarita azul y verde. Tan impecable como siempre. Se preparó un café y los dos salieron a la terraza que daba a la acera de Third Street. No había nadie más. Se sentaron a la sombra, a una mesa bajo el ventilador de techo, y se tomaron el café. Bruce le dio su regalo. Era evidente que se trataba de un libro, que había envuelto con el papel azul y blanco de la librería. Mercer rasgó el papel y lo sacó: *El club de la buena estrella*, de Amy Tan.

—Es una primera edición, firmada —explicó él—. Me has dicho que es una de tus escritoras contemporáneas favoritas, así que he buscado un poco por ahí.

Mercer se había quedado sin habla. No tenía ni idea de lo que costaba ese libro y no pensaba preguntárselo, pero sin duda era una primera edición valiosa.

—No sé qué decir, Bruce.

—«Gracias» siempre funciona.

—Pero no me parece suficiente. No puedo aceptar algo así, de verdad.

—Demasiado tarde. Ya lo he comprado y te lo he regalado. Digamos que es un regalo de bienvenida a la isla.

—Bueno, pues entonces supongo que gracias.

—De nada. La primera tirada fue de treinta mil ejemplares, así que no es tan raro. Al final vendió medio millón en tapa dura.

—¿La autora estuvo aquí, en la librería?

—No, no suele hacer giras.

—Es increíble, Bruce. No deberías haberte molestado.

—Pero lo he hecho y ahora ya has empezado tu colección.

Mercer rio y dejó el libro en la mesa.

—No es que sueñe con coleccionar primeras ediciones. La verdad es que son un poco caras para mí.

—Bueno, yo tampoco soñaba con ser coleccionista. Simplemente pasó. —Miró su reloj—. ¿Tienes prisa?

—Soy una escritora sin fecha de entrega.

—Bien. Hace mucho que no cuento esta historia, pero así fue como empecé mi colección. —Dio un sorbo al café, se arrellanó en la silla, apoyó un tobillo en la rodilla y le contó la historia de cuando encontró los libros raros de su difunto padre y decidió quedarse unos cuantos.

5

El café se convirtió en comida. Fueron andando hasta un restaurante del puerto y se sentaron dentro, donde se estaba bastante más fresco. Como en todas sus comidas de negocios, Bruce pidió una botella de vino; ese día se decidió por un Chablis. Mercer aprobó su elección y los dos pidieron ensaladas, nada más. Él le habló de Noelle, le contó que llamaba todos los días y que la búsqueda de antigüedades iba bien.

Mercer pensó en preguntarle qué tal le iba a su novio francés. De nuevo le costó creer que fueran tan abiertos con sus aventuras. Tal vez no fuese tan raro en Francia, pero Mercer no había conocido a ninguna pareja tan dispuesta a compartir. Claro que conocía a personas que habían sido infieles, pero cuando las pillaban, había de todo menos aceptación. Por otro lado admiraba la capacidad que tenían para quererse tanto como para permitir al otro irse con quien quisiera, pero una parte de ella, algún rastro de moralidad sureña seguramente, quería juzgarlos por lo sórdido que le parecía.

—Tengo una pregunta —dijo Mercer de repente, cambiando de tema—. Es sobre el libro de Talia, en concreto la parte de la historia que trataba de Zelda Fitzgerald y Hemingway... ¿Cómo empezaba? ¿Cuál era su primera escena?

Bruce sonrió de oreja a oreja y se limpió la boca con la servilleta.

—Bueno, veo que estás haciendo progresos por fin. ¿Te interesa en serio esa historia?

—Tal vez. He leído dos libros sobre los Fitzgerald y los Hemingway en París y he pedido unos cuantos más.

—¿Pedido?

—Sí, a Amazon. Lo siento. Es que son mucho más baratos, ¿sabes?

—Sí, eso me han dicho. Cómpramelos a mí y te haré un descuento del treinta por ciento.

—Es que también me gustan los libros electrónicos.

—Estos jóvenes... —Sonrió, le dio un sorbo al vino y dijo—: Déjame pensar. Ha pasado mucho tiempo, doce o trece años. Y Talia reescribió el libro tantas veces que mis recuerdos son confusos.

—Según todo lo que he leído hasta ahora, Zelda odiaba a Hemingway. Le consideraba un fanfarrón, un bruto y una mala influencia para su marido.

—Seguramente será cierto. Me parece que había una escena en la novela de Talia en que los tres estaban en el sur de Francia. Hadley, la mujer de Hemingway, había vuelto a Estados Unidos no sé por qué, y Ernest y Scott estaban bebiendo como esponjas. En la vida real Hemingway se quejó muchas veces de que Scott no tenía aguante para el alcohol. Con media botella de vino, ya estaba a cuatro patas, mientras que Hemingway no tenía fondo y era capaz de beber más que nadie. Scott ya era un verdadero alcohólico a los veinte y nunca bajó el ritmo. Estaba dispuesto a beber por la mañana, al mediodía y por la noche. Zelda y Hemingway estaban flirteando y al final surgió una oportunidad cuando, después de comer, Scott se quedó inconsciente en una hamaca. Los dos se dieron un revolcón en una habitación de invitados, a menos de diez metros de su marido, que estaba roncando. Algo así, pero, como todo era ficción, podía escribir lo que le diera la gana. La aventura se volvió bastante tórrida. Ernest empezó a beber aún más, y Scott intentaba seguirle el ritmo. Cuando su amigo se quedaba inconsciente, Ernie y su mujer, Zelda, se escabullían a la cama más cercana para echar un polvo rápido. Zelda estaba enamorada de Ernest. Y Ernest parecía estar loco por ella, pero solo le seguía la corriente por razones obvias. Para entonces ya se había convertido en un mujeriego empedernido. Cuando regresaron a París y Hadley volvió de Estados Unidos, Zelda quiso continuar con la diversión, pero Ernest ya se había cansado de ella e intentó quitársela de encima diciéndole, más de una vez, que estaba loca. Así que la dejó, la rechazó, y en adelante ella lo odió con todas sus fuerzas. Esa es la historia en pocas palabras, querida.

—¿Y crees que eso se vendería?

Bruce rio.

—Vaya, vaya, en el último mes te has convertido en toda una mercenaria. Viniste aquí con ambiciones literarias y ahora solo sueñas con derechos de autor.

—No quiero volver a dar clase, Bruce, y tampoco es que haya una cola de universidades esperándome. No tengo nada, solo diez mil dólares, cortesía tuya y de las manos largas de

Tessa. Tengo que vender unos cuantos libros o dejar de escribir.

—Sí, se venderá. Has mencionado *La señora Hemingway en París*, una buena historia sobre Hadley y Hemingway en aquellos días, y se vendió muy bien. Eres buena escribiendo, Mercer, y puedes lograrlo.

Ella sonrió y dio un sorbo al vino.

—Gracias. Necesito los ánimos.

—¿No los necesitamos todos?

Comieron en silencio unos minutos. Bruce levantó su copa y miró el vino.

—¿Te gusta el Chablis?

—Está buenísimo.

—Me encanta el vino, seguramente me gusta demasiado. Y es una mala costumbre beber con la comida. Hace la tarde mucho más lenta.

—Bueno, para eso se inventó la siesta —contestó ella, bromeando.

—Claro. Tengo un apartamento en la segunda planta de la librería, detrás de la cafetería. Es el lugar perfecto para una siesta después de comer.

—¿Eso es una invitación, Bruce?

—Podría serlo...

—¿No es «Oye, ¿vienes a echarte una siesta conmigo?» la mejor frase que existe para ligar?

—Ya me ha funcionado alguna vez.

—Bueno, pues ahora no te va a funcionar. —Miró alrededor y se rozó las comisuras de la boca con la servilleta—. Yo no me meto en la cama con hombres casados, Bruce. Bueno, lo he hecho, dos veces, y ninguna de las dos fue especialmente divertido. Los casados cargan con mucho equipaje con el que no quiero tener que lidiar. Además, conozco a Noelle y me cae muy bien.

—Te aseguro que a ella no le importa.

—Me cuesta creerlo.

Sonreía, casi se estaba riendo entre dientes, como si ella no tuviera ni idea de lo que estaba hablando y él estuviera encantado de ilustrarla. Bruce también miró alrededor, para asegurarse de que nadie les oía. Se inclinó por encima de la mesa y bajó la voz.

—Noelle está en Francia, en Aviñón, y cuando va allí vive en un apartamento que tiene desde hace muchos años. Al final de la calle posee un apartamento más grande Jean-Luc, un amigo suyo. Jean-Luc está casado con una mujer mayor que tiene mucho dinero. Jean-Luc y Noelle mantienen una relación desde hace por lo menos diez años. De hecho ya lo conocía cuando nuestros caminos se cruzaron. Y ellos duermen sus siestas, cenan, salen por ahí e incluso viajan juntos cuando su mujer se lo permite.

—Entonces ¿su mujer lo aprueba?

—Claro. Son franceses. Todo es secreto, discreto y muy civilizado.

—¿Y a ti no te importa? Es un poco raro.

—No, a mí no me importa en absoluto. Así son las cosas. Mira, Mercer, hace años que me di cuenta de que no estoy hecho para la monogamia. No estoy muy seguro de que el género humano en general lo esté, pero prefiero no discutir ese tema. Cuando llegué a la universidad, descubrí que hay muchas mujeres guapas ahí fuera y que es imposible que pueda ser feliz solo con una. He probado lo de las relaciones convencionales, he tenido cinco o seis novias, pero nunca ha funcionado, porque soy incapaz de resistirme a una mujer guapa, sea cual sea su edad. Por suerte encontré a Noelle, a la que le pasa lo mismo con los hombres. Su matrimonio se rompió años atrás porque ella tenía un novio secreto y se acostaba con su médico.

—¿Llegasteis a un acuerdo entonces?

—No lo sellamos con un apretón de manos, pero cuando

decidimos casarnos ya conocíamos las reglas. Las puertas están abiertas, solo hay que ser discretos.

Mercer negó con la cabeza y apartó la vista.

—Lo siento, es que nunca he conocido a ninguna pareja con un acuerdo de ese tipo.

—No creo que sea tan raro.

—Oh, sí, te prometo que sí lo es. A ti te parece normal porque es lo que tú haces. Mira, yo pillé a un novio engañándome una vez y necesité un año para superarlo. Todavía lo odio.

—Vale, será mejor que dejemos el tema. Tú te lo tomas demasiado en serio. Pero ¿qué importancia tiene una cana al aire de vez en cuando?

—¿Una cana al aire? Tu mujer llevaba acostándose con su novio francés más de diez años. ¿A eso lo llamas una cana al aire?

—No, eso es más que una cana al aire, pero Noelle no lo quiere. Es una cuestión de compañerismo.

—Ya veo. Y la otra noche con Sally Aranca, ¿eso fue una cana al aire o cuestión de compañerismo?

—Ninguna de las dos, o las dos, ¿qué más da? Sally viene una vez al año y nos divertimos juntos. Llámalo como quieras.

—¿Y si Noelle hubiera estado aquí?

—Mercer, no me estás escuchando: a ella no le importa. Si llamaras a Noelle ahora mismo y le dijeras que estamos comiendo y hablando de echarnos una siesta juntos y le preguntaras qué le parece, te prometo que Noelle se reiría y te diría: «Oye, pero si ya llevo fuera dos semanas, ¿a qué estáis esperando?». ¿Quieres llamarla?

—No.

Bruce rio.

—Eres demasiado intransigente.

Mercer nunca se había visto como una persona intransigente; de hecho creía que era bastante abierta y capaz de aceptarlo casi todo. Pero en ese momento se estaba sintiendo muy mojigata y no le gustaba nada.

—No es cierto.

—Entonces métete en la cama conmigo.

—Lo siento, pero no me lo puedo tomar de esa forma.

—Vale, no voy a presionarte. Solo te he ofrecido echarte una siesta, nada más.

Los dos rieron un poco, pero la tensión podía cortarse con un cuchillo. Y ambos se dieron cuenta de que esa conversación no acababa ahí.

6

Ya era de noche cuando se encontraron en la playa, delante de la pasarela de la casita. La marea estaba baja y la playa se veía enorme y vacía. La luz de la luna llena se reflejaba en el océano. Elaine estaba descalza, y Mercer se quitó las sandalias. Fueron hasta el agua y pasearon por la orilla. Solo eran un par de amigas que charlaban de sus cosas.

Como le había pedido Elaine, Mercer estaba siendo exhaustiva en los correos que le enviaba todas las noches. En ellos le daba incluso detalles de lo que leía y lo que estaba intentando escribir. Elaine lo sabía casi todo, pero Mercer no había querido mencionar los intentos de Cable de llevársela a la cama. Tal vez se lo comentaría más adelante, dependiendo de lo que ocurriera.

—¿Cuándo has llegado a la isla? —preguntó Mercer.

—Esta tarde. Hemos pasado los últimos dos días en la oficina con un equipo formado por todos nuestros expertos: los técnicos, la gente de operaciones e incluso mi jefe, el dueño de la empresa.

—¿Tienes jefe?

—Ah, claro. Yo dirijo este proyecto, pero mi jefe es el que tomará las decisiones finales, cuando llegue el momento.

—¿El momento?

—Todavía no estamos seguros. Nos hallamos en la sexta semana y, con sinceridad, no sé qué va a pasar. Tú lo estás haciendo genial, Mercer, y tus progresos en las cinco primeras semanas han sido asombrosos. Estamos realmente encantados. Pero ahora que tenemos las fotos y los vídeos y que has conseguido introducirte en el círculo de Cable, estamos discutiendo nuestro siguiente movimiento. Tenemos una gran confianza en las posibilidades, pero todavía nos queda mucho por delante.

—Lo conseguiremos.

—Nos encanta tu confianza.

—Gracias —respondió Mercer con voz monótona. Ya estaba un poco cansada de tanto elogio—. Una pregunta. No sé si es sensato seguir adelante con lo de la novela sobre Zelda y Hemingway. Parece demasiado oportuno si es verdad que Cable tiene los manuscritos de Fitzgerald. ¿Crees que vamos bien por ese camino?

—Pero la novela ha sido idea suya.

—Tal vez sea un cebo, una forma de ponerme a prueba.

—¿Tienes alguna razón para creer que sospecha de ti?

—La verdad es que no. He pasado bastante tiempo con Bruce y creo que ya lo conozco un poco. Es listo, rápido y carismático, y también un tipo sincero con el que resulta fácil hablar. Puede ser muy engañoso con parte de su negocio, pero no es hipócrita con sus amigos. A veces es dolorosamente sincero y no soporta a los idiotas, pero hay cierta dulzura en él que es genuina. Me cae bien, Elaine, y yo le caigo bien a él y quiere estrechar la relación. Si sospechara, creo que yo lo sabría.

—¿Estás planeando acercarte más a él?

—Ya veremos.

—Miente sobre lo de estar casado.

—Cierto. Siempre habla de Noelle como su esposa. Y doy por sentado que estás segura de que no están realmente casados.

—Ya te he dicho lo que sabemos. No hay ningún rastro, ni en Francia ni aquí, de que pidieran o consiguieran un certificado de matrimonio. Supongo que podrían haberse casado en otro país, pero no es lo que cuentan.

—No sé lo cerca que vamos a estar y tampoco estoy segura de que eso pueda planearse. Lo que quiero decir es que creo que lo conozco lo suficiente para detectar cualquier señal de escepticismo.

—Entonces sigue adelante con su novela. Te dará una oportunidad para hablar de Fitzgerald. Incluso sería una buena idea que escribieras el primer capítulo y se lo dieras para que lo leyera. ¿Puedes hacerlo?

—Claro. Solo es ficción. Últimamente no hay nada real en mi vida.

7

El siguiente intento de Bruce fue tan inesperado como el anterior, pero funcionó. Llamó a Mercer el jueves por la tarde y le dijo que estaba en la ciudad Mort Gasper, el legendario editor de Ripley Press, luciendo a su última esposa. Gasper pasaba por la isla casi todos los veranos y se quedaba en casa de Bruce y Noelle, así que tenía pensado organizar una cena con poca gente, solo ellos cuatro, el viernes por la noche, para acabar bien la semana.

Tras unos días en la pensión, Mercer sentía claustrofobia y estaba deseando escapar. Quería recuperar la casita cuanto antes y contaba los días que quedaban para que Connie y su familia volvieran a casa. Para no tener que escribir, Mercer se pasaba el día paseando por la playa, procurando permanecer a kilómetros de la casita y siempre atenta por si andaba cerca alguno de sus parientes.

Conocer a Mort Gasper quizá la ayudara en algún momento de su carrera en decadencia. Treinta años atrás Mort había comprado Ripley Press por una suma ridícula y había logrado convertir esa editorial pequeña, aletargada y deficitaria en la mayor editorial independiente del país. Con un ojo increíble para detectar el talento, había reunido y promocionado a un grupo de escritores conocidos por la diversidad de sus aspiraciones literarias, además de por su gran capacidad para vender libros. Siguiendo la línea de la edad de oro de la edición, Mort se aferraba a sus tradiciones personales de comidas de tres horas y fiestas de lanzamiento de libros en su apartamento del Upper West Side que se alargaban hasta la madrugada. Era, sin duda, la figura más pintoresca del mundo de la edición y no daba señales de querer bajar el ritmo a pesar de que ya se acercaba a la setentena.

El viernes por la tarde, Mercer se pasó dos horas en internet leyendo viejos artículos de revista sobre Mort, ninguno de los cuales resultaba en absoluto aburrido. Uno de hacía varios años hablaba del anticipo de dos millones de dólares que Mort había pagado a una estrella desconocida por su primera novela, que después no vendió más que diez mil ejemplares. Pero él no se arrepentía de nada y decía que había sido «una ganga». En otro se hablaba de su último matrimonio con una mujer que tenía más o menos la edad de Mercer. Se llamaba Phoebe y era editora en Ripley.

Fue Phoebe quien le abrió la puerta de la Mansión Marchbanks a las ocho de la tarde del viernes. Tras saludarla amablemente le informó de que «los chicos» ya estaban bebiendo. Cuando Mercer se encaminó con ella hacia la cocina, oyó el ruido de una batidora. Bruce estaba preparando daiquiris de limón en el porche de atrás. Para la ocasión llevaba pantalones cortos y camisa de golf. Besó a Mercer en ambas mejillas y le presentó a Mort, que la saludó con un gran abrazo y una sonrisa contagiosa. Estaba descalzo y los largos faldones de la camisa le llegaban a las rodillas. Bruce le puso un daiquiri en la mano y rellenó las copas de los demás. Después se sentaron en sillas de mimbre alrededor de una mesita llena de libros y revistas.

Resultó evidente al instante que en esa situación, como probablemente en todas las demás, todos esperaban que fuera Mort el que hablara. Y a Mercer le pareció bien. Tras el tercer sorbo empezó a notar que el alcohol se le subía a la cabeza y se preguntó cuánto ron habría echado Bruce al daiquiri. Mort empezó a hablar sobre la carrera presidencial y el preocupante estado de la política estadounidense, un tema que a Mercer no le importaba en absoluto, pero que a Bruce y a Phoebe sí parecía interesarles. Entre los dos conseguían dar las contestaciones justas para que Mort continuara hablando.

—¿Os importa si fumo? —preguntó Mort a nadie en particular y estiró la mano para coger una purera de cuero que había en la mesa.

Bruce y él se encendieron unos puros oscuros y poco después una niebla azul empezó a flotar entre ellos. Bruce cogió la jarra y volvió a llenar las copas. Durante una inusitada pausa en el monólogo de Mort, Phoebe consiguió meter baza.

—Bueno, Mercer, Bruce dice que estás trabajando en una novela.

Mercer sabía que el tema iba a salir en algún momento de la noche.

—Bruce ha sido demasiado generoso —dijo sonriendo—. Ahora mismo estoy más bien en la fase de imaginar que en la de escribir.

Mort soltó una nube de humo.

—*La lluvia de octubre* fue una buena primera novela. Muy impresionante. ¿Quién la publicó? No me acuerdo.

—Ripley la rechazó —contestó Mercer con una sonrisa magnánima.

—Sí que lo hicimos. Una estupidez por nuestra parte, pero de eso se trata: con algunos libros aciertas y te equivocas con otros, todo es parte del negocio.

—La publicó Newcombe, y tuvimos nuestras diferencias.

Él rio entre dientes para demostrar su desaprobación.

—Son unos payasos. ¿Los has dejado ya?

—Sí. Ahora tengo un contrato con Viking, si es que sigue sobre la mesa. La última vez que me llamó mi editora, me dijo que ya iba con un retraso de tres años.

Mort soltó una enorme carcajada.

—¡Solo tres años! Qué suerte. La semana pasada le tuve que gritar a Doug Tannenbaum porque se suponía que tenía que haber entregado un libro hace ocho años. ¡Escritores...!

—¿Y hablas sobre tu trabajo? —intervino Phoebe.

Mercer sonrió y sacudió la cabeza.

—No hay nada de que hablar.

—¿Quién es tu agente? —quiso saber Mort.

—Gilda Savitch.

—Me encanta esa chica. Comí con ella el mes pasado.

Mercer estuvo a punto de decir que se alegraba de que aprobara su elección; el ron estaba empezando a hacerle efecto.

—No mencionó mi nombre, ¿a que no?

—No me acuerdo. Fue una comida muy larga. —Mort volvió a reír con estruendo y dio un buen trago a la copa.

Phoebe preguntó por Noelle, y el tema les ocupó unos minutos. Mercer notó que no había actividad en la cocina, ni señales de que nadie estuviera preparando comida. Cuando Mort se excusó para ir al baño, Bruce volvió a llenar la batidora para preparar más daiquiris. Las mujeres hablaron del verano y las vacaciones. Phoebe y Mort se iban al día siguiente para pasar un mes en los Cayos. El mundo editorial se movía poco en julio y se quedaba muerto en agosto; además, como Mort era el jefe, podían irse de la ciudad durante mes y medio si querían.

En cuanto Mort volvió y se sentó en la silla con otro puro y otra copa, sonó el timbre y Bruce desapareció. Volvió con una caja grande de comida para llevar y la puso en la mesa.

—Los mejores tacos de pescado de la isla. Un mero a la plancha que han pescado esta misma mañana.

—¿Nos vas a servir tacos para llevar? —preguntó Mort, asombrado—. No me lo puedo creer. Yo te llevo al mejor restaurante de Nueva York y, cuando vengo, tú me traes esto. —Pero se lanzó con hambre sobre los tacos antes de acabar de protestar.

—La última vez que comimos en la ciudad —contestó Bruce—, me llevaste a ese pequeño restaurante horrible que hay a la vuelta de la esquina de tu oficina. El sándwich Reuben que pedí estaba tan malo que estuve a punto de vomitar. Ah, y además la cuenta la pagué yo.

—No eres más que un librero, Bruce —dijo Mort mientras partía un taco en dos—. Solo llevo a sitios caros a los escritores. Mercer, la próxima vez que pases por Nueva York te llevaré a uno de tres tenedores.

—Hecho —dijo ella, aunque sabía que no iba a pasar.

A la velocidad a la que bebía él, por la mañana no se acordaría de nada. Bruce también se había desmelenado y bebía de una forma mucho más agresiva que de costumbre. Nada de lentos sorbos al vino y rellenar la copa despacio mientras hablaba de la añada y la bodega; adiós al autocontrol. Era viernes y esa noche, con el pelo suelto y sin zapatos y tras una semana muy larga, estaba rompiendo todas las ataduras con la ayuda de un cómplice a su altura.

Mercer daba pequeños sorbos a la copa con hielo mientras intentaba recordar cuántas se había tomado ya. Con Bruce rellenándola constantemente, costaba llevar la cuenta. Ya estaba un poco achispada y tenía que bajar el ritmo. Se comió un taco y miró alrededor en busca de una botella de agua o un poco de vino tal vez, pero en el porche no había nada más. Solo otra jarra de daiquiri, allí, esperándolos.

Bruce volvió a llenar las copas y empezó a contar una historia de daiquiris, su bebida favorita en verano. En 1948 un escritor estadounidense llamado A. E. Hotchner fue a Cuba siguiendo a Ernest Hemingway, que vivió allí entre finales de los cuarenta y principios de los cincuenta. Los dos se hicieron amigos y en 1966, unos años después de la muerte de Hemingway, Hotchner publicó un libro famoso: *La buena vida según Hemingway*.

Como era de esperar, Mort lo interrumpió.

—Yo conocí a Hotchner. Creo que sigue vivo. Debe de rondar los cien años.

—Ya sabemos que conoces a todo el mundo, Mort —contestó Bruce.

Y siguió con la historia. Durante su primera visita a la isla, Hotchner pretendía hacer una especie de entrevista a Hemingway, que se mostró reticente. Hotchner lo persiguió hasta que al final quedaron en un bar que no estaba lejos de la casa de Hemingway. Por teléfono Hemingway le dijo que el lugar era famoso por sus daiquiris. Hemingway llegó tarde, por supuesto, y mientras esperaba, Hotchner pidió un daiquiri. Estaba delicioso y fuerte, y él no estaba acostumbrado a beber, así que se lo tomó con calma. Pasó una hora. Hacía un calor pegajoso en el bar, así que pidió otro. Cuando se había bebido solo la mitad, se dio cuenta de que ya veía doble. Cuando Hemingway llegó por fin, en el bar lo trataron como a una celebridad. Evidentemente pasaba mucho tiempo allí. Hotchner jugueteó con el daiquiri que acababa de pedirse mientras Ernest se bebía el suyo de un trago. Después se bebió otro. Y con el tercero delante, se dio cuenta de que su nuevo amigo no estaba bebiendo, así que puso en cuestión su hombría y dijo que si quería ir por ahí con el gran Ernest Hemingway sería mejor que aprendiera a beber como un hombre. Hotchner se envalentonó y lo intentó. Pronto el bar empezó a darle vueltas. Después, mientras Hotchner intentaba sin mucho éxito mantenerse despierto, Ernest perdió el interés y, con otro daiquiri en la mano, se fue a jugar al dominó con los locales. En algún momento (Hotchner había perdido la noción del tiempo) Ernest se levantó y dijo que era hora de cenar y que Hotchner tenía que ir con él. Antes de salir, Hotchner preguntó: «¿Cuántos daiquiris nos hemos tomado?».

El camarero pensó un momento y dijo: «Cuatro usted y siete él».

«¿Te has tomado siete daiquiris?», preguntó Hotchner sin poder creérselo.

Ernest rio y los locales también.

«Siete no es nada, amigo. El récord de este bar son dieciséis, y lo ostento yo, por supuesto. Y después me fui caminando a casa, como si nada.»

Mercer estaba empezando a sentirse como si ella ya se estuviera tomando el número dieciséis.

—Recuerdo haber leído ese libro —dijo Mort— cuando trabajaba en la sala del correo de Random. —Con el estómago lleno de tacos, volvió a encender el puro—. ¿Tienes una primera edición de ese, Bruce?

—Tengo dos, una en buenas condiciones y otra en no tan buenas. No se ven muchos por ahí.

—¿Has comprado algo interesante últimamente? —preguntó Phoebe.

«Aparte de los manuscritos de Fitzgerald robados de Princeton», añadió mentalmente Mercer, pero nunca habría bebido lo suficiente para soltar eso. El problema era que empezaban a pesarle los párpados.

—La verdad es que no —dijo Bruce—. Encontré un ejemplar de *The Convict* hace poco, es lo único interesante.

Para no verse superado, Mort empezó a contar una historia sobre una pelea de borrachos en su apartamento a las dos de la mañana cuando Norman Mailer, al no encontrar más ron, empezó a tirar botellas vacías a George Plimpton (seguramente no había ninguna otra persona en el mundo de la edición de Nueva York que hubiera presenciado u oído de una fuente fiable tantas historias relacionadas con el alcohol). Era tan graciosa que casi era difícil de creer y Mort era muy bueno contando historias.

Mercer se dio cuenta de que estaba dando cabezadas. El último recuerdo que quedó en su memoria fue el ruido de la batidora en funcionamiento, preparando otra jarra.

8

Se despertó en una cama extraña en una habitación redonda. Durante los primeros segundos le dio miedo moverse, porque todo lo que hacía empeoraba el latido que sentía detrás de la frente.

Le ardían los ojos, así que los cerró. Tenía la boca y la garganta muy secas. Una leve náusea que le revolvía el estómago le advirtió de que las cosas podían ponerse peor. Vale, era resaca: había tenido antes y había sobrevivido. Iba a ser un día muy largo, pero ¿qué demonios? Nadie la había obligado a beber demasiado. No le quedaba más remedio que aguantarse y apechugar, «Ajo y agua», como decían en la universidad.

Estaba acostada en una nube, un colchón grueso, suave y ligero, y envuelta en capas de sábanas de buena calidad. Sin duda eran cosa de Noelle. Con el dinero que acababa de conseguir, Mercer había invertido en una lencería más bonita y en ese terrible momento al menos se sintió aliviada por llevarla puesta. Esperaba haber impresionado a Bruce. Abrió los ojos de nuevo, parpadeó unas cuantas veces, consiguió enfocar y vio sus pantalones cortos y su blusa colocados con cuidado en una silla cercana. Una forma de indicar que la habían desnudado despacio; nada de arrancarle la ropa con prisa para llegar rápido a la cama. Cerró los ojos otra vez y se acurrucó entre las sábanas.

Después del lejano sonido de la batidora, no recordaba nada. ¿Cuánto tiempo habría estado dormida en la silla del porche, mientras los otros intercambiaban historias, seguían bebiendo y sonreían y se guiñaban el ojo unos a otros al verla? ¿Había sido capaz de salir de allí caminando, insegura y tal vez con un poco de ayuda, o Bruce se había visto obligado a llevarla en brazos hasta el tercer piso de la torre? ¿Habría llegado a desmayarse, como una universitaria, o solo se había dormido y habían tenido que llevarla a la cama?

Volvió a sentir náuseas. ¿Habría estropeado su fiesta en el porche con una indescriptible escena de vómitos que ni Bruce ni los otros iban a querer mencionar? Sus náuseas empeoraron solo de pensar en un episodio por el estilo. Volvió a mirar sus pantalones y su blusa. Parecía que no tenían manchas, ninguna señal de desastre.

Entonces le surgió un pensamiento que la consoló. Mort tenía cuarenta años más que ella y se había forjado una carrera a base de grandes fiestas, así que habría visto a más borrachos y sufrido más resacas que todos sus autores juntos. Seguro que nada de eso le habría sorprendido. Probablemente le habría hecho gracia. ¿Y a quién le importaba Phoebe? Lo más seguro es que Mercer no volviera a verla. Además, si vivía con Mort, ya habría visto de todo. Y Bruce también.

Oyó que llamaban a la puerta con suavidad y entró Bruce. Llevaba puesto un albornoz de rizo, y una botella de agua grande y dos vasos pequeños en las manos.

—Buenos días —dijo en voz baja y se sentó en el borde de la cama.

—Buenos días —respondió Mercer—. No sabes lo bien que me vendría esa agua que traes.

—Yo también la necesito. —Llenó los vasos.

Los vaciaron de un trago, y él sirvió más.

—¿Qué tal te encuentras? —preguntó Bruce.

—No muy bien. ¿Y tú?

—Ha sido una noche larga.

—¿Cómo he llegado aquí arriba?

—Te quedaste dormida y te ayudé meterte en la cama. Phoebe no tardó mucho en irse también, y después Mort y yo nos encendimos otro puro y seguimos bebiendo.

—¿Superaste el récord de Hemingway?

—No, pero creo que nos acercamos bastante.

—Dime, Bruce, ¿me puse en ridículo?

—No. Te quedaste dormida. No podías conducir, así que te acosté aquí.

—Gracias. No me acuerdo de nada.

—No hay mucho que recordar. Estábamos todos como cubas.

Ella vació otro vaso, y él volvió a llenárselo. Señaló con la cabeza su blusa y sus pantalones.

—¿Quién me los quitó? —preguntó.

—Yo. Un verdadero placer.

—¿Te aprovechaste de mí?

—No, pero me lo planteé.

—Todo un caballero.

—Siempre. Mira, hay una bañera en el baño. ¿Por qué no te das un largo baño, sigues bebiendo agua, y mientras yo voy a preparar el desayuno? Yo necesito unos huevos y supongo que tú también. Estás en tu casa. Ya he oído a Mort y a Phoebe moviéndose, y no tardarán en marcharse. Cuando se vayan, te traeré el desayuno a la cama. ¿Qué te parece el plan?

—Suena bien. Gracias —dijo sonriendo. Se fue y cerró la puerta.

Mercer tenía dos opciones. Una era vestirse, bajar, intentar evitar a Mort y a Phoebe, decirle a Bruce que tenía que irse y salir corriendo a por su coche. Pero los movimientos precipitados no eran una buena idea. Necesitaba tiempo: tiempo para recuperarse, para ver si su estómago se asentaba un poco, para relajarse y tal vez dormir un poco la mona incluso. Y seguramente no debería conducir en ese estado. Tampoco es que le apeteciera volver a la suite de la pensión. En ese momento la idea de un largo baño caliente le parecía irresistible.

La segunda opción era seguir el plan de Bruce, que acabaría con los dos en la cama. Mercer decidió que habían llegado a un punto en que ya era inevitable.

Se sirvió otro vaso de agua y salió de la cama. Se estiró, inspiró hondo y solo con eso ya se sintió mejor. No tenía náuseas. Fue al baño, abrió los grifos y encontró el gel de baño. Un reloj digital que había en el tocador marcaba las ocho y veinte. A pesar de sus evidentes problemas físicos, había dormido casi diez horas.

Por supuesto, Bruce subió una vez más, a ver qué tal el baño. Entró, todavía en albornoz, y le dejó otra botella de agua con gas al lado de la bañera.

—¿Cómo estás? —preguntó.

—Mucho mejor —respondió ella.

Las burbujas cubrían la mayor parte de su cuerpo desnudo, pero no todo. Él le dirigió una larga mirada de aprobación y sonrió.

—¿Necesitas algo?

—No, gracias.

—Yo estoy liado en la cocina. Tómate tu tiempo. —Y se fue.

9

Se quedó una hora en la bañera, luego salió y se secó. Encontró un albornoz como el de él detrás de la puerta y se lo puso. En un cajón había un montón de cepillos de dientes nuevos. Abrió uno, se lavó los dientes y se sintió mucho mejor. Cogió su ropa interior y encontró su bolso al lado de los pantalones y la blusa. Sacó el iPad, se metió en la cama, colocó las almohadas para hacerse un nido y regresó a su nube.

Estaba leyendo cuando oyó ruidos al otro lado de la puerta. Bruce entró con una bandeja con el desayuno que dejó en la cama, a su lado.

—Beicon, huevos revueltos, magdalenas con mermelada, café fuerte y lo más importante: una mimosa.

—Creo que, llegados a este punto, no necesito más alcohol —advirtió Mercer mirando el cóctel de zumo de naranja y champán. La comida tenía una pinta y un olor deliciosos.

—El alcohol es lo único que cura las consecuencias del alcohol. Te vendrá bien. —Desapareció un momento y volvió con otra bandeja para él. Cuando se sentó junto a ella en la cama, los dos con sus albornoces iguales y las bandejas una al lado de la otra, levantó su copa de champán—. Salud.

Los dos dieron un sorbo y empezaron a comer.

—Así que esta es la infame habitación de los escritores.

—¿Has oído hablar de ella?

—Al parecer ha sido la ruina de más de una pobre chica.

—Todas bastante dispuestas.

—Así que es cierto. ¿Tú te quedas con las chicas y Noelle con los chicos?

—Así es. ¿Quién te lo ha contado?

—¿Desde cuándo guardan secretos los escritores?

Bruce rio y se llevó una loncha de beicon a la boca. Tras dos sorbos de mimosa, los restos del ron de la noche anterior se mezclaron con el champán y Mercer sintió que se avivaban de nuevo. Por suerte el baño le había asentado el estómago y la comida estaba deliciosa. Señaló con la cabeza una larga pared curva con estanterías que iban desde el suelo hasta el techo.

—¿Y esos qué son? ¿Más primeras ediciones? —preguntó.

—Una mezcla, pero nada que tenga valor. Zarandajas.

—Es una habitación preciosa, que por supuesto ha decorado Noelle.

—Olvidémonos un poco de ella ahora mismo. Lo más probable es que a estas horas esté comiendo con Jean-Luc.

—¿Y eso no te molesta?

—Ni lo más mínimo. Vamos, Mercer, ya hemos tenido esta conversación.

Comieron en silencio unos minutos, los dos ignorando el café, pero no las mimosas. Él empezó a acariciarle con suavidad el muslo por debajo de las sábanas.

—No me acuerdo de la última vez que practiqué el sexo con resaca —comentó Mercer.

—Ah, yo lo hago a menudo. De hecho es el mejor remedio que existe.

—Supongo que tú lo sabrás bien.

Él se alejó de la cama y dejó la bandeja en el suelo.

—Acábate la copa —dijo, y ella obedeció.

Le retiró la bandeja y la puso a un lado. Después se quitó el albornoz y lo arrojó al pie de la cama. La ayudó a quitarse el suyo y cuando los dos estuvieron desnudos, se metieron entre las sábanas.

10

A última hora de la mañana del sábado, Elaine Shelby estaba trabajando en el despacho que tenía en casa cuando recibió la llamada de Graham desde Camino Island.

—Lo hemos conseguido —anunció—. Parece que nuestra chica ha pasado la noche en la mansión.

—Cuéntame.

—Aparcó delante de la mansión a las ocho de la noche y su coche sigue allí. Otra pareja se ha ido esta mañana, no sé cómo se llamaban, pero Mercer y Cable siguen dentro. Aquí llueve mucho, es una mañana perfecta para quedarse en la cama. A por él, chica.

—Ya era hora. Mantenme informada.

—Lo haré.

—Iré el lunes.

Denny y Rooker también estaban vigilando. Habían rastreado la matrícula de Carolina del Norte del coche de Mercer y ya habían llevado a cabo las pesquisas necesarias. Sabían su nombre, su situación laboral reciente, que en ese momento se alojaba en The Lighthouse Inn, su bibliografía y que la casa de la playa era en parte de su propiedad. Sabían que Noelle Bonnet se encontraba fuera de la ciudad y que su tienda estaba cerrada. Sabían todo lo que había que saber, excepto qué hacer a continuación.

I I

La tormenta persistió y se convirtió en una excusa más para quedarse en la cama. Mercer, que llevaba muchos meses sin sexo, no tenía suficiente. Y Bruce, un profesional curtido, tenía un empuje y una resistencia que a ratos le parecían asombrosos. Tras una hora (¿o fueron dos?) por fin cayeron rendidos y se quedaron dormidos. Cuando Mercer se despertó, él no estaba. Se puso el albornoz, bajó las escaleras y lo encontró en la cocina, vestido con su habitual traje de sirsaca y los zapatos de ante sucios, fresco y despierto, preparado para otro largo día dedicado a la venta de libros. Se dieron un beso y él no tardó en meter las manos por debajo del albornoz y cogerle el culo.

—Tienes un cuerpo espectacular —dijo.

—¿Te vas y me dejas?

Volvieron a besarse mientras se abrazaban sin prisa y se acariciaban todo el cuerpo. Después él se apartó un poco.

—Tengo que ir a ver si está todo bien en la librería. La venta al público es una putada, ¿sabes?

—¿Cuándo vas a volver?

—Pronto. Traeré comida y podemos salir a comer al porche.

—Tengo que irme —dijo ella con pocas ganas.

—¿Irte adónde? ¿A la pensión? Vamos, Mercer, quédate aquí. No tardaré, volveré antes de que te dé tiempo a echarme de menos. Llueve a mares, hace muchísimo viento y creo que estamos en alerta por tornado. Vamos, salir es peligroso. Podemos meternos en la cama y pasarnos la tarde leyendo.

—Estoy segura de que quieres hacer cualquier cosa menos leer.

—No te quites el albornoz. No tardo en volver.

Se besaron otra vez y las manos retomaron el recorrido por sus cuerpos hasta que él consiguió separarse. Le dio un beso en la mejilla, se despidió y se fue. Mercer se sirvió una taza de café y se la llevó al porche de atrás, donde se sentó en un columpio y estuvo un rato viendo llover. Con cierto esfuerzo casi se vio como un putón, una mala mujer a la que pagaban para que usara su cuerpo en beneficio de su engaño, sin ningún sentimiento en juego. Bruce Cable era un mujeriego empedernido que se tiraría a cualquiera, fueran cuales fuesen sus motivos. Ese día se metía en la cama con ella. La semana siguiente sería otra. Para él no significaban nada ni la lealtad ni la confianza. ¿Por qué iban a importarle a ella? Él no pedía ningún compromiso, tampoco lo esperaba, y no ofrecía nada a cambio. Para Bruce se trataba de mero placer físico, y para ella, en ese momento, también.

Se deshizo de cualquier atisbo de sentimiento de culpa y sonrió ante la posibilidad de un fin de semana entretenido en la cama.

Él no estuvo fuera mucho tiempo. Comieron ensalada y bebieron vino, y no tardaron en volver a la torre para otra sesión de sexo. En un descanso, Bruce fue a por una botella de Chardonnay y una gruesa novela. Decidieron irse al porche de atrás a leer en unas mecedoras de mimbre mientras oían llover. Él tenía su novela, y ella, su iPad.

—¿De verdad puedes disfrutar de la lectura en esa cosa? —preguntó él.

—Claro. Las palabras son las mismas. ¿Lo has probado alguna vez?

—Amazon me regaló uno de los suyos años atrás. Pero no lograba centrarme. Aunque puede que sea parcial.

—Ah, ¿sí? Me pregunto por qué.

—¿Qué lees?

—*Por quién doblan las campanas*. Estoy alternando entre Hemingway y F. Scott. Intento leerme todas sus obras. Ayer terminé *El último magnate*.

—¿Y?

—Es bastante impresionante, dado dónde estaba cuando lo escribió: en Hollywood, intentando ganar algo de dinero, en pleno desastre físico y emocional. Y tan joven... Otra tragedia.

—¿Ese es el último, el que no llegó a terminar?

—Eso dicen. Qué desperdicio de talento.

—¿Estás investigando para la novela?

—Tal vez. Sigo sin estar segura. ¿Y qué lees tú?

—Se llama *Mi tsunami favorito*, la primera novela de un tipo que no escribe muy bien.

—Es un título espantoso.

—Sí, y lo que contiene no es mucho mejor. He leído cincuenta páginas y me quedan seiscientas, y ya me está costando. Debería haber una regla para las primeras novelas que estableciera el límite en trescientas páginas, ¿no crees?

—Supongo que sí. La mía solo tenía doscientas ochenta.

—La tuya era perfecta.

—Gracias. Entonces ¿crees que vas a acabarlo?

—Lo dudo. A todos los libros les doy cien páginas de margen. Si para entonces el escritor no ha sido capaz de atrapar mi atención, lo dejo. Hay demasiados libros buenos que quiero leer para perder el tiempo con uno malo.

—Lo mismo digo, pero mi límite está en cincuenta páginas. Nunca he entendido a la gente que sigue aguantando un libro que no le gusta, decidida a acabarlo pase lo que pase, sin saber muy bien por qué. Tessa era así. Dejaba un libro después de leer un capítulo, pero después volvía a cogerlo y refunfuñaba y se quejaba durante otras cuatrocientas páginas hasta el amargo final. Nunca lo comprendí.

—Yo tampoco. —Dio un sorbo al vino, miró al patio y cogió su novela. Ella esperó a que pasara una página y entonces preguntó—: ¿Tienes alguna otra regla?

Él sonrió y dejó la novela.

—Oh, Mercer, cariño, tengo toda una lista. «Los diez mandamientos de Cable para la escritura de ficción», los llamo, una guía brillante y práctica concebida por un experto que ha leído más de cuatro mil libros.

—¿Y compartes esa guía con alguien?

—A veces. La he enviado por correo electrónico en alguna ocasión, pero tú no la necesitas, de verdad.

—Tal vez sí. Necesito algo. Dame un par de consejos.

—Vale. Odio los prólogos. Acabo de terminar una novela de un escritor que está de gira y pasará por aquí la semana que viene. Siempre empieza todos los libros con el típico prólogo, algo dramático como un asesino que persigue a una mujer o un cadáver, y después deja al lector colgado; pasas al capítulo uno, que, por supuesto, no tiene nada que ver con el prólogo, después al dos, que no tiene nada que ver con el capítulo uno ni con el prólogo, y treinta páginas después suelta de golpe al lector en medio de la acción del prólogo, que para entonces ya se le ha olvidado por completo.

—Me gusta. Sigue.

—Otro error de novato es introducir veinte personajes en el primer capítulo. Cinco es suficiente y no confunde al lector. Otro consejo: si necesitas recurrir al diccionario de sinónimos, busca siempre una con tres sílabas o menos. Yo tengo un vocabulario amplio y no hay nada que me guste menos que un escritor que quiere lucirse con palabras largas que no he visto en mi vida. Otro más: por favor, por favor, hay que usar los guiones de diálogo; si no, todo resulta muy confuso. Mandamiento número cinco: la mayoría de los escritores dice demasiado, así que siempre se necesita recortar todo lo posible. Fuera frases que no aportan nada y escenas innecesarias. Podría seguir y seguir.

—Hazlo, por favor. Debería estar tomando apuntes.

—No, tú no necesitas esos consejos. Escribes maravillosamente, Mercer, solo necesitas una historia.

—Gracias, Bruce. Necesito los ánimos.

—Lo digo muy en serio y no busco halagarte porque estemos en medio de un fin de semana de orgía sexual.

—¿Así se llama? Pensé que era una cana al aire.

Los dos rieron y bebieron vino. La lluvia había parado y se estaba formando una espesa niebla.

—¿Has escrito algo alguna vez? —quiso saber Mercer.

Él se encogió de hombros y apartó la vista.

—Lo he intentado, varias veces, pero nunca he acabado nada. No es lo mío. Por eso respeto a los escritores, a los buenos por lo menos. Los recibo encantado y disfruto promocionando sus libros, pero hay mucha basura en el mercado.

Y me frustra la gente como Andy Adam, que tiene talento pero lo desperdicia por culpa de malos hábitos.

—¿Sabes algo de él?

—Todavía no. Está encerrado e incomunicado. Probablemente me llamará dentro de una semana o así. Es su tercera o cuarta rehabilitación y creo que tiene todas las probabilidades en su contra. En el fondo no quiere dejarlo.

—Es muy triste.

—Parece que tienes sueño.

—Será el vino.

—Vamos a echarnos una siesta.

Con cierto esfuerzo lograron subirse a una hamaca y tumbarse el uno al lado del otro, abrazados. Cuando la hamaca empezó a mecerse, los dos se quedaron muy quietos.

—¿Tienes algún plan para esta noche? —preguntó Mercer.

—Yo había pensado que estaría bien más de lo mismo.

—Bueno, eso también, pero estoy empezando a hartarme de este sitio.

—Tenemos que cenar.

—Pero eres un hombre casado, Bruce, y yo solo soy la chica del fin de semana. ¿Y si nos ven?

—A mí no me importa, Mercer, y a Noelle, tampoco. ¿Por qué te importa a ti?

—No lo sé. Me parece raro salir a cenar a un sitio bonito un sábado por la noche con un hombre casado.

—¿Quién ha dicho que vayamos a ir a un sitio bonito? Tenía en mente un chiringuito, un tugurio que hay junto al río donde preparan cangrejos. Muy buena comida y te aseguro que ninguno de los que van por allí compra libros.

Ella le dio un beso y apoyó la cabeza en su pecho.

El domingo empezó más o menos igual que el sábado, pero sin resaca. Bruce le llevó a la cama el desayuno, tortitas y salchichas. Después se pasaron dos horas ojeando *The New York Times*. Ya cerca del mediodía, Mercer necesitaba un cambio. Estaba a punto de empezar a despedirse, cuando Bruce dijo:

—Oye, me falta personal en la librería esta tarde y va a estar llena de gente. Tengo que ir a trabajar.

—Me parece bien. Ahora que ya conozco los mandamientos para escribir ficción, estaría bien que me pusiera a escribir algo.

—Siempre encantado de ayudar —contestó Bruce con una sonrisa y le dio un beso en la mejilla.

Los dos se llevaron las bandejas a la cocina y llenaron el lavavajillas. Bruce desapareció en el interior de la suite principal del segundo piso, y Mercer volvió a la torre, se vistió rápidamente y se fue sin pasar a despedirse.

Si había logrado algo a lo largo del fin de semana, no era obvio. Las antigüedades del dormitorio sin duda eran agradables y conocía a Bruce mucho mejor que antes, pero no había ido a Camino Island en busca de sexo ni para escribir una novela. Le pagaban mucho dinero por encontrar pistas y, tal vez, atrapar a un delincuente. Y a ese respecto le parecía que no había conseguido gran cosa.

En su habitación de la pensión se puso un biquini, se miró en el espejo e intentó recordar todas las cosas maravillosas que Bruce había dicho sobre su cuerpo. Estaba delgada y morena, y bastante orgullosa de haber utilizado su cuerpo para algo. Se puso una camiseta blanca de algodón, cogió las sandalias y fue a dar un paseo por la playa.

Bruce llamó a las siete de la tarde del domingo, dijo que la echaba mucho de menos, que no se podía imaginar pasar la noche sin ella, y le pidió que se acercara por la librería a la hora de cerrar para ir a tomar una copa.

Claro, ¿es que tenía otra cosa que hacer? Las paredes de la horrible suite ya se le caían encima y había escrito menos de cien palabras.

Entró en la librería poco antes de las nueve. Bruce estaba cobrando al último cliente. Parecía estar solo. Cuando el cliente se fue, cerró rápidamente la puerta y apagó las luces.

—Ven conmigo. —Subió con ella las escaleras y cruzó la cafetería. Fue encendiendo luces a su paso. Abrió una puerta en la que Mercer no se había fijado antes y entró en su apartamento—. Mi guarida de soltero —aclaró Bruce mientras encendía más luces—. Viví aquí durante los primeros diez años de la librería. Entonces ocupaba todo el segundo piso, después decidí poner aquí la cafetería. Siéntate.

Le señaló un voluminoso sofá de cuero que iba de lado a lado de la pared y que estaba cubierto con cojines y mantas. Enfrente del sofá había un televisor grande de pantalla plana sobre una mesa baja. Rodeándolo todo había, cómo no, estanterías llenas de libros.

—¿Champán? —preguntó, se metió detrás de una barra y abrió la nevera.

—Claro.

Sacó una botella, la descorchó en un momento y llenó dos copas.

—Salud.

Brindaron y él se bebió de un sorbo casi toda su copa.

—Me hacía falta —dijo limpiándose la boca con el dorso de la mano.

—Eso parece. ¿Estás bien?

—Ha sido un día largo. Uno de mis empleados está enfermo, así que he tenido que estar en la caja. Cuesta encontrar buenos empleados.

Se bebió lo que le quedaba en la copa y la rellenó. Se quitó la chaqueta, se desató la pajarita, se sacó de un tirón los faldones de la camisa y se deshizo de los zapatos de ante sucios. Se sentaron en el sofá y se hundieron en sus cojines.

—¿Qué has estado haciendo hoy? —preguntó Bruce, sin dejar de beber.

—Lo de siempre. He ido a pasear por la playa, he tomado un poco el sol y he intentado escribir, he vuelto a la playa, he intentado escribir un poco más y me he echado una siesta.

—Ah, la vida del escritor. Qué envidia...

—He conseguido saltarme el prólogo, poner guiones a los diálogos, evitar todas las palabras largas y habría cortado algo, pero no tengo suficiente para recortar.

Bruce rio y se sirvió más champán.

—Eres adorable, ¿lo sabes?

—Y tú, un seductor, Bruce. Me sedujiste ayer por la mañana y...

—La verdad es que fue por la mañana, al mediodía y por la noche.

—Y ahora volvemos a lo mismo. ¿Siempre has sido tan mujeriego?

—Ah, sí. Siempre. Ya te lo dije, Mercer, tengo una debilidad fatal por las mujeres. Cuando veo a una guapa, solo me cabe un pensamiento en la cabeza. He sido así desde la universidad. Cuando llegué a Auburn y de repente me vi rodeado de miles de chicas guapas, me volví loco.

—Eso no es sano. ¿Has pensado en hacer terapia?

—¿Qué? ¿Y quién necesita eso? Para mí esto es un juego, y tienes que admitir que se me da bastante bien jugar.

Ella asintió y dio otro sorbo, el tercero. Él tenía la copa vacía, así que volvió a llenársela.

—Deberías beber más despacio —dijo Mercer, pero él la ignoró. Cuando volvió al sofá con ella, Mercer preguntó—: ¿Has estado enamorado alguna vez?

—Quiero a Noelle. Y ella me quiere a mí. Y los dos somos muy felices.

—Pero el amor implica confianza, compromiso y compartir todos los aspectos de la vida.

—Ah, a nosotros nos gusta mucho compartir, créeme.

—No tienes remedio.

—No seas inocente, Mercer. No estamos hablando de amor, estamos hablando de sexo. Puro placer físico. Tú no vas a implicarte emocionalmente con un hombre casado, y a mí no se me dan bien las relaciones. Podemos volver a acostarnos siempre que quieras o dejarlo ahora mismo. Y también podemos ser amigos sin ningún compromiso.

—¿Amigos? ¿Cuántas amigas tienes?

—Ninguna, en realidad. Unas cuantas conocidas muy agradables, tal vez. Oye, si llego a saber que ibas a analizarme, no te habría llamado.

—¿Y por qué me has llamado?

—Me he imaginado que estarías echándome de menos.

Los dos rieron. De repente Bruce dejó su copa, le quitó la suya, la dejó junto a la otra y le cogió la mano.

—Ven conmigo. Quiero enseñarte una cosa.

—¿Qué?

—Una sorpresa. Ven. Está en el piso de abajo.

Salió descalzo del apartamento, cruzó la cafetería, caminó hasta la planta baja y se dirigió a la puerta del sótano. La abrió, encendió la luz y bajó por las escaleras de madera. Encendió otra luz e introdujo el código que abría la cámara acorazada.

—Será mejor que sea algo bueno —comentó ella entre dientes.

—No te lo vas a creer —aseguró Bruce.

Abrió la gruesa puerta de metal de la cámara, entró y encendió otra luz. Fue hasta la caja fuerte, tecleó otro código de acceso y esperó un segundo a que los cinco cerrojos hidráulicos se abrieran. Con un clic fuerte la puerta quedó liberada y Bruce tiró para abrirla. Mercer lo observó todo con mucha atención, porque sabía que tendría que describírselo después con todos los detalles a Elaine y al equipo. El interior de la cámara y de la caja parecían estar igual que la última vez que los había visto. Bruce tiró de uno de los cuatro cajones inferiores y lo abrió. Había dos cajas idénticas; después calcularía que tendrían cerca de un metro cuadrado y que estaban hechas de madera, seguramente de cedro. Bruce sacó una y fue hacia la pequeña mesa del centro de la cámara. La miró y sonrió como si estuviera a punto de revelar un tesoro raro.

La tapa de la caja de madera estaba sujeta con tres bisagras, y la levantó despacio. Dentro había algo que parecía una caja de cartón gris. La sacó con todo el cuidado del mundo y la depositó en la mesa.

—Esto es lo que se llama una caja de archivo, está hecha de un cartón que no contiene ácidos ni lignina y la utilizan la mayoría de las bibliotecas y los coleccionistas serios. Esta es de Princeton. —Abrió la caja y anunció orgulloso—: El manuscrito original de *El último magnate*.

Mercer se quedó con la boca abierta, lo miró con incredulidad y después se acercó. Intentó hablar, pero no le salían las palabras.

Dentro de la caja había un montón de hojas de tamaño carta desvaídas, con un grosor de unos diez centímetros. Era muy antiguo, sin duda, una reliquia de otro tiempo. No tenía página de título; de hecho parecía como si Fitzgerald se hubiera lanzado sin más a escribir el capítulo uno, pensando que ya lo organizaría todo después. Su letra no era bonita, costaba leerla, y ya desde el principio se veían notas en los márgenes. Bruce acarició los bordes del manuscrito.

—Cuando murió de repente en 1940 —siguió diciendo—, a la novela le faltaba mucho para estar terminada, pero ya había escrito un borrador a grandes rasgos y dejó un montón de notas y resúmenes. Tenía un amigo íntimo que se llamaba Edmund Wilson, que era editor y crítico, y él arregló y ensambló la historia. El libro se publicó un año después. Muchos críticos la consideran la mejor obra de Fitzgerald, lo cual, como tú decías, es increíble dado su estado de salud.

—Es una broma, ¿no? —consiguió articular Mercer.

—¿Una broma?

—Este manuscrito. ¿Es el que robaron?

—Ah, sí. Pero no lo robé yo.

—Vale, pero ¿qué hace aquí?

—Es una larga historia, y no quiero aburrirte con los detalles, aparte de que hay muchos que desconozco. El otoño pasado robaron cinco manuscritos de la biblioteca Firestone de Princeton. Los robó una banda de ladrones que se asustó cuando el FBI atrapó a dos de ellos horas después. Los otros se libraron del botín y desaparecieron. Los manuscritos entraron muy discretamente en el mercado negro. Y ahí se vendieron por separado. No sé dónde están los otros cuatro, pero sospecho que fuera del país.

—¿Y por qué estás tú implicado en algo así, Bruce?

—Es complicado, pero la verdad es que no tengo mucho que ver con nada de esto. ¿Quieres tocar las páginas?

—No. Ni siquiera estoy cómoda aquí. Me pone nerviosa.

—Relájate. Solo se lo estoy guardando a un amigo.

—Pues debe de ser un muy buen amigo.

—Lo es. Llevamos en el negocio mucho tiempo, y confío en él sin reservas. Está a punto de conseguir un trato con un coleccionista de Londres.

—¿Y tú qué ganas?

—No mucho. Unos pavos por mis servicios.

Mercer se apartó y dio la vuelta a la mesa.

—Me parece un riesgo enorme por unos dólares. Estás en posesión de mercancía robada. Eso es un delito que podría hacer que acabaras en la cárcel mucho tiempo.

—Solo es un delito si te pillan.

—Y ahora me estás haciendo cómplice de ese plan, Bruce. Quiero salir de aquí ahora mismo.

—Vamos, Mercer, eres demasiado inflexible. Sin riesgo no hay recompensa. Y tú no eres cómplice de nada, porque nadie se va a enterar. ¿Cómo podría probar alguien que has visto el manuscrito?

—No lo sé. ¿Quién más lo ha visto?

—Solo nosotros dos.

—¿Noelle no lo sabe?

—Claro que no. A ella no le importan estas cosas. Ella tiene su negocio, y yo, el mío.

—¿Y parte de tu negocio consiste en traficar con libros y manuscritos robados?

—A veces.

Cerró la caja de archivo y volvió a meterla en la de madera. Con mucho cuidado la colocó de nuevo en el interior del cajón y lo cerró.

—Quiero irme, de verdad —insistió.

—Está bien. No se me había ocurrido que fueras a asustarte tanto. Como has dicho que acabas de terminar *El último magnate*, pensé que te impresionaría.

—¿Que me impresionaría? Creo que estoy abrumada, perpleja, muerta de miedo y otras muchas cosas ahora mismo, pero impresionada, no, Bruce. Esto es una locura.

Él cerró la caja fuerte, después la cámara acorazada y fue apagando luces a medida que subían las escaleras. Cuando llegaron a la planta principal, Mercer se dirigió a la puerta.

—¿Adónde vas? —preguntó él.

—Me voy. Abre la puerta, por favor.

Bruce la agarró, la obligó a volverse y la apretó contra su cuerpo.

—Oye, lo siento, ¿vale?

Ella tiró para apartarse.

—Quiero irme. No quiero estar ni un minuto más en esta librería.

—Vamos, esa reacción es un poco exagerada, Mercer. Vamos arriba a acabarnos el champán.

—No, Bruce, ahora mismo no estoy de humor. No me puedo creer todo esto.

—Lo siento.

—Ya lo sé, ya lo has dicho. Abre la puerta.

Él sacó la llave y abrió la cerradura. Ella cruzó la puerta corriendo sin decir una palabra más y giró la esquina para ir a su coche.

14

El plan se había urdido basándose en suposiciones, especulaciones y una buena dosis de esperanza y, sin embargo, había tenido éxito. Ya tenían la prueba, la respuesta que necesitaban tan desesperadamente, pero ¿podría transmitir esa información? ¿Podría dar el siguiente paso crucial y hacer la llamada que enviaría a Bruce a prisión durante diez años? Pensó en la caída, la destrucción, la humillación y el horror cuando lo pillaran con las manos en la masa, lo arrestaran y lo llevaran a juicio y después a la cárcel. ¿Qué pasaría con su bonita e importante librería? ¿Con su casa? ¿Y con sus amigos? ¿Con su adorada colección de libros? ¿Y con su dinero? Su traición tendría consecuencias de enorme calado y haría daño a más de una persona. Tal vez Cable se mereciera lo que le esperaba, pero no sus empleados ni sus amigos, y tampoco Noelle.

A medianoche Mercer seguía en la playa, envuelta en un

chal, con los dedos de los pies hundidos en la arena, mirando el mar iluminado por la luna y preguntándose una vez más por qué había aceptado el encargo de Elaine Shelby. Conocía la respuesta a esa pregunta, pero a esas alturas el dinero no le parecía tan importante. La devastación que estaba a punto de sembrar era mucho más decisiva que la cantidad de dinero que iban a pagarle. La verdad era que le gustaba Bruce Cable, su bonita sonrisa y su actitud relajada, su atractivo, su atuendo único, su ingenio y su inteligencia, su admiración por los escritores, su habilidad como amante, su presencia cuando estaba rodeado de gente, sus amigos, su reputación y su carisma, que a veces parecía un poco magnético. Estaba secretamente emocionada por haber llegado a disfrutar de esa intimidad con él, porque la considerara parte de su círculo de íntimos y sí, también por ser una más de su larga lista de conquistas. Gracias a él se había divertido más en las últimas seis semanas que en los seis meses anteriores.

En ese momento tenía la opción de no decir nada y dejar que las cosas siguieran su curso. Elaine y su equipo, y tal vez también el FBI, continuarían haciendo lo que tenían que hacer, y Mercer podría pasar por todo aquello y fingir frustración por no poder lograr más. Había conseguido acceder a la cámara del sótano y les había ofrecido muchas pruebas. Mierda, si incluso se había acostado con ese tío y tal vez volviera a hacerlo. Había hecho todo lo posible hasta entonces y podría continuar siguiéndoles el juego. Tal vez Bruce se librara de *El magnate* como le había dicho, sin dejar rastro, en la oscura inmensidad del mercado negro, y su cámara estaría limpia cuando llegaran los federales. No faltaba mucho para que se agotaran sus seis meses y tuviera que irse de la isla, y así podría hacerlo con buenos recuerdos. Tal vez más adelante quisiera volver a la casita para pasar las vacaciones de verano o, mejor, quizá algún día fuera de gira con una buena novela nueva. Y después con otra.

Su acuerdo no dependía de que la operación tuviera éxito. Cobraría pasara lo que pasase. Sus préstamos de estudios ya eran historia. Ya tenía en el banco la mitad de lo que iban a pagarle. Y estaba segura de que la otra mitad llegaría como le habían prometido.

Pasó gran parte de la noche intentando convencerse de que lo mejor era no decir nada, dejar que fueran pasando despacio los días que quedaban del verano y no levantar la liebre. El otoño llegaría pronto y entonces ella se iría a otra parte.

¿Moralmente había algo correcto o incorrecto? Ella había accedido a participar en un plan cuyo objetivo último era introducirse en el mundo de Cable y encontrar los manuscritos. Al final lo había conseguido, aunque solo por un error garrafal increíble por parte de él. La operación, con Mercer como protagonista, había sido un éxito. ¿Qué derecho tenía de cuestionar la legitimidad de todo el plan? Bruce había participado de forma deliberada en una conspiración para vender los manuscritos y sacarles un beneficio, y no tenía intención de devolvérselos a su legítimo propietario. Él no se salvaba desde el punto de vista moral. Era conocido por comprar y vender libros robados, y se lo había confesado. Conocía los riesgos y parecía encantado de aceptarlos. Antes o después lo pillarían, por ese delito o por otro.

Se fue a pasear por la orilla. Las suaves olas empujaban lentamente la espuma hasta la arena. No había nubes y se veían kilómetros y kilómetros de arena blanca. En el horizonte se reflejaban en el mar en calma las luces de una docena de barcos que pescaban gambas. Sin darse cuenta llegó a North Pier, una larga pasarela de madera que se adentraba varios metros en el agua. Desde que había vuelto a la isla, había estado evitando la zona, porque era donde el mar había depositado el cadáver de Tessa. ¿Por qué estaba allí su nieta en ese momento?

Subió los escalones y caminó por la pasarela hasta la punta, donde se apoyó en la barandilla y miró al horizonte. ¿Qué haría Tessa? Bueno, para empezar, ella jamás se habría encontrado en semejante lío. Nunca se habría dejado seducir por el dinero. Para Tessa había cosas que estaban bien y cosas que estaban mal, no había zonas grises. Mentir era un pecado, si dabas tu palabra tenías que cumplirla y un trato era un trato, independientemente de los inconvenientes que te causara.

Mercer se dejó llevar por la angustia mientras la batalla se recrudecía en su interior. Al final, a una hora espantosa de la madrugada, decidió que lo único que podía hacer si no quería contarlo era devolver el dinero y quitarse de en medio. Aun así tendría que guardar un secreto que pertenecía por derecho a otros, a los buenos. Tessa se enfadaría mucho si se retiraba en ese momento.

Se metió en la cama a eso de las tres de la madrugada, pero sabía que no había forma de que pudiera dormir.

A las cinco hizo la llamada.

15

Elaine estaba despierta, bebiendo despacio y a oscuras su primera taza de café mientras su marido dormía a su lado. Su plan exigía otra visita a Camino Island, la décima o undécima hasta el momento. Cogería el mismo vuelo desde el Reagan National hasta Jacksonville, donde la esperaría Graham o Rick. Todos se reunirían en la casa franca de la playa para analizar la situación. Había cierta emoción porque su chica había pasado el fin de semana con el objetivo. Seguro que se había enterado de algo. La convocarían a una reunión a última hora de la tarde para que les contara las novedades.

Pero a las cinco y un minuto todos los planes se fueron al garete.

Cuando vibró el teléfono de Elaine y vio quién llamaba, salió de la cama y fue a la cocina.

—Es un poco temprano para ti.

—No es tan listo como creíamos —dijo Mercer sin preámbulos—. Tiene el manuscrito de *El último magnate*. Me lo enseñó anoche. Está en la cámara, como pensábamos.

Elaine digirió la información y cerró los ojos.

—¿Estás segura?

—Sí, basándome en las fotografías que me has enseñado, estoy casi segura.

Elaine se sentó en un taburete delante de la barra del desayuno.

—Cuéntamelo todo.

16

A las seis Elaine llamó a Lamar Bradshaw, el director de la unidad de Recuperación de Objetos Raros y Valiosos del FBI y lo despertó. También sus planes para ese día volaron por los aires. Dos horas después los dos se reunieron en el despacho de Lamar, en el edificio Hoover de Pennsylvania Avenue, para un informe completo. Como Elaine esperaba, Bradshaw y su equipo se mostraron irritados porque Elaine y su empresa hubieran urdido un plan en secreto para espiar a Bruce Cable, un sospechoso cuyo nombre solo se había comentado de pasada un mes antes. Cable estaba en la lista del FBI, junto con otras doce personas, pero solo por su reputación. No lo habían considerado seriamente como sospechoso. Al FBI no le gustaban nada las investigaciones privadas paralelas, pero, en vista de los acontecimientos, enzarzarse en una lucha territorial no resultaría productivo. Bradshaw tuvo que tragarse su orgullo una vez más porque Elaine Shelby había vuelto a localizar una mercancía robada. Establecieron enseguida una tregua, la paz prevaleció y empezaron a hacer planes conjuntos.

17

Bruce Cable se despertó a las seis en el apartamento de encima de la librería. Se tomó un café y leyó durante una hora antes de bajar al despacho que tenía en la sala de las primeras ediciones. Encendió el ordenador de sobremesa y empezó a revisar el inventario. La parte más desagradable de su trabajo consistía en decidir qué libros no iban a venderse y por tanto había que devolver a la editorial. Cada libro que devolvía era un fracaso para él, pero después de veinte años casi se había acostumbrado al proceso. Durante una hora recorrió la librería a oscuras, sacando libros de las estanterías y de las mesas para apilarlos formando pequeños y tristes montones en el almacén.

A las 8.45, como siempre, volvió al apartamento, se duchó rápido, se puso su traje de sirsaca y a las nueve en punto encendió las luces y abrió la puerta. Sus dos empleados llegaron, y Bruce les dio instrucciones de trabajo. Treinta minutos más tarde, se fue al sótano y abrió la puerta metálica que llevaba al almacén de Noelle. Jake ya estaba allí, poniendo unos clavos muy pequeños en la parte de atrás de un diván antiguo. El escritorio de Mercer ya estaba terminado y apartado a un lado.

—Al final nuestra amiga, la señorita Mann, no va a comprar el escritorio —dijo Bruce tras los saludos de cortesía—. Noelle quiere que lo envíes a una dirección de Fort Lauderdale. Quítale las patas y encuéntrale un cajón.

—Claro —contestó Jake—. ¿Hoy?

—Sí, es urgente, así que ponte con ello.

—Sí, señor.

18

A las 11.06 un *jet* privado despegó del aeropuerto Dulles International. A bordo iban Elaine Shelby y dos de sus colegas, y Lamar Bradshaw y cuatro agentes especiales. De camino Bradshaw habló otra vez con el fiscal de Florida, y Elaine llamó a Mercer, que se había encerrado en la biblioteca local para intentar escribir. Decía que no podía crear nada en la habitación de la pensión. Elaine le indicó que no se acercara a la librería en un par de días, y Mercer le aseguró que no tenía intención de pasar por allí. Ya había visto mucho a Bruce últimamente y necesitaba un descanso.

A las 11.20 una furgoneta sin rotular aparcó en Main Street, en Santa Rosa, enfrente de la librería. Dentro había tres agentes de campo de la oficina de Jacksonville. Dirigieron el objetivo de una videocámara hacia la puerta principal de Bay Books y empezaron a grabar a todos los que entraban y salían. Otra furgoneta con dos agentes de campo aparcó en Third Street y comenzó la vigilancia. Su trabajo era grabar y monitorizar todos los envíos que entraran o salieran de la librería.

A las 11.40 un agente vestido con pantalón corto y sandalias entró por la puerta de la librería y estuvo mirando estanterías unos minutos. No vio a Cable. Compró el audiolibro de *Paloma solitaria*, pagó en efectivo y salió de la librería. En la primera furgoneta un técnico abrió la caja del audiolibro, sacó los ocho cedés e instaló en su interior una diminuta videocámara con una batería.

A las 12.15 Cable se fue a un restaurante del final de la calle para comer con una persona desconocida. Cinco minutos después otra agente, también con pantalones cortos y sandalias, entró en la librería con la caja de los cedés de *Paloma solitaria*. Se pidió un café arriba, mató un poco el tiempo, volvió a la planta principal y escogió dos libros de bolsillo. Cuando el empleado fue un momento a la parte de atrás, la agente, muy hábilmente, devolvió *Paloma solitaria* a la estantería donde estaban los audiolibros y se llevó el que estaba al lado, *La última sesión*. Luego pagó por los libros de bolsillo y el audiolibro y le preguntó al empleado dónde había un buen sitio para comer. En la primera furgoneta los agentes no apartaban la vista del portátil. Ya contaban con una visión frontal perfecta de toda la gente que entraba en la librería. Solo tenían que rezar por que de repente nadie tuviera ganas de ponerse a escuchar *Paloma solitaria*.

A las 12.31 el *jet* aterrizó en el pequeño aeropuerto de Camino Island, a diez minutos del centro de Santa Rosa. Rick y Graham tenían que recoger allí a Elaine y a sus dos colegas. Dos todoterrenos recogieron a Bradshaw y a su equipo. Como era lunes, había habitaciones disponibles, al menos para unos días, y habían reservado varias en un hotel cerca del puerto, a menos de cinco minutos andando de la librería. Bradshaw se quedó con la suite más grande y estableció allí el puesto de mando. Colocaron los portátiles en una mesa, y las imágenes de la videovigilancia de las cámaras empezaron a llegar ininterrumpidamente.

Tras una breve comida, Mercer fue a la suite del hotel, donde la recibieron con una vorágine de presentaciones. Se quedó asombrada por el despliegue de recursos y se sintió mal al pensar que ella había hecho que toda esa gente se lanzara a por un incauto Bruce Cable.

Bradshaw y otro agente, que se llamaba Vanno, la interrogaron. Elaine permaneció cerca. Mercer volvió a contar toda la historia, sin dar los detalles íntimos de su largo fin de semana, una cana al aire bastante romántica que ya le parecía un revolcón nostálgico que hubiera ocurrido largo tiempo atrás. Bradshaw le mostró una serie de fotografías de alta definición de los manuscritos de Fitzgerald que se habían tomado años atrás en Princeton. Elaine tenía las mismas fotos y Mercer ya las había visto. Sí, en su opinión lo que había visto la noche anterior en la cámara del sótano era el original de *El magnate*.

Sí, podía ser una falsificación. Todo era posible, pero ella diría que no lo era. ¿Por qué iba a mostrarse Bruce tan protector con un manuscrito falso?

Cuando Bradshaw le repitió una pregunta por tercera vez, y con tono suspicaz además, Mercer se irritó.

—Pero ¿es que no estamos todos en el mismo equipo? —exclamó.

Vanno intentó rebajar la tensión.

—Claro que sí, Mercer, solo necesitamos estar seguros de todo.

—Yo lo estoy, ¿vale?

Después de una hora de tira y afloja, Mercer acabó convencida de que Elaine Shelby era más inteligente y mucho más convincente que Bradshaw y Vanno. Pero Elaine había pasado el testigo al FBI y estaba claro quién iba a dirigir todo aquello de entonces en adelante. Durante un descanso Bradshaw recibió una llamada del ayudante del fiscal de Jacksonville y las cosas se pusieron tensas. Al parecer el juez federal no quería aceptar que «el testigo» declarara por videoconferencia e insistía en tener una vista a puerta cerrada con esa persona presente. Eso puso de los nervios a Bradshaw y a Vanno, pero no había nada que pudieran hacer.

A las 14.15 subieron a Mercer a un coche que conducía Rick, con Graham en el asiento del acompañante y Elaine atrás, a su lado. Siguieron a un todoterreno lleno de agentes del FBI fuera de la isla, en dirección a Jacksonville. Cuando llegaron al puente que pasaba por encima de Camino River, Mercer rompió el hielo con tono desagradable.

—Vamos a ver, ¿qué está pasando?

Rick y Graham no dijeron nada y siguieron sin apartar la vista de la carretera que tenían delante. Elaine carraspeó.

—Todo esto es parafernalia federal —dijo—, en esto invierten nuestros impuestos. El agente federal Bradshaw está cabreado con el fiscal de su distrito, que es federal también, y todo el mundo parece de mala leche con el juez, que es quien tiene que emitir las órdenes de registro. Creían que habían llegado a un acuerdo para que tú te quedaras en la isla y declararas por videoconferencia. Bradshaw dice que lo hacen a menudo, pero este juez federal quiere oírte en persona, no sabemos por qué. Así que vamos al juzgado.

—¿Al juzgado? No me habías dicho nada de presentarme en un juzgado.

—Solo vas al edificio del juzgado federal. Seguramente el juez nos reciba en privado, en su despacho o en algún sitio por el estilo. No te preocupes.

—Para ti es fácil decirlo. Tengo una pregunta. Si arrestan a Cable, ¿puede ir a juicio, aunque lo hayan pillado con el manuscrito robado en las manos?

Elaine miró delante.

—Graham, el abogado eres tú.

Graham rio entre dientes, como si fuera broma.

—Soy licenciado en Derecho, pero nunca he trabajado como abogado. Pero es posible, porque no se puede obligar a un acusado a declararse culpable. Por lo tanto, cualquiera al que se impute un delito puede pedir que se celebre un juicio. Aunque no se lo concederán, en este caso, no.

—¿Por qué no?

—Si Cable tiene el manuscrito, le presionarán mucho para que cante. Recuperar los cinco es mucho más importante que castigar a ladrones y sinvergüenzas. Ofrecerán a Cable todo tipo de tratos apetecibles para que lo suelte todo y los lleve hasta los demás. No tengo ni idea de cuánto sabe, pero seguro que canta para salvarse.

—Pero si por alguna extraña razón fuera a juicio, no podrán llamarme a mí como testigo, ¿no? —Todos se quedaron callados, y Mercer esperó. Tras una pausa larga e incómoda, continuó—: Mira, Elaine, tú no me hablaste en ningún momento de ir a declarar al juzgado, y tampoco me dijiste que tendría que testificar contra Cable. No voy a hacerlo.

Elaine intentó tranquilizarla.

—No tendrás que testificar, Mercer, créeme. Lo estás haciendo muy bien y estamos muy orgullosos de ti.

—No seas condescendiente conmigo, Elaine —exclamó Mercer con más brusquedad de la que pretendía.

Durante un largo rato nadie habló, pero la tensión se respiraba en el ambiente. Avanzaban por la interestatal 95, en dirección sur, y estaban entrando en Jacksonville.

El juzgado era un edificio moderno, de numerosos niveles y con montones de cristal. Los dirigieron a una entrada lateral y estacionaron en un aparcamiento reservado. Los agentes del FBI rodearon a Mercer como si necesitara protección. Su séquito ocupaba el ascensor. Unos minutos después entraron en el despacho del fiscal de distrito centro de Florida y los condujeron a una sala de reuniones donde empezó la espera. Bradshaw y Vanno sacaron los móviles y mantuvieron conversaciones en voz baja. Elaine estaba informando a Bethesda. Rick y Graham también recibieron llamadas importantes. Así que Mercer se quedó sola, sentada a aquella mesa enorme sin nadie con quien hablar.

Al cabo de unos veinte minutos, un joven serio con un traje oscuro (por Dios, todos llevaban trajes oscuros) entró muy decidido y se presentó como Janeway, un ayudante del fiscal. Explicó a todo el mundo que el juez, que se llamaba Philby, estaba ocupado con una vista importantísima y que podía llevarle un tiempo. Janeway dijo que quería oír el testimonio de Mercer, si no había inconveniente.

Mercer se encogió de hombros. ¿De verdad tenía elección?

Janeway se fue y volvió con otros dos hombres con traje,

que se presentaron. Mercer les estrechó la mano. Un verdadero placer.

Sacaron cuadernos y la miraron con insistencia desde el otro lado de la mesa. Janeway comenzó a hacerle preguntas y al instante quedó claro que apenas sabía nada del caso. Así que Mercer fue poco a poco, lenta y pesadamente, rellenando sus lagunas.

19

A las 16.50 Mercer, Bradshaw y Vanno siguieron a Janeway hasta el despacho del juez Arthur Philby, el cual los recibió como si estuvieran entrando sin permiso. Había tenido un día difícil y parecía un poco irritable. Mercer se sentó en la punta de otra mesa larga, al lado de un secretario judicial, que le pidió que levantara la mano derecha y jurara decir la verdad. Sobre un trípode, había una videocámara que enfocaron hacia la testigo. El juez Philby, que no llevaba la toga negra, se sentó en el otro extremo de la mesa, como un rey en su trono.

Durante una hora Janeway y Bradshaw le hicieron preguntas, y ella contó la misma historia por tercera vez ese día. Bradshaw presentó unas fotos ampliadas del sótano, la cámara y la caja fuerte que contenía. Philby la interrumpió en numerosas ocasiones para preguntarle también, y tuvo que repetir la mayor parte de su testimonio varias veces. No obstante, mantuvo la calma y se sorprendió pensando en diferentes ocasiones que Bruce Cable era mucho más agradable que esos tíos, los buenos.

Cuando terminó lo recogieron todo y le dieron las gracias por su tiempo y sus esfuerzos. No se preocupen, me pagan por estar aquí, estuvo a punto de decir. La dejaron marchar y abandonó el edificio con Elaine, Rick y Graham.

—¿Y qué pasa ahora? —preguntó Mercer cuando el edificio federal quedó por fin atrás.

—Están preparando una orden de registro —dijo Elaine—. Tu testimonio ha sido perfecto y has convencido al juez.

—¿Y cuándo van a entrar en la librería?

—Pronto.

8

La entrega

I

Denny llevaba diez días en la isla y estaba empezando a perder la paciencia. Rooker y él habían vigilado a Cable y ya conocían todos sus movimientos, una tarea simple y monótona. También habían seguido a Mercer y estaban al corriente de sus costumbres, otra labor fácil.

La intimidación había funcionado con Oscar Stein en Boston y tal vez fuera la única herramienta que podían utilizar también en esta situación. Confrontación directa bajo amenaza de violencia. Al igual que Stein, Cable no podía salir corriendo a llamar a la policía, precisamente. Si tenía los manuscritos, podrían coaccionarle para que hiciera un trato. Si no, seguro que sabía dónde estaban.

Cable solía salir del trabajo a eso de las seis de la tarde y se iba a casa. A las 17.50 del lunes, Denny entró en la librería y fingió que echaba un vistazo. Por suerte para Cable, al menos, él estaba ocupado en el sótano y los empleados sabían que no debían mencionar ese detalle.

A Denny, sin embargo, se le había agotado la suerte. Tras meses moviéndose sin llamar la atención por aeropuertos, aduanas y controles de seguridad con identificaciones y pasaportes falsos y disfraces, pagando en metálico habitaciones y apartamentos de alquiler siempre que podía, se creía muy listo, si no invencible. Pero hasta a los más listos los trincan cuando bajan la guardia.

El FBI llevaba años perfeccionando la tecnología de reconocimiento facial, un *software* llamado FacePrint. Se servía de un algoritmo para calcular la distancia entre los ojos, la nariz y las orejas del sujeto, y en milisegundos hacía una comparación con un grupo de fotos relevantes en cada investigación. En «el informe Gatsby», como llamaban en el FBI al caso de los manuscritos, el grupo de imágenes era comparativamente pequeño. Solo incluía una docena de fotos de los tres ladrones en el mostrador de la biblioteca Firestone, aunque Jerry Steengarden y Mark Driscoll ya estaban entre rejas, y varios centenares de fotos de hombres sospechosos o conocidos por traficar con arte, objetos valiosos o libros robados.

Cuando Denny entró en la librería, la cámara oculta que había en la caja del audiolibro *Paloma solitaria* capturó la imagen de su cara, como lo hacía de manera rutinaria con todos los demás clientes desde el mediodía de ese día. La imagen se envió al portátil que había en la parte trasera de la furgoneta aparcada al otro lado de la calle y también al colosal laboratorio forense de Quantico, Virginia. Y se produjo una coincidencia. Una alarma alertó a un técnico. A los pocos segundos de que entrara en la librería, identificaron a Denny como el tercer ladrón de *Gatsby*.

Habían cogido a dos. Trey, el cuarto, seguía descomponiéndose en el fondo del lago de las Poconos, porque no lo habían encontrado ni sabían que estaba involucrado. Ahmed, el quinto, seguía escondido en Europa.

Quince minutos después, Denny salió de la librería, dobló la esquina y se subió a un Honda Accord de 2011. La segunda furgoneta lo siguió a cierta distancia, lo perdió y después lo localizó de nuevo aparcado delante del Sea Breeze

Motel, junto a la playa, a cien metros de The Lighthouse Inn. A partir de ahí iniciaron la operación de vigilancia.

El Honda Accord lo había alquilado en una agencia de Jacksonville que anunciaba que alquilaban chatarra y en la cual no les importaba cobrar en efectivo. El nombre que había puesto en el contrato de alquiler era Wilbur Shifflet y cuando lo interrogó el FBI, el director de la agencia reconoció que el permiso de conducir de Maine le había parecido falso. Shifflet había pagado mil dólares en efectivo por alquilar el coche dos semanas y no contrató el seguro.

El FBI estaba perplejo ante cómo se desarrollaban los acontecimientos y la increíble suerte que habían tenido. Pero ¿por qué uno de los ladrones andaba merodeando por la librería unos ocho meses después del robo? ¿También estaría vigilando a Mercer? ¿Tenía alguna conexión con Cable? Había muchas preguntas desconcertantes que tendrían que analizar más adelante, pero en ese momento era un claro indicio de que Mercer estaba en lo cierto. Al menos uno de los manuscritos se hallaba en ese sótano.

Al atardecer Denny salió de la habitación 18, y Rooker, de la de al lado. Caminaron unos cien metros hasta The Surf, un bar con parrilla y una terraza muy concurrida, donde cenaron bocadillos y cerveza. Mientras comían, cuatro agentes del FBI entraron en la recepción del Sea Breeze y enseñaron al director una orden de registro. En la habitación 18, bajo la cama, encontraron una bolsa de deporte. Contenía una pistola de nueve milímetros, seis mil dólares en efectivo y varios permisos de conducir falsos de Tennessee y Wyoming. Pero nada de eso les reveló la verdadera identidad de Wilbur. Los agentes tampoco hallaron nada de valor en la habitación de al lado.

Cuando Denny y Rooker volvieron al Sea Breeze, los arrestaron y los trasladaron, sin abrir la boca y en coches separados, a las oficinas del FBI en Jacksonville. Los ficharon y les tomaron las huellas. Los dos juegos de huellas se compararon con la base de datos y a las diez de la noche se supo la verdad. Encontraron las huellas que habían tomado a Denny cuando entró en el ejército, y con ellas su nombre: Dennis Allen Durban, de treinta y tres años, nacido en Sacramento. Los antecedentes criminales de Rooker fueron los que lo delataron a él: Bryan Bayer, de treinta y nuevaron, nacido en Green Bay, Wisconsin. Los dos se negaron a cooperar y acabaron en el calabozo. Lamar Bradshaw decidió dejarlos encerrados unos cuantos días y esperar a ver qué pasaba cuando corriera la voz de que los habían arrestado.

Mercer estaba con Elaine, Rick y Graham en la casa franca, jugando a las cartas para matar el tiempo. Les habían contado lo de los arrestos, pero sin darles detalles. Bradshaw llamó a las once, habló con Elaine y le contó lo que no sabían. Obviamente las cosas se estaban desarrollando muy rápido. Había muchas preguntas sin respuesta. Al día siguiente era el gran día, y Bradshaw ordenó que sacaran a Mercer de la isla.

2

Estuvieron vigilando la librería con más atención aún durante todo el martes, pero no vieron nada fuera de lo común. No hubo más ladrones merodeando, ni llegaron paquetes sospechosos. Un camión de UPS entregó seis cajas de libros a las once menos diez, pero se fue sin llevarse nada. Cable estaba pululando entre la planta de arriba y la principal, ayudando a los clientes y leyendo en su sitio favorito, como siempre. Se fue a comer a las doce y cuarto, y volvió al cabo de una hora.

A las cinco, Lamar Bradshaw y Derry Vanno entraron en la librería, se acercaron a Cable y le preguntaron si podían hablar en alguna parte. Bradshaw se identificó en voz baja como agente del FBI. Cable los llevó a su despacho de la sala de las primeras ediciones y cerró la puerta. Les pidió que le enseñaran alguna identificación, y ellos le mostraron sus placas. Vanno le entregó una orden de registro.

—Hemos venido para registrar el sótano —anunció Vanno.

—Bien, ¿y qué es lo que están buscando? —preguntó Bruce, que se había quedado de pie.

—Unos manuscritos de F. Scott Fitzgerald que fueron robados de la biblioteca de Princeton —explicó Bradshaw.

Bruce soltó una carcajada.

—¿Lo dicen en serio? —respondió sin vacilar un segundo.

—¿Le parece a usted que hablamos en serio?

—Supongo que sí. ¿Me dan un momento para leerme esto? —Agitó la orden de registro.

—Usted verá. Tenemos cinco agentes en la librería ahora mismo, incluidos nosotros.

—Está bien, pónganse cómodos. Pueden tomar café arriba.

—Lo sabemos.

Bruce se sentó a su mesa a leer la orden de registro. Fue pasando las páginas despacio, se tomó su tiempo. Daba la impresión de que no estaba nada preocupado.

—Bien —dijo cuando terminó—, está todo bastante claro. —Se levantó, se estiró y pensó en qué iba a hacer a continuación—. La orden se limita a la cámara del sótano, ¿verdad?

—Correcto —contestó Bradshaw.

—Hay muchos libros valiosos ahí abajo y, bueno, ustedes son famosos por no dejar piedra sobre piedra en los sitios que registran.

—Ve usted demasiada televisión —respondió Vanno—. Sabemos lo que hacemos, y si coopera, nadie en la librería se enterará siquiera de que estamos aquí.

—Eso lo dudo.

—Vamos.

Con la orden de registro en la mano, Bruce los guio hasta el fondo de la librería, donde se encontró a otros tres agentes, todos vestidos con atuendos informales. Bruce los ignoró y abrió la puerta del sótano con la llave. Encendió una luz.

—Tengan cuidado con los escalones.

En el sótano encendió más luces, se detuvo ante la puerta de la cámara e introdujo un código. Abrió la cámara, encendió la luz y, cuando los cinco agentes estuvieron dentro, señaló las paredes.

—Todo esto son primeras ediciones raras. Pero supongo que no les interesan —dijo.

Un agente sacó una cámara de vídeo y comenzó a grabar el interior de la cámara acorazada.

—Abra la caja fuerte —pidió Bradshaw, y Bruce obedeció. Cuando la abrió, señaló las baldas superiores.

—Estos también son muy raros, ¿quieren verlos?

—Luego quizá —dijo Bradshaw—. Empecemos por los cuatro cajones. —Sabía exactamente lo que quería.

Bruce abrió el primero. Contenía dos cajas de cedro, como había dicho Mercer. Sacó una, la puso en la mesa y abrió la tapa.

—Este es el manuscrito original de *Más oscuro que el ámbar*, publicado por John D. MacDonald en 1966. Lo compré hace más o menos diez años. Tengo una factura que lo demuestra.

Bradshaw y Vanno examinaron el manuscrito.

—¿Le importa que lo toquemos? —preguntó Vanno.

Los dos tenían experiencia y sabían lo que hacían.

—Ustedes mismos.

El manuscrito estaba escrito a máquina, y las páginas se hallaban en buen estado, sin apenas decoloración.

—¿Y el otro? —preguntó Bradshaw.

Bruce sacó la otra caja de cedro, la colocó al lado de la primera y levantó la tapa.

—Este es otro manuscrito de MacDonald, *Lluvia plateada*, publicado en 1985. También tengo la factura de compra.

Ese también estaba en condiciones inmejorables y escrito a máquina, con notas en los márgenes.

—MacDonald vivía en un barco y no tenía electricidad —añadió Bruce—. Utilizaba una vieja máquina de escribir Underwood y era muy meticuloso con su trabajo. Sus manuscritos son pulcrísimos.

A ellos no les interesaba nada MacDonald, pero pasaron las páginas de todas maneras.

—No lo sé con seguridad —comentó Bruce por diversión—, pero ¿Fitzgerald no escribía a mano sus manuscritos?

No obtuvo respuesta.

Bradshaw volvió a mirar la caja fuerte.

—El segundo cajón —ordenó.

Bruce lo abrió, y los dos agentes se acercaron y estiraron el cuello para mirar. Se encontraba vacío. Igual que el tercero y el cuarto. Bradshaw estaba perplejo y lanzó una mirada desesperada a Vanno, que contemplaba con la boca abierta los cajones vacíos sin poder creérselo.

—Vacíe la caja —dijo Bradshaw, vacilante.

—No hay problema —dijo Bruce—, pero es evidente, al menos para mí, que les han dado una información equivocada. Yo no comercio con mercancía robada y ni se me ocurriría acercarme a los manuscritos de Fitzgerald.

—Vacíe la caja —repitió Bradshaw, ignorándolo.

Bruce devolvió los dos manuscritos de MacDonald al cajón de arriba. Después se acercó a la balda superior y sacó la caja que contenía *El guardián entre el centeno*.

—¿Quiere verlo?

—Sí —contestó Bradshaw.

Bruce abrió con cuidado la caja y sacó el libro. Se lo tendió para que lo miraran y lo grabaran en vídeo, y después volvió a guardarlo.

—¿Quieren verlos todos?

—Eso es.

—Es una pérdida de tiempo. Son novelas publicadas, no manuscritos.

—Ya lo sabemos.

—Estas cajas están hechas a medida para cada libro y son demasiado pequeñas para guardar un manuscrito.

Eso era obvio, pero tenían tiempo de sobra y debían llevar a cabo un registro exhaustivo.

—El siguiente —indicó Bradshaw, señalando con la cabeza las baldas de la caja fuerte.

Bruce fue sacando los libros metódicamente, uno por uno; abría las cajas, les enseñaba los ejemplares y después los dejaba a un lado. Mientras lo hacía, Bradshaw y Vanno sacudían la cabeza, se miraban, ponían los ojos en blanco y parecían todo lo desconcertados que pueden estar dos agentes que han sido burlados.

Cuando los cuarenta y ocho libros estuvieron encima de la mesa y la caja fuerte quedó vacía, excepto por los dos manuscritos de MacDonald, que habían vuelto al cajón de arriba, Bradshaw se acercó a la caja para examinarla, como si estuviera buscando un compartimento secreto, pero estaba claro que no había espacio para nada de eso. Se rascó la barbilla y se pasó los dedos por el pelo, que ya le raleaba.

—¿Y estos? —preguntó Vanno, señalando con la mano las estanterías que había contra las paredes.

—Son primeras ediciones raras —explicó Bruce—, libros publicados hace mucho tiempo. Es una colección que llevo años reuniendo. Pero es el mismo caso de antes: son novelas, no manuscritos. Aunque supongo que querrán ver esos libros también.

—¿Por qué no? —contestó Vanno.

Bruce pulsó unas teclas y abrió las estanterías. Los agentes se separaron, levantaron las puertas de cristal de las baldas e inspeccionaron las hileras de libros, aunque no encontraron nada que se pareciera ni remotamente a un voluminoso manuscrito. Bruce los observó como un halcón, nervioso, a punto de saltar si intentaban sacar algún libro. Pero los agentes tuvieron mucho cuidado y fueron muy profesionales. Tras una hora en la cámara, ya lo habían registrado todo y no habían encontrado nada. Habían examinado cada centímetro de esa habitación. Cuando salieron, Bruce cerró la puerta, pero no la aseguró.

Bradshaw miró el resto del sótano y se fijó en las baldas llenas de libros viejos, revistas, galeradas y ejemplares de ediciones anticipadas.

—¿Le importa si echamos un vistazo? —preguntó en un último intento desesperado por encontrar algo.

—Bueno, según la orden —dijo Bruce—, solo pueden registrar la cámara, pero no hay problema, echen un vistazo. No van a encontrar nada.

—¿Nos da su consentimiento, entonces?

—Claro. ¿Por qué no? Pierdan todo el tiempo que quieran.

Se desplegaron por la habitación llena de trastos y pasaron media hora revisándola, como si quisieran retrasar lo inevitable. Reconocer la derrota era impensable, pero al final tuvieron que rendirse. Bruce los siguió por las escaleras y los acompañó a la puerta. Bradshaw le tendió la mano.

—Disculpe las molestias —dijo.

Bruce le estrechó la mano.

—¿Significa esto que han acabado conmigo o sigo siendo sospechoso?

Bradshaw se sacó una tarjeta del bolsillo y se la entregó a Bruce.

—Le llamaré mañana y le responderé a esa pregunta.

—Bien. O mejor, le diré a mi abogado que le llame.

—Me parece bien.

Cuando se fueron, Bruce se volvió y vio que los dos empleados que había detrás del mostrador lo observaban.

—De la DEA. Buscaban un laboratorio de meta. Volved al trabajo.

3

El bar más antiguo de la isla era el Pirate's Saloon, a tres manzanas al este de la librería. Al anochecer, Bruce se encontró allí con su abogado, Mike Wood, para tomar algo. Se sentaron en un rincón y, con sendos bourbons delante, Bruce le describió el registro. Mike tenía demasiada experiencia para preguntarle si sabía algo de los manuscritos robados.

—¿Es posible averiguar si sigo siendo el centro de su investigación? —preguntó Bruce.

—Tal vez. Llamaré a ese agente mañana, pero imagino que la respuesta es que sí.

—Me gustaría saber si van a estar siguiéndome durante los seis próximos meses. Mira, Mike, me voy al sur de Francia la semana que viene para estar con Noelle. Si esos tíos van a estar persiguiéndome por todas partes, quiero saberlo. Les doy los números de vuelo si quieren y hasta los llamo cuando llegue a casa. No tengo nada que ocultar.

—Se lo diré al agente, pero por ahora hazte a la idea de que van a estar vigilando todos tus movimientos, escuchando tus llamadas telefónicas y leyendo todos tus correos y mensajes de móvil.

Bruce fingió incredulidad y frustración, pero la realidad era que durante los últimos dos meses había vivido dando por sentado que alguien, posiblemente el FBI y tal vez también alguna otra persona, le estaba escuchando y vigilando.

Al día siguiente, miércoles, Mike Wood llamó a Lamar Bradshaw a su móvil cuatro veces y todas saltó el buzón de voz. Le dejó mensajes, pero él no le devolvió la llamada. El jueves Bradshaw lo llamó y le informó de que el señor Cable seguía siendo una persona de interés en la investigación, pero que ya no era sospechoso.

Mike le dijo a Bradshaw que su cliente iba a salir del país en breve y le dio su número de vuelo y el nombre del hotel de Niza donde se alojaría durante unos días con su mujer. Bradshaw le dio las gracias por la información y dijo que el FBI no tenía ningún interés en los viajes al extranjero del señor Cable.

4

El viernes trasladaron a Denny Durban y a Bryan Bayer, también conocido como Joe Rooker, en avión a Filadelfia y después por carretera hasta Trenton, donde volvieron a ficharlos y los encerraron en celdas separadas. Llevaron a Denny a una sala de interrogatorios, lo sentaron ante una mesa, le dieron una taza de café y le dijeron que esperara. Entonces el agente especial McGregor fue en busca de Mark Driscoll y su abogado, Gil Petrocelli, y los condujo al pasillo que había junto a la sala de interrogatorios, desde donde vieron a Denny, sentado solo y con pinta de aburrido, a través de una ventana con un cristal opaco.

—Hemos pillado a tu compañero —anunció McGregor a Mark—. Estaba en Florida.

—¿Y? —preguntó Petrocelli.

—Que ahora los tenemos a los tres, a todos los que estuvieron dentro de la biblioteca Firestone. ¿Han visto suficiente?

—Sí —contestó Driscoll.

Se alejaron y entraron en otra sala de interrogatorios, dos puertas más allá. Cuando todos estuvieron sentados alrededor de una pequeña mesa, McGregor dijo:

—No sabemos quién más estuvo implicado, pero sí que había otros. Alguien que estaba fuera de la biblioteca creó la distracción mientras vosotros tres trabajabais dentro. Otra persona hackeó el sistema de seguridad y el cuadro eléctrico del campus. Con eso hacen cinco integrantes, aunque podrían ser más, solo usted nos lo puede aclarar. Nos estamos acercando a los manuscritos y pronto podremos formular las acusaciones. Estamos dispuestos a ofrecerle un trato, más bien la madre de todos los tratos, señor Driscoll. Si canta, sale libre. Cuéntenoslo todo y no lo acusaremos. Entrará en protección de testigos y le llevaremos a algún lugar agradable con una identidad nueva, un buen trabajo, lo que quiera. Si hay juicio, tendremos que traerlo para que testifique, pero la verdad es que dudo que llegue a ocurrir.

Ocho meses en la cárcel habían sido más que suficientes para Mark. Denny era el más peligroso, pero, si ya estaba neutralizado, adiós a la presión. La amenaza de venganza ya no parecía para tanto. Trey no era violento y además estaba huido. Si Mark les daba el nombre real de Trey, probablemente lo atraparan pronto. Y Ahmed era un friki de los ordenadores debilucho al que asustaba hasta su sombra. Que él ejecutara la venganza le parecía muy poco probable.

—Deme algo de tiempo para pensar —dijo Mark.

—Consideraremos la oferta —intervino Petrocelli.

—Vale, hoy es viernes. Tiene todo el fin de semana para tomar una decisión. Volveré a verlos el lunes por la mañana. Después retiraremos cualquier oferta de la mesa.

El lunes Mark aceptó el trato.

5

El martes 19 de julio, Bruce Cable voló de Jacksonville a Atlanta, se subió a un avión de Air France que iba a París sin escalas y después estuvo matando el tiempo durante dos horas antes de coger el siguiente vuelo de conexión a Niza. Llegó allí a las ocho de la mañana y cogió un taxi que le llevó al Hôtel La Pérouse, un hotel-boutique junto al mar con mucho estilo que Noelle y él habían descubierto durante su primer viaje a Francia, diez años antes. Ella estaba esperándolo en el vestíbulo. Con un vestido blanco corto y un elegante sombrero de paja de ala ancha, parecía verdaderamente francesa. Se besaron y se abrazaron como si hiciera años que no se veían y fueron de la mano hasta la terraza junto a la piscina, donde bebieron champán y se besaron otra vez. Cuando Bruce dijo que tenía hambre, se marcharon a su habitación de la tercera planta y llamaron al servicio de habitaciones. Comieron en la terraza mientras tomaban el sol. Por debajo de ellos, la playa se extendía varios kilómetros, y más allá la Costa Azul brillaba bajo el sol matutino. Hacía meses que Bruce no se tomaba un día libre y necesitaba relajarse. Tras una larga siesta se había recuperado del *jet lag*, y bajaron a la piscina.

Como siempre preguntó por Jean-Luc, y Noelle dijo que estaba bien y que le enviaba recuerdos. Ella preguntó por Mercer, y Bruce le contó toda la historia. Estaba casi seguro de que no volverían a verla.

A última hora de la tarde, salieron del hotel y fueron paseando unos minutos hasta el casco antiguo, un área triangular que databa de siglos y que era la principal atracción de la ciudad. Caminaron en medio de la multitud, echaron un vistazo a los atestados mercadillos al aire libre, miraron escaparates de boutiques por unas calles demasiado estrechas para que pasara un coche y tomaron un café y un helado en una de las numerosas cafeterías con terraza. Recorrieron los callejones y se perdieron en más de una ocasión, pero nunca durante mucho tiempo. Siempre acababan encontrándose el mar al volver una esquina. Muchas veces iban de la mano, nunca se separaban mucho e incluso a ratos se les veía pasear abrazados.

6

El jueves Bruce y Noelle durmieron hasta tarde, desayunaron en la terraza, se ducharon, se vistieron y volvieron al casco viejo. Recorrieron los mercadillos de flores y se sorprendieron con algunas variedades espectaculares; había muchas que ni siquiera Noelle había visto nunca. Tomaron un expreso en otra cafetería mientras contemplaban a la multitud que rodeaba la catedral barroca de la Place Rossetti. Cuando se acercaba el mediodía, por fin se dirigieron al extremo del casco antiguo, a una calle que era un poco más ancha y por la que sí circulaban los vehículos. Entraron en una tienda de antigüedades, y Noelle se puso a charlar con el dueño. Un carpintero les llevó a la parte de atrás, a un pequeño taller lleno de mesas y armarios en diferentes fases de reparación, y les señaló un cajón de madera, que le dijo a Noelle que acababa de llegar. Ella comprobó la etiqueta de envío, que estaba grapada en una esquina, y pidió al hombre que abriera la caja. Él cogió un taladro y empezó a sacar la docena de tornillos de cinco centímetros que fijaban la tapa. El hombre trabajaba de forma lenta y metódica, como debía de llevar haciendo muchos años. Bruce lo observó, mientras Noelle parecía más interesada en otra mesa antigua. Cuando terminó, Bruce y él levantaron la tapa de la caja y la dejaron a un lado.

Noelle dijo algo al carpintero y el hombre se fue. Bruce retiró la gruesa espuma de protección que había en la caja y momentos después Noelle y él se encontraron mirando el escritorio de Mercer. Bajo el tablero se veían los frentes de tres cajones que habían quitado para crear un espacio oculto. Con un martillo de orejas, Bruce lo abrió con cuidado. Dentro había cinco cajas de cedro idénticas, todas hechas a medida siguiendo las especificaciones que Bruce había dado a un ebanista de Camino Island.

Gatsby y sus amigos.

7

La reunión se convocó a las nueve de la mañana y daba la impresión de que iba a alargarse. La enorme mesa se hallaba cubierta de papeles, esparcidos como si llevaran horas trabajando. En el extremo más alejado, habían instalado una pantalla grande. A su lado había un plato con dónuts y dos jarras de café. McGregor y otros tres agentes del FBI se sentaron en un lado. Carlton, el ayudante del fiscal, ocupó el otro lado, flanqueado por su séquito de jóvenes serios con trajes oscuros. En el extremo opuesto, en el asiento de la cabecera de la mesa, estaba Mark Driscoll, y a su izquierda, su fiel abogado, Petrocelli.

Mark ya estaba saboreando la deliciosa idea de salir al exterior, de la vida en libertad en un nuevo mundo. Estaba listo para hablar.

McGregor fue quien tomó la palabra.

—Empecemos por el equipo. Había tres personas dentro, ¿es así?

—Sí. Jerry Steengarden, Denny Durban y yo.

—¿Y los otros?

—Sobre el terreno, fuera de la biblioteca, estaba Tim Maldanado, al que nosotros llamamos Trey. No sé de dónde es, porque se ha pasado la mayor parte de su vida huyendo. Su madre se llama Iris Green y vive en Baxter Road, Munchie, Indiana. Pueden ir a verla, pero seguro que hace años que no sabe nada de su hijo. Trey se escapó de una cárcel federal de Ohio hace dos años, más o menos.

—¿Por qué sabe dónde vive su madre? —preguntó McGregor.

—Era parte del plan. Memorizamos un montón de datos inútiles como un seguro que nos obligara a guardar silencio en caso de que arrestaran a alguno de nosotros. Una amenaza de venganza, lo cual nos pareció muy inteligente entonces.

—¿Y cuándo fue la última vez que vio a Trey?

—El 12 de noviembre del año pasado, el día que Jerry y yo salimos de la cabaña del bosque y fuimos en coche hasta Rochester. Lo dejamos con Denny. No tengo ni idea de dónde estará ahora.

En la pantalla apareció una foto de archivo policial en la que Trey les sonreía.

—Es él —confirmó Mark.

—¿Y cuál era su papel?

—Distracción. Él provocó la confusión con las bombas de humo y los petardos. Llamó al 911 y dijo que había un tío disparando a los estudiantes. Yo también llamé un par de veces desde el interior de la biblioteca.

—Vale, volveremos a eso después. ¿Quién más estaba involucrado?

—Éramos cinco, y el quinto era Ahmed Mansour, un estadounidense descendiente de libaneses que trabajaba desde Buffalo. No estuvo en la escena esa noche. Es hacker, falsificador y experto en informática. Pasó muchos años trabajando para la inteligencia del gobierno, hasta que lo echaron y se pasó al mundo criminal. Tiene unos cincuenta años, está divorciado y vive con una mujer en el 662 de Washburn Street, en Buffalo. Que yo sepa, no tiene antecedentes.

Aunque estaban grabando en vídeo y en audio la entrevista de Mark, los cuatro agentes del FBI y los cinco jóvenes con cara de palo de la oficina del fiscal se pusieron a escribir como locos, como si las notas que estaban tomando fuesen importantes.

—Está bien —continuó McGregor—, si solo eran cinco, ¿quién es este tío?

La cara de Bryan Bayer apareció en la pantalla.

—No lo he visto nunca.

—Es el tío que me pegó hace unas semanas en el aparcamiento —explicó Petrocelli—. Me dijo que advirtiera a mi cliente de que mantuviera la boca cerrada.

—Lo atrapamos con Denny en Florida —explicó McGregor—. Un matón con un largo historial. Se llama Bryan Bayer y se le conoce como Rooker.

—Yo no lo conozco —insistió Mark—. No era parte de nuestro equipo. Será alguien que reclutó Denny para buscar los manuscritos.

—No sabemos mucho de él, y no quiere hablar —dijo McGregor.

—No intervino en la operación —aseguró Mark.

—Volvamos al equipo. Háblenos del plan. ¿Cómo empezó?

Mark sonrió, se relajó, dio un largo sorbo al café y comenzó su relato.

8

En la zona de la margen izquierda de París, en el corazón del distrito sexto, en la Rue St.-Sulpice, monsieur Gaston Chappelle tenía una bonita librería que no había cambiado mucho en veintiocho años. Había más establecimientos parecidos que salpicaban el centro de la ciudad, cada uno con una especialidad diferente. La de monsieur Chappelle eran las novelas raras francesas, españolas y estadounidenses de los siglos XIX y XX. Dos puertas más abajo, un amigo se dedicaba solo a los mapas y los atlas antiguos. A la vuelta de la esquina, otro colega compraba y vendía grabados antiguos y cartas escritas por personajes históricos. Generalmente entraba y salía poca gente de esas tiendas; muchos miraban, pero pocos compraban. Sus clientes eran coleccionistas serios de todo el mundo, no turistas en busca de algo que leer.

El lunes 25 de julio, monsieur Chappelle cerró su librería a las once de la mañana y se subió a un taxi. Veinte minutos después este se detuvo delante de un edificio de oficinas de la Avenue Montaigne, en el distrito octavo, y el librero se apeó del vehículo. Cuando entró en el edificio, miró con cautela a su espalda, a la calle, aunque no esperaba encontrarse nada raro. No había nada ilegal en lo que estaba haciendo, al menos no según las leyes francesas.

Habló con la encantadora recepcionista y esperó mientras esta llamaba a la planta superior. Deambuló por el vestíbulo, admirando los cuadros de las paredes y sopesando el alcance de la ambición del despacho de abogados. Scully & Pershing, anunciaba la placa con letras de bronce, y tenían oficinas en, según contó, cuarenta y cuatro ciudades de todos los países importantes y unas cuantas más en lugares de menor relevancia. Había estado un rato revisando su página web y sabía que la firma, con sus tres mil abogados, alardeaba de ser el bufete de abogados más grande del mundo.

Cuando aprobaron su acceso, la recepcionista lo dejó pasar y le indicó cómo llegar al tercer piso. Él subió las escaleras y pronto encontró el despacho de un tal Thomas Kendrick, un socio que había sido elegido porque se había licenciado en Princeton. Tenía dos licenciaturas más, una de Columbia y otra de la Sorbona. El señor Kendrick tenía cuarenta y ocho años, y había nacido en Vermont, pero ya tenía la doble nacionalidad. Estaba casado con una francesa y se había quedado en París después de sus estudios. Su especialidad eran los litigios complejos de naturaleza internacional y, al menos por teléfono, parecía un poco reticente a concertar una cita con un mísero librero. Pero monsieur Chappelle había insistido mucho.

Se saludaron en francés, y el señor Kendrick no tardó en preguntar:

—Bueno, ¿qué puedo hacer por usted?

—Usted tiene fuertes vínculos con la universidad de Princeton, ya que formó parte en su momento del consejo de administración. Supongo que conocerá al rector, el doctor Carlisle.

—Sí. Me gusta implicarme en mi universidad. ¿Puedo preguntar por qué es eso importante para usted?

—Es un detalle fundamental, porque tengo un amigo que tiene un conocido que sabe quién tiene en su poder los manuscritos de Fitzgerald. Y este hombre quiere devolvérselos a Princeton, a cambio de una suma, claro.

El rostro profesional de abogado de mil dólares la hora de Kendrick se desmoronó y se quedó con la boca ligeramente abierta, los ojos a punto se salírsele de las órbitas y cara de que acabasen de propinarle una patada en el estómago.

—Yo solo soy el intermediario —continuó Chappelle—, igual que usted. Necesitamos su ayuda.

Lo último que necesitaba el señor Kendrick era un encargo de ese tipo, sobre todo porque no iba a ganar nada, pero iba a robarle su valioso tiempo. No obstante, la tentación de formar parte de una transacción única como esa era irresistible. Si ese hombre decía la verdad, Kendrick desempeñaría un papel fundamental en la devolución de un bien preciado que su querida universidad valoraba más que ningún otro. Carraspeó.

—Deduzco que los manuscritos están en lugar seguro y que esa persona los tiene todos.

—Así es.

Kendrick sonrió mientras su mente trabajaba a mil por hora.

—¿Y dónde se haría efectiva la entrega?

—Aquí. En París. La entrega se planificará al detalle y habrá que seguir las instrucciones al pie de la letra. Obviamente, señor Kendrick, estamos hablando de que la persona que tiene en sus manos esos objetos tan valiosos no quiere que la atrapen. Es muy inteligente y calculadora, y si se produce el más mínimo error, o ve confusión o cualquier atisbo de problema, hará que los manuscritos desaparezcan para siempre. Princeton solo tiene una oportunidad de recuperarlos. Notificárselo a la policía sería un grave error.

—No estoy seguro de que Princeton quiera implicarse en esto sin el FBI. Aunque no lo sé, claro.

—Entonces no habrá trato. Punto. Princeton no volverá a verlos nunca.

Kendrick se levantó y se colocó la camisa, de una tela de buena calidad, bajo los pantalones hechos a medida. Se acercó a la ventana y miró afuera, a ninguna parte en particular.

—¿Y cuál es el precio?

—Una fortuna.

—Claro, pero tendrá que ser más específico.

—Cuatro millones por manuscrito. Y no es negociable.

Como profesional que trabajaba en pleitos que ascendían a miles de millones, la cantidad del rescate no impresionó a Kendrick. Tampoco echaría para atrás a Princeton. Dudaba de que la universidad tuviera esa increíble cantidad de dinero disponible al momento, pero se trataba de un legado de veinticinco mil millones de dólares y Princeton tenía miles de alumnos acaudalados.

Kendrick se apartó de la ventana.

—Tengo que hacer algunas llamadas, lógicamente. ¿Cuándo volvemos a reunirnos?

Chappelle se levantó.

—Mañana. Y le advierto de nuevo, señor Kendrick, que cualquier alerta a la policía, la de aquí o la de Estados Unidos, tendría resultados catastróficos.

—Lo he entendido. Gracias por venir, señor Chappelle.

Se estrecharon la mano y se despidieron.

A las diez de la mañana siguiente, un sedán negro de la marca Mercedes se detuvo en la Rue de Vaugirard, delante del Palacio Luxemburgo. Thomas Kendrick salió del asiento de atrás y echó a andar por la acera. Entró en los famosos jardines por una puerta de hierro forjado y avanzó entre la multitud de turistas hasta el Lago Octogonal, donde cientos de personas, parisinos y visitantes, pasaban la mañana sentados, leyendo o tomando el sol. Había niños que hacían carreras con sus barcos de juguete en el agua y jóvenes enamorados que se metían mano tumbados sobre los muros bajos que rodeaban el lago. Un par de personas que corrían pasaron por su lado hablando y riendo. En el monumento a Delacroix, Kendrick se encontró con Gaston Chappelle, que llevaba un maletín en la mano. Se le acercó y se le unió sin saludarlo. Siguieron caminando, paseando tranquilamente por los anchos caminos y alejándose del lago.

—¿Me están vigilando? —preguntó Kendrick.

—Hay gente por aquí, sí. El hombre de los manuscritos tiene cómplices. ¿Me están vigilando a mí?

—No. Se lo aseguro.

—Bien. Supongo que sus conversaciones han ido bien.

—Salgo para Estados Unidos dentro de dos horas. Mañana me reuniré con la gente de Princeton. Comprenden las reglas. Como puede imaginar, señor Chappelle, quieren algún tipo de verificación.

Sin necesidad de detenerse, Chappelle sacó una carpeta de su maletín.

—Esto será suficiente —aseguró.

Kendrick la cogió sin dejar de caminar.

—¿Puedo preguntarle qué contiene?

Chappelle sonrió burlón.

—Es la primera página del capítulo tres de *El gran Gatsby*. Que yo sepa, es auténtica.

Kendrick se paró en seco.

—Santo Dios... —murmuró.

9

El doctor Jeffrey Brown cruzó el campus de Princeton a la carrera y subió lo más rápido que pudo los escalones de Nassau Hall, el edificio de administración. Era el director de la división de Manuscritos de la biblioteca Firestone, pero no recordaba muy bien su última visita al despacho del rector. Lo que sí recordaba con total seguridad era que nunca le habían convocado a una reunión que describieran como «urgente». Su trabajo nunca había sido tan emocionante.

Le esperaba el secretario, que lo acompañó hasta el lujoso despacho del rector Carlisle, quien lo aguardaba de pie. Al doctor Brown le presentaron nada más llegar a Richard Farley, un consejero interno de la universidad, y a Thomas Kendrick. La tensión que reinaba en el despacho era más que evidente, al menos para Brown.

Carlisle congregó a los cuatro alrededor de una pequeña mesa de reuniones.

—Perdone por haberlo convocado con tan poca antelación —le dijo a Brown—, pero hay algo que necesitamos verificar. Ayer, en París, al señor Kendrick le entregaron una hoja de papel que le han dicho que es la primera página del tercer capítulo del manuscrito original de *El gran Gatsby*, de F. Scott Fitzgerald. Échele un vistazo.

Le pasó una carpeta por encima de la mesa y Brown la abrió. Dio un respingo, miró la página, tocó con suavidad la esquina superior derecha y hundió la cara entre las manos.

10

Dos horas después, el rector Carlisle convocó una segunda reunión alrededor de esa misma mesa. El doctor Brown ya no estaba, y en la silla que había ocupado se sentaba entonces Elaine Shelby. A su lado se encontraba Jack Lance, su cliente y consejero delegado de la compañía de seguros que se estaba jugando veinticinco millones. Todavía estaba molesta porque su brillante plan para cazar a Bruce Cable había terminado en una chapuza monumental, pero también estaba encantada por la posibilidad de que los manuscritos hubieran salido a la luz. Aunque era consciente de que Cable no estaba en Camino Island, no tenía ni idea de que estuviera en Francia. El FBI sabía que había volado a Niza, pero no lo había seguido y no había compartido esa información con Elaine.

Thomas Kendrick y Richard Farley se sentaron delante de Elaine y Lance. El rector Carlisle les pasó la carpeta.

—Nos lo dieron ayer en París —explicó—. Es una página de *Gatsby*. Ya hemos verificado su autenticidad.

Elaine abrió la carpeta y echó un vistazo. Lance también, pero ninguno reaccionó. Kendrick contó la historia de su reunión con Gaston Chappelle y expuso los términos del acuerdo.

—Está claro que nuestra prioridad es recuperar los manuscritos —dijo Carlisle cuando terminó—. Coger a ese sinvergüenza estaría bien, pero ahora mismo no nos importa.

—¿Eso quiere decir que no vamos a informar al FBI? —preguntó Elaine.

—Legalmente no estamos obligados —intervino Farley—. No hay nada ilegal en hacer una transacción privada de este tipo, pero queremos saber su opinión. Ustedes conocen a la gente del FBI mejor que nosotros.

Elaine apartó la carpeta unos centímetros y meditó su respuesta. Después habló despacio, sopesando cada palabra.

—Hablé con Lamar Bradshaw hace dos días. Los tres hombres que robaron el manuscrito están en la cárcel, y uno ha hecho un trato. Hay dos cómplices a los que no han encontrado, pero tienen sus nombres y los están buscando. En lo que respecta al FBI, el caso está resuelto. No les gustará que hagan un trato privado, pero lo comprenderán. La verdad, creo que se sentirán aliviados de que recuperen los manuscritos.

—¿Han hecho ustedes esto alguna vez? —preguntó Carlisle.

—Ah, sí, varias veces. El rescate se paga en secreto, y la mercancía se devuelve a su dueño. Todo el mundo se queda contento, sobre todo el legítimo propietario. Y el delincuente también, supongo.

—No sé —dijo Carlisle—. Tengo muy buena relación con el equipo del FBI. Han actuado estupendamente desde el principio. No me parece bien excluirlos ahora.

—Pero ellos no tienen autoridad en Francia —replicó Elaine—. Se verán obligados a implicar a las autoridades de allí y perderemos todo el control de la operación. Habría mucha gente metida en esto y podría complicar las cosas. Un pequeño error, algo que nadie pueda predecir de antemano, y los manuscritos se esfumarán.

—Asumiendo que los recuperemos —intervino Farley—, ¿cómo reaccionará el FBI cuando todo esto se acabe?

Elaine sonrió.

—Conozco a Lamar Bradshaw bastante bien. Si los manuscritos están a salvo en su biblioteca, y los ladrones, en la cárcel, estará satisfecho. Mantendrá la investigación abierta unos meses y tal vez el delincuente cometa un error, pero seguro que pronto él y yo nos tomamos una copa en Washington y nos reímos de todo esto.

Carlisle miró a Farley y a Kendrick.

—Vale —dijo al cabo de unos segundos—. Hagámoslo sin ellos. Y ahora queda la peliaguda cuestión del dinero. ¿Señor Lance?

El consejero delegado carraspeó.

—Bueno, nosotros nos comprometimos a pagar veinticinco millones, pero eso sería en caso de pérdida total. Esto es algo diferente.

—Así es —confirmó Carlisle con una sonrisa—. Asumiendo que el ladrón tenga los cinco, las cuentas son fáciles. De los veinte millones, ¿cuántos estarían dispuestos a pagar?

—La mitad. Ni uno más —contestó Lance sin dudarlo.

La mitad era más de lo que esperaba Carlisle, y como era un académico y no se encontraba cómodo negociando con el experimentado consejero delegado de una gran compañía de seguros, miró a Farley.

—Reúne la otra mitad —ordenó.

11

Al otro lado de la Rue St.-Sulpice, a menos de quince metros de la puerta de la Librairie Gaston Chappelle, estaba el Hôtel Proust, un edificio pintoresco y antiguo de cuatro plantas con las típicas habitaciones llenas de muebles y un solo ascensor pequeño en el que apenas cabía un adulto con su equipaje. Bruce utilizó un pasaporte canadiense falso para registrarse y pagó en efectivo una habitación en el tercer piso. En la ventana colocó una cámara pequeña que enfocaba la fachada de la librería de Gaston. Veía la imagen en directo en su teléfono desde su habitación del Hôtel Delacroix, a la vuelta de la esquina, en la Rue de Seine. También la veía Noelle, desde su habitación del Hôtel Bonaparte. Y encima de su cama estaban los cinco manuscritos, cada uno metido en una bolsa diferente.

A las once de la mañana, Noelle salió con una bolsa de la compra y se dirigió al vestíbulo. Se acercó a recepción y pidió que no entraran a limpiar su habitación, porque su marido estaba durmiendo. Abandonó el hotel, cruzó la calle y se detuvo ante el escaparate de una tienda de ropa. Bruce pasó por su lado y le cogió la bolsa sin detenerse siquiera. Ella regresó a la habitación del hotel para proteger el resto de los manuscritos y también para ver lo que estaba pasando en la librería de Gaston.

Bruce paseó junto a la fuente que había delante de la iglesia de St.-Sulpice, intentando mezclarse con los demás turistas.

Estaba haciendo tiempo y reuniendo fuerzas para lo que le esperaba. Las horas siguientes iban a cambiar su vida de forma dramática. Si se estaba metiendo en una trampa, le llevarían de vuelta a Estados Unidos esposado y pasaría muchos años en la cárcel. Pero si conseguía salir bien de aquello, sería un hombre rico, y solo Noelle lo sabría. Caminó unas manzanas, siempre en círculo y cubriendo su rastro. Por fin llegó la hora de empezar con la entrega.

Entró en la librería y se encontró a Gaston hojeando un viejo atlas. Fingía estar ocupado, pero en realidad vigilaba atentamente la calle. No tenía clientes. Había dado el día libre al empleado. Los dos fueron a su despacho atestado de la parte de atrás y Bruce sacó una caja de cedro. La abrió y después hizo lo mismo con la caja de archivo que había dentro de la primera.

—El primero, *A este lado del paraíso*.

Gaston tocó la primera página con mucho cuidado y dijo en el mismo idioma que Bruce:

—A mí me parece que está en buenas condiciones.

Bruce lo dejó allí. Abrió y cerró la puerta principal, miró la calle a un lado y al otro, y se alejó con la mayor tranquilidad que pudo. Noelle estaba viendo el vídeo de la cámara del Hôtel Proust y no detectó ningún movimiento raro.

Con un teléfono de prepago, Gaston llamó al número del banco Credit Suisse de Ginebra e informó a su contacto de que se había realizado la primera entrega. Como había exigido Bruce, el dinero del rescate estaba en un banco de Zúrich, esperando. Siguiendo las instrucciones, el primer pago se transfirió a una cuenta cifrada del AGL Bank de Zúrich y, en cuanto llegó, se transfirió de nuevo a otra cuenta opaca de un banco de Luxemburgo.

Bruce, que estaba sentado en su habitación del hotel delante de un portátil, recibió un correo electrónico que confirmaba las dos transferencias.

Delante de la librería de Gaston, paró un Mercedes negro del que se apeó Thomas Kendrick. Entró en el establecimiento y salió en menos de un minuto con el manuscrito bajo el brazo. Fue directo a su despacho, donde le esperaba el doctor Jeffrey Brown con otro bibliotecario de Princeton. Abrieron las cajas y se quedaron embelesados al ver su contenido.

Hacía falta paciencia, pero la espera lo estaba matando. Bruce se cambió de ropa y fue a dar otro largo paseo. Se sentó en un restaurante de la Rue des Écoles, en el barrio latino, y consiguió comerse una ensalada. Dos mesas más allá, Noelle se acomodó para tomar un café. Los dos se ignoraron hasta que él se levantó para marcharse y cruzó por su lado para coger una mochila que ella había dejado en una silla. Pasaban solo unos minutos de la una de la tarde cuando Bruce entró en la librería de Gaston otra vez y se quedó de piedra al verlo charlando con un cliente. Bruce fue directo a la parte de atrás y dejó la mochila en la mesa de su despacho. Cuando Gaston consiguió zafarse, los dos abrieron la segunda caja de cedro y contemplaron la letra de Fitzgerald.

—*Hermosos y malditos* —anunció Bruce—. Publicado en 1922 y seguramente su obra más floja.

—A mí me parece que está bien —confirmó Gaston.

—Haz la llamada —pidió Bruce y se fue.

Quince minutos más tarde le confirmaron las transferencias. Poco después, el mismo Mercedes negro de antes se detuvo en el mismo sitio, y Thomas Kendrick recogió el manuscrito número dos de manos de Gaston.

Gatsby era el siguiente en orden de publicación, pero Bruce pensaba guardárselo para el final. Su fortuna iba creciendo poco a poco, pero todavía le preocupaba la última entrega. Encontró a Noelle sentada a la sombra de un olmo en los Jardines de Luxemburgo. A su lado había una bolsa de papel marrón con el nombre de una panadería. Para no levantar sospechas, de la bolsa asomaba la punta de una *baguette*. Él partió un trozo de pan y se fue masticándolo de vuelta a la librería de Gaston. A las dos y media de la tarde entró de nuevo, entregó a su amigo la bolsa con lo que quedaba de la *baguette* junto con *Suave es la noche* y se fue.

Para confundir un poco, la tercera transferencia pasó por la sucursal del Deutsche Bank de Zúrich y después fue a una cuenta cifrada en un banco de Londres. Cuando confirmaron ambos movimientos, su fortuna pasó de siete cifras a ocho.

Kendrick apareció una vez más para recoger el número tres. De vuelta en su despacho, el doctor Jeffrey Brown iba poniéndose más nervioso a medida que crecía la colección.

El cuarto manuscrito, el de *El último magnate*, estaba escondido en una bolsa de deporte de Nike que Noelle llevó a una librería polaca del Boulevard St.-Germain. Mientras ella rebuscaba por las estanterías, Bruce la recogió y caminó cuatro minutos hasta la Librairie Chappelle.

Los bancos suizos cerraban a las cinco. Unos minutos antes de las cuatro, Gaston llamó a Thomas Kendrick y le dio malas noticias. El que tenía los manuscritos quería que le pagaran por adelantado para entregar *Gatsby*. Kendrick intentó mantener la calma, pero dijo que ese cambio no era aceptable; tenían un trato y hasta el momento ambas partes habían mantenido su palabra.

—Es verdad —concedió monsieur Chappelle con educación—. Pero mi contacto dice que cree que corre el peligro de que, tras hacer la última entrega, la gente de su parte decida que no va a realizar el último pago.

—¿Y si hacemos la transferencia pero él decide no entregar el manuscrito? —replicó Kendrick.

—Supongo que es el riesgo que van a tener que asumir —reconoció Gaston—. No quiere dar su brazo a torcer.

Kendrick inspiró hondo y miró la expresión de horror del rostro del doctor Brown.

—Le llamaré dentro de quince minutos —le dijo a Gaston.

El doctor Brown ya estaba llamando a Princeton, donde el rector Carlisle no se había separado de su mesa en las últimas cinco horas. No había nada que discutir, en realidad. Princeton quería *Gatsby* mucho más de lo que el ladrón podía necesitar otros cuatro millones. Tenían que arriesgarse.

Kendrick llamó a Chappelle y accedió a las nuevas condiciones. Cuando se confirmó la última transferencia, a las cinco menos cuarto, Chappelle volvió a llamar a Kendrick y le dijo que tenía en sus manos el manuscrito de *Gatsby* y que en ese momento estaba en el asiento trasero de un taxi que esperaba delante del edificio donde se encontraba su despacho, en la Avenue Montaigne.

Kendrick salió como una exhalación de su despacho seguido por el doctor Brown y su colega. Bajaron corriendo la ancha escalera, pasaron a toda velocidad por delante de la sorprendida recepcionista y cruzaron la puerta principal justo cuando Gaston salía del taxi. Él les entregó un grueso maletín y dijo que al manuscrito de *Gatsby* solo le faltaba la página uno del capítulo tres, pero que por lo demás estaba completo.

Apoyado en un árbol a menos de cincuenta metros, estaba Bruce Cable, observando el intercambio muerto de risa.

Epílogo

Por la noche había caído una capa de nieve de veinte centímetros de grosor sobre el campus, y a media mañana había un montón de gente con quitanieves y palas, intentando abrir los caminos y limpiar las entradas para que pudieran continuar con las clases. Los estudiantes, ataviados con gruesas botas y abrigos, no perdían el tiempo entre clases. La temperatura era bajo cero, y el viento resultaba helador.

Según el horario que encontró en internet, ella debía estar en un aula del Quigley Hall impartiendo su clase de escritura creativa. Encontró el edificio y el aula, y logró esconderse en un pasillo de la segunda planta hasta las once menos cuarto sin congelarse. Volvió a salir al invierno y esperó en una acera junto al edificio, fingiendo que hablaba por teléfono para no levantar sospechas. Hacía demasiado frío para que alguien se fijara o le prestara atención siquiera. Tan tapado como iba, podía pasar por un estudiante más. Ella salió por la puerta principal y se alejó de él rodeada de una multitud que se había reunido de repente a la hora del cambio de clase, cuando los edificios se fueron vaciando. Él la siguió a cierta distancia y se percató de que iba acompañada de un hombre joven que llevaba una mochila. Fueron girando aquí y allá, y parecía que se dirigían al Strip, una zona de tiendas, cafeterías y bares situada justo al lado del campus de la Southern Illinois University. Cruzaron una calle y en ese momento su acompañante la cogió del codo, como para ayudarla. Cuando siguieron su camino, aún más rápido, él la soltó.

Entraron en una cafetería, y Bruce decidió meterse en el bar de al lado. Se guardó los guantes en el bolsillo del abrigo y pidió un café cargado. Esperó quince minutos, para que le diera tiempo a quitarse un poco el frío, y después fue a la cafetería. Mercer y su amigo estaban sentados a una mesita, enfrascados en una conversación, con los abrigos y las bufandas colgados de sus sillas y unos expresos muy elaborados delante. Bruce se plantó junto a su mesa sin que ella lo viera acercarse.

—Hola, Mercer —saludó e ignoró a su amigo.

Ella se sobresaltó, incluso pareció perpleja, y estuvo a punto de dar un respingo. Bruce se volvió hacia su amigo.

—Disculpa, pero necesito hablar unos minutos con ella. He venido de muy lejos para esto.

—Pero ¿qué coño...? —empezó a decir el chico, preparado para pelear.

Mercer le tocó la mano.

—No pasa nada —le aseguró—. Déjanos unos minutos.

Él se levantó despacio, cogió su café y se fue. Al pasar empujó a Bruce, que no dijo nada. Se sentó en la silla que acababa de dejar vacía y sonrió a Mercer.

—Es guapo. ¿Uno de tus alumnos?

Ella consiguió recomponerse.

—¿En serio? ¿De verdad es de tu incumbencia?

—En absoluto. Estás genial, Mercer, aunque hayas perdido el bronceado.

—Estamos en febrero y esto es el Medio Oeste, que queda muy lejos de la playa. ¿Qué quieres?

—A mí me va muy bien, gracias por preguntar. ¿Y tú cómo estás?

—Genial. ¿Cómo me has encontrado?

—No es que te escondas precisamente. Mort Gasper comió con tu agente, que le contó la triste historia de que Wally Starke había muerto de manera repentina el día después de Navidad. Necesitaban con urgencia un sustituto para el escritor que tenían contratado esta primavera y apareciste tú. ¿Te gusta este sitio?

—No está mal. Hace frío y suele correr mucho viento.

Mercer dio un sorbo al café. Se miraban fijamente y ninguno de los dos apartó la vista.

—¿Y qué tal va la novela? —preguntó él, sonriendo.

—Bien. A medio terminar y escribo todos los días.

—¿Zelda y Ernest?

Ella sonrió con aire divertido.

—No, esa idea era una estupidez.

—Sí, cierto, pero en su momento pareció gustarte, si no recuerdo mal. ¿Y de qué va la historia?

Mercer inspiró hondo y miró alrededor. Después sonrió.

—Es sobre Tessa, su vida en la playa con su nieta y su aventura con un hombre más joven. Todo muy bonito y todo ficción.

—¿Porter?

—Alguien parecido.

—Me gusta. ¿La han visto ya en Nueva York?

—Mi agente se ha leído la primera mitad y está muy emocionada. Creo que va a funcionar. No acabo de creérmelo, Bruce, pero ahora que se me está pasando la impresión, me alegro de verte.

—Y yo me alegro de verte a ti, Mercer. No sabía si llegaríamos a encontrarnos de nuevo.

—¿Y por qué has venido?

—Un asunto pendiente.

Ella dio otro sorbo y se limpió los labios con una servilleta.

—Dime, Bruce, ¿cuándo sospechaste de mí por primera vez?

Él miró el café de ella, una especie de *caffè latte* con demasiada espuma y un chorro de algo que parecía caramelo encima.

—¿Puedo? —preguntó alargando la mano para cogerle la taza. Ella no dijo nada y él bebió un sorbo—. En cuanto llegaste —confesó Bruce—. En ese momento yo estaba en alerta máxima, por buenas razones, y me fijaba mucho en todas las caras nuevas. Tenías una tapadera perfecta, una historia perfecta y pensé que podía ser cierta. Pero también me dije que tal vez fuera un plan brillante ideado por alguien. ¿De quién fue la idea, Mercer?

—Prefiero no decírtelo.

—Está bien. Cuanto más te acercabas, más desconfiaba. Y en ese momento el instinto me decía que había alguien al acecho. Demasiadas caras nuevas que pasaban por la librería, demasiados turistas falsos pululando. Tu aparición confirmó todos mis miedos, así que hice algunos preparativos.

—Una salida limpia, ¿eh?

—Sí. Tuve suerte.

—Enhorabuena.

—Eres una amante maravillosa, Mercer, pero una espía terrible.

—Me tomaré ambas cosas como un cumplido. —Dio otro sorbo y le pasó la taza a Bruce. Cuando él se la devolvió, preguntó—: ¿Y cuál es ese asunto pendiente?

—Saber por qué lo hiciste. Intentaste enviarme a la cárcel durante mucho tiempo.

—¿Y no es un riesgo que corren todos los delincuentes cuando deciden traficar con mercancía robada?

—¿Me estás llamando delincuente?

—Claro.

—Bueno, pues yo creo que tú eres una zorra hipócrita.

Mercer rio.

—Vale, estamos en paz. ¿Quieres llamarme algo más?

Él también rio.

—No, por ahora no.

—Vale, pues a mí se me ocurren muchas cosas que decir de ti, Bruce —contraatacó Mercer—, pero las buenas superan a las malas.

—Gracias, supongo. Pero volvamos a mi pregunta. ¿Por qué lo hiciste?

Ella inspiró hondo y volvió a echar un vistazo alrededor. Su amigo estaba sentado en un rincón, mirando su teléfono.

—Por dinero. Estaba sin blanca, llena de deudas y vulnerable. Son un montón de excusas, la verdad. Es algo de lo que voy a arrepentirme siempre, Bruce. Lo siento.

Él sonrió.

—Por eso estoy aquí. Eso es lo que quería.

—¿Una disculpa?

—Sí. Y la acepto. Sin rencores.

—Eres sumamente magnánimo.

—Me lo puedo permitir —contestó, y los dos rieron.

—¿Y por qué lo hiciste tú, Bruce? Bueno, ahora, en retrospectiva, mereció la pena, pero en ese momento era demasiado arriesgado.

—No lo planeé, créeme. He comprado y vendido unos cuantos libros raros en el mercado negro. Supongo que esos días ya forman parte del pasado, pero en aquel momento, cuando me llamaron, iba a lo mío. Una cosa llevó a la otra y todo fue creciendo. Vi una oportunidad, decidí aprovecharla y al poco tiempo los tenía en las manos. Pero no me estaba enterando de nada y no tenía ni idea de lo cerca que estaban los malos hasta que apareciste tú. Cuando me di cuenta de que tenía una espía metida en mi propia casa, tuve que reaccionar. Tú hiciste que ocurriera, Mercer.

—¿Estás intentando darme las gracias?

—Sí. Te ofrezco mi más sincera gratitud.

—Pues de nada. Como los dos sabemos, soy muy mala espía.

Ambos estaban disfrutando de la conversación. Dieron otro sorbo al café.

—Tengo que decirte, Bruce, que cuando leí que los manuscritos habían vuelto a Princeton, no pude evitar soltar una carcajada. Me sentí un poco imbécil al ver que habías jugado así conmigo, pero también me dije para mis adentros: «Bien hecho, Bruce».

—Fue una buena aventura, pero una y no más.

—Lo dudo.

—Lo juro. Mira, Mercer, quiero que vuelvas a la isla. Ese lugar significa mucho para ti. La casa, la playa, los amigos, la librería, Noelle y yo. La puerta siempre va a estar abierta.

—Si tú lo dices... ¿Qué tal está Andy? Me acuerdo mucho de él.

—Sobrio y decidido a seguir así. Va a Alcohólicos Anónimos dos veces a la semana y está escribiendo como un loco.

—Qué buena noticia.

—Myra y yo estuvimos hablando de ti la semana pasada. Surgieron preguntas sobre por qué te fuiste tan de repente, pero nadie sabía nada. Tú perteneces a ese lugar y quiero que sepas que puedes volver con nosotros. Acaba tu novela y daremos una gran fiesta en tu honor.

—Es muy amable por tu parte, Bruce, pero nunca voy a dejar de tener ciertos recelos. Puede que vuelva, pero se acabaron las confianzas entre nosotros.

Él le apretó la mano y se levantó.

—Ya veremos. —Le dio un beso en la coronilla y se despidió—. Adiós. Por ahora.

Mercer lo vio cruzar entre las mesas y salir de la cafetería.

Nota del autor

Permitidme que empiece disculpándome con la Universidad de Princeton. Si es cierto lo que dice su página web, y no tengo por qué creer lo contrario, los manuscritos originales escritos a mano de las obras de Francis Scott Fitzgerald se encuentran efectivamente en la biblioteca Firestone. Pero no tengo conocimiento de primera mano de ello. Nunca he visto la biblioteca, y he intentado mantenerme alejado de ella mientras escribía esta novela. No sé si los manuscritos están en un sótano, en el desván o en un mausoleo secreto protegido por guardias armados. No he querido ser muy preciso y exhaustivo al respecto, sobre todo porque mi intención no es que esta historia sirva de inspiración para la comisión de un delito.

Con mi primera novela aprendí que escribir libros es mucho más fácil que venderlos. Como no sé nada de la parte del negocio que se ocupa de las ventas, en ese aspecto he confiado en un viejo amigo, Richard Howorth, propietario de Square Books en Oxford, Mississippi, que revisó la novela y encontró innumerables formas de mejorarla. Gracias, Rich.

El mundo de los libros raros es fascinante y solo lo he tocado de manera superficial. Cuando necesité ayuda, recurrí a Charlie Lovett, Michael Suarez y Tom y Heidi Congalton, propietarios de Between the Covers Rare Books. Muchas gracias a todos ellos.

Por su parte, David Routh me facilitó muchos detalles de Chapel Hill, y Todd Doughty, del campus de Carbondale, Illinois.